Les naufragés de l'île Tromelin

Irène
FRAIN

Les naufragés de l'île Tromelin

ROMAN

J'AI LU

À la mémoire des naufragés de L'Utile.

Et en hommage particulier à la soixantaine de femmes et d'hommes qui furent abandonnés sur l'île Tromelin.

Au Prince Parfumé, point de blâme
Au Dieu-Soleil, point de reproches
C'est d'eux-mêmes que les hommes s'égarent

Proverbe malgache

An neb na zent ket ouzh ar stur ouzh ar garrek a raio sur
(Celui qui n'obéit pas à la barre obéira à la roche)

Proverbe breton

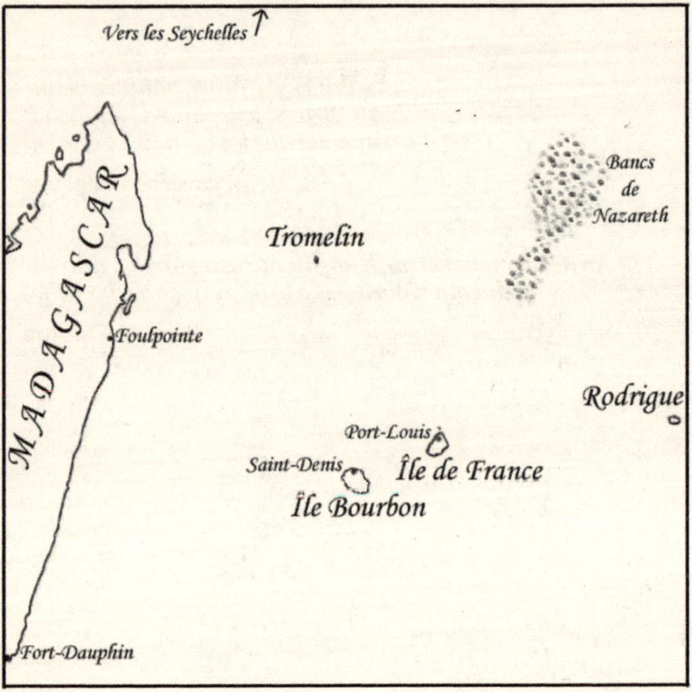
Vers les Seychelles
MADAGASCAR
Foulpointe
Fort-Dauphin
Tromelin
Bancs de Nazareth
Rodrigue
Port-Louis
Île de France
Saint-Denis
Île Bourbon

I

L'ÎLE

1

L'île est le sommet émergé d'un vieux volcan sous-marin. Il s'est éteint il y a des millénaires. La lave a bouché l'orifice de sa cheminée. Comme il se trouvait à fleur d'eau, les coraux l'ont vite colonisé.

Sous les vagues, les pentes du volcan sont très raides. À deux encablures de l'île, l'abîme commence. Et les grandes houles, les courants sans fin. Il faut vraiment jouer de malchance pour se retrouver sur ce bloc de corail cerné par les déferlantes. Ou n'avoir peur de rien.

Pour pouvoir en repartir, il faudra aussi compter sur l'inconscience. À moins de chercher son salut dans l'énergie du désespoir. Nul ne s'est jamais installé ici. L'île est sans mémoire. Seuls les ouragans laissent leur trace dans les sables. Le reste va vite se perdre dans le vent, le tonnerre des lames qui, sans relâche, harcèlent les récifs. Nuit et jour, la mer bat. Elle flanche rarement. Même lorsqu'il fait beau. Quand elle consent à se calmer, c'est presque toujours dans les heures qui précèdent un cyclone. Ensuite, elle se déchaîne comme jamais, jette à l'assaut de l'île des vagues géantes qui l'engloutissent aux neuf dixièmes. Elle ne reflue qu'une fois l'ouragan passé. Pour recommencer comme avant. Même pouls méchant, têtu, mêmes lames qui frappent, fracassent et brisent, déferlent et redéferlent, frappent encore, roulent et cassent, broient, éparpillent, émiettent, s'acharnent contre cette minuscule plaque de corail perdue au cœur de l'océan.

Mais l'île est ultra dure, elle tient. La seule victoire que la mer ait jamais remportée sur elle, c'est d'empêcher les madrépores de former un rempart assez haut pour casser l'élan des déferlantes. Ici, pas de couronne de coraux, pas de lagon à l'abri des houles accourues du pôle Sud, longues et féroces – depuis l'Antarctique, elles n'ont trouvé aucun obstacle. À quelques mètres du rivage, rien qu'un long récif frangeant que la mer mouline peu à peu en sable. Mais là encore, rien à voir avec la fine et douce farine des atolls des mers du Sud. Celui-ci est grenu, grumeleux, râpeux.

Malgré tout, l'île tient toujours. Quand elle lâche à la mer des morceaux de son vieux et blanc caparaçon, ce ne sont que des blocs informes, que les vagues mettent des décennies à disloquer. Et elles doivent continuer à les rouler pendant des années avant de pouvoir les vomir sur le rivage. Ils y émergent sous la forme de galets énormes, d'une blancheur stupéfiante, lisses comme s'ils sortaient d'une machine à polir, et vont s'empiler toujours au même endroit, à l'est et au sud de l'île, sur une longue grève revêche qui prend parfois l'aspect d'une muraille dressée contre la mer. Dans les interstices de cette étrange maçonnerie naturelle se logent des milliers de coquilles usées, porcelaines, bénitiers, bigorneaux, débris de nacre. C'est aussi sur ces hautes plages de galets que viennent s'échouer les bois flottés. De gigantesques troncs, des souches blêmies de sel ou de gros bambous où continue de se lire, au long de veines encore vertes, le parcours de la sève. C'est sur l'île le seul indice qu'un autre monde puisse exister par-delà les vagues. Et qu'il obéisse à d'autres lois que celles de la guerre qui oppose la mer et le corail.

Ces côtes est et sud, où se concentrent les épaves, sont les plus hostiles. Les tortues elles-mêmes ne s'y risquent pas.

La côte nord paraît beaucoup plus hospitalière. À cet endroit, la collision perpétuelle du vent et du courant a formé une magnifique pointe sablonneuse. Son dessin évoque celui d'une très longue virgule. Ou d'une langue démesurément allongée vers l'océan.

Quand la mer rencontre ces sables éblouissants, elle vire au plus pur turquoise. Il ne faut pas se fier à cette promesse de paradis. Ici, les vagues se fracassent souvent en monstrueuses montagnes d'eau – des sortes de geysers qui jaillissent à deux pas du rivage et s'effondrent tout aussi subitement. Leur ressac est d'une violence extrême. Les sables, comme pour s'en protéger, se sont tassés en petite falaise. Mais là encore, il ne faut pas s'y laisser prendre, ils sont très meubles. La plage peut se désagréger en moins d'une journée. Elle se recourbe, hésite entre l'est et l'ouest, avant de former, dans la nuit, une boucle qui se referme sur elle-même. À l'aube, à la place de sa virgule mouvante, le soleil dévoile un anneau étranglé autour d'un lagon. Il disparaîtra de la même façon : d'un jour à l'autre. En un rien de temps, la pointe réapparaît dans son dessin initial. Sans raison claire. Une éphémère variation de la houle, peut-être, un caprice du courant. Ou une nouvelle ruse des vagues pour tenter de vaincre la vieille plaque de corail qui s'entête à leur résister.

Longtemps que le vent prête main-forte à la mer. Lui s'y prend en sournois. Il érase, il arase. L'île est ultra plate. Une minuscule amande sans relief. L'océan est visible de presque partout.

Tout juste si, en allant vers le sud, là où tout devient caillasse, le sol s'incline un peu pour former un semblant de cuvette. Si insensible soit-il, ce début de creux parvient à recueillir un peu de l'eau douce que vomit le ciel au moment des cyclones. Malheureusement, au même moment, des lames monstrueuses déferlent sur l'île. Elles aussi, elles vont se déverser dans ce semblant de bassin et, trois ou quatre jours plus tard, quand l'ouragan prend le large, la petite cuvette ressurgit au grand soleil sous la forme d'un marécage putride et puissamment salé. Ses eaux verdâtres font tache sur le blanc linceul de sable que l'ouragan, en même temps que les averses, a précipité sur l'île. Le vent, cependant, fait très vite son œuvre. Le suaire de sable se volatilise et, vaille que vaille, la vie reprend. Broussailles, pourpiers, veloutiers aux feuilles argentées et duveteuses, la végétation, de toutes ses racines, cherche l'eau infiltrée sous les plaques de corail et s'en abreuve jusqu'à plus soif. Mais certains arbustes, trop éprouvés par le cyclone, n'ont plus cette force. Ils se décharnent et meurent en quelques jours. C'est la loi de l'île : ne survivent que les plus féroces. Sur les branches asséchées courent parfois des araignées ou des fourmis échouées ici avec des souches ou des troncs à la dérive. Elles aussi sont en sursis. Comme toutes les créatures que le hasard a précipitées sur ce micro-monde, elles seront exterminées au prochain ouragan.

D'autres guerres menacent-elles, encore plus ravageuses, plus effroyables que le combat de la mer contre le corail ? Que racontent ces petites pierres ponces dispersées sur toute la surface de l'île ? Un soubresaut du volcan sous-marin ? Ou l'explosion d'un cratère lointain, tout au bout de l'océan, dont les rejets auraient abouti ici par hasard, comme les troncs d'arbres, au seul gré des tempêtes et des courants ? L'île s'en fout. Elle continue de vaquer à son seul et muet métier : ressusciter après chaque ouragan. Et elle y parvient. Son secret, c'est qu'elle sait transformer sa faiblesse en vigueur, son ennemi en allié, et constamment détourner à son profit les forces qui l'agressent. Plus le vent la tourmente et plus le soleil la cuit, plus elle compresse et compacte ses sables, jusqu'à leur donner la consistance du béton. Des siècles qu'entre les tempêtes, en silence, elle se barde et se blinde, accumule les unes sur les autres cuirasses et carapaces. Rien ne lui fait peur, ni le déluge, ni la canicule. Dans tous les cas elle triomphe du pire, l'absence de source.

Des taches vert sombre, seulement visibles sous certains éclairages et à certaines saisons, suggèrent qu'ici et là, aux parages de la dépression où s'est infiltrée la saumure du cyclone, subsistent des poches d'eau. Indices fragiles. Et pareils aux averses. Au premier grand soleil, vite enfuis.

*

* *

Seules les tortues de mer se risquent à aborder. Uniquement les femelles. Les mâles restent à bonne distance.

L'approche a toujours lieu de nuit, à marée haute. Dès que les tortues touchent au sable, leur respiration se fait profonde, puissante. Puis elles rampent de tout ce qu'elles ont de pattes, vont de droite et de gauche, inscrivent dans le sable de longues et lourdes traces. Ce sillage pourrait laisser croire qu'elles se sont égarées. En réalité, elles savent parfaitement où elles vont. Et trouvent infailliblement ce qu'elles cherchent : l'endroit où, quand elles sont sorties de leur œuf, leur épiderme, pour la première fois, a éprouvé le contact du sable, puis de l'eau de mer. Pour reproduire indéfiniment le scénario de leur naissance, le moment où, à peine écloses elles-mêmes, elles ont couru vers l'océan, tandis que les oiseaux et les bernard-l'hermite fondaient sur elles. Devenues adultes, ce sont ces grèves-là qu'elles veulent à tout prix retrouver pour y déposer leurs œufs, au bout d'interminables et mystérieux corridors sous-marins qu'elles ont remontés à l'aveuglette, sans doute secrètement guidées par les courants magnétiques qui parcourent la terre et l'océan. Et dès qu'elles ont atteint ces sables, tout aussi aveuglément, elles se mettent à pondre. Sur la plage où elles sont nées. Là où ont été dévorées les autres jeunes tortues sorties de leur œuf au même moment qu'elles. Mais là aussi où sont nées leurs mères, les mères de leurs mères et toutes les mères tortues depuis que les tortues existent.

À l'approche de l'île, souvent, elles copulent. Parades et ébats peuvent s'éterniser une demi-journée. La lumière baissant, la femelle s'avise qu'il est temps de gagner la plage des origines. Le mâle la laisse partir, marquée des trous profonds que ses griffes ont forés dans chacune de ses petites nageoires pendant l'accouplement. Puis il se met à attendre son retour en barbotant à la lisière des récifs. Parfois, il ne la revoit jamais. Fatiguée par l'escalade de la plage, surprise au beau milieu des sables par la rencontre d'un arbre mort ou d'un bloc de corail qu'elle n'arrive pas à contourner, et plus souvent encore exténuée par la ponte – cette bonne centaine d'œufs qu'elle a dû expulser avant de les enfouir un à un pour les mettre à l'abri des prédateurs –, elle n'a pas réussi à regagner l'océan avant le lever du soleil. Éblouie par l'excès de lumière, elle a perdu le sens de l'orientation. Au lieu d'aller vers la mer, elle rampe vers l'intérieur de l'île où elle zigzague un moment entre les broussailles et les veloutiers avant de s'immobiliser, à bout de forces. En quelques heures, surtout à la saison chaude, le soleil la tue. Le sol est donc parsemé de carapaces, de fragments d'écaille, de charognes qui se décomposent au grand soleil, égarées au milieu d'immenses semis de plumes. Les maîtres de l'île sont les oiseaux.

Frégates, fous masqués, fous à pied rouge, huîtriers, sternes, paille-en-queue, ils sont des milliers à venir pondre ici, à tournoyer au-dessus des sables et des coraux, à pêcher, à guetter l'éclosion des bébés tortues. Les uns nichent au sommet des veloutiers, les autres à même le sable, où ils ne craignent pas d'aménager de petites cuvettes pour y déposer leurs œufs. Les huîtriers, eux, qui ne paient pas de mine, se contentent d'arpenter les plages, en gangsters de l'ombre, toujours par bandes. Aussi féroces que minuscules, ils vivent, comme tous les autres, du retour aveugle des tortues. Et de la naissance, deux mois après les pontes, de leurs centaines de petits.

Donc dans le secret de la nuit, tandis que la mer continue à battre et fracasser, l'île travaille. Deux ou trois heures après le coucher du soleil, émergeant des caches où leurs mères ont enfoui leurs œufs, les jeunes tortues s'ébrouent. Autour de leurs nids s'ourdissent les premiers guets-apens.

À ce petit jeu obscur et sans pitié, les bernard-l'hermite se montrent encore plus sanguinaires que les oiseaux. Lourds et lents, mais très à l'aise dans le noir et bien plus roués qu'eux, ils profitent de la nuit pour descendre sur les plages et s'y regrouper en petites rangées compactes. Puis ils attendent patiemment le moment où les jeunes tortues sortent de leur coquille, pauvres choses hagardes aux yeux encore encollés de sable. Et quand les jeunes tortues, dans une mystérieuse et collective explosion de vie, échappent enfin à leur léthargie et sont saisies par l'appel de la mer, ils leur opposent un long barrage de pinces.

Le carnage est effroyable. Très peu de nouveau-nés s'en sortent. Et c'est pour devenir aussitôt la cible des gangs d'huîtriers. Avec eux, pas davantage de quartier. Sur les plages de l'île, chaque matin, tandis que l'aube monte, se multiplient ainsi des massacres silencieux, suivis de festins tout aussi muets.

Les jeunes tortues retardataires n'auront pas plus de chance : elles deviennent la proie des frégates.

Encore une fois, la chasse est d'une facilité extrême. Une descente en flèche, un petit rase-mottes, et la jeune tortue est cueillie par le bec de l'attaquant, qui s'enfuit aussitôt vers le ciel. Dès qu'il est assez haut, il aspire la chair de sa proie d'une longue goulée. Puis recrache la frêle carapace qui s'en va aussitôt rejoindre, sur la plage, celles des victimes de la nuit. Le soleil, déjà, les a racornies.

Et si d'aventure des bébés tortues parviennent à toucher l'écume, les crabes, à quelques mètres du bord, puis les carangues leur tendent leurs embuscades. Sur un millier de nouveau-nés, un seul réchappe de cet enchaînement de carnages.

C'est cependant là, sur la plage du massacre, que la tortue rescapée, devenue adulte, revient pondre. Six, huit, parfois dix fois de suite dans la même saison. Tous les treize jours, ponctuellement, à l'endroit exact où une faune avide s'est acharnée à trucider les siens. Et encore là que, deux mois après la ponte, ses petits seront eux-mêmes exterminés.

Mais c'est aussi cela, l'île. D'un côté, la cruauté extrême. Et de l'autre, la résistance, l'obstination à vivre. Dans tous les cas, l'acharnement.

*
* *

Ici nulle odeur, sauf celle de l'iode et du sel. Le vent a tôt fait de chasser le remugle du guano et la pestilence exhalée par les cadavres de tortues. Pour que l'île se mette à puer, il faut une exceptionnelle série de journées de calme ou, en décembre-janvier, la torpeur et l'humidité de la saison chaude. Moments insignifiants. Tôt ou tard, un cyclone vient tout balayer. Le ciel, un soir, tourne au rouge sang. Dès le lendemain, la transpiration lourde et malsaine qui ennoie les sables s'évapore. En moins d'une heure, tout s'assèche. Puis la houle forcit, les oiseaux disparaissent on ne sait où, l'air frémit, la mer lâche un long mugissement, l'odeur du sel s'avive encore. L'enfer est proche. Une fois de plus, ces quelques arpents de corail vont manquer de sombrer sous les assauts conjoints du déluge amassé dans les nuages et des vagues géantes qui se forment à l'horizon.

Puis l'île ressuscitera, comme toujours. Blindée dans sa vieille cuirasse. Les sables, comme d'habitude, seront jonchés de cadavres d'oiseaux, les veloutiers arrachés jusqu'à la racine, les bernard-l'hermite noyés, mais elle renaîtra. Fidèle à ce qu'elle a toujours été, féroce, ultra dure. Dans un an ou dans dix, peu importe. Ici, le temps n'a pas de jointure, tout se confond, l'instant avec le siècle, l'heure et le millénaire, la fin du monde et son premier matin. Coquillages vides, œufs brisés, nids de tortues, sillages de crabes, ossements blanchis, envols de plume, griffes d'oiseaux imprimées sur une vaguelette de sable : l'histoire de l'île se résume à des traces. Éphémère dessin de la vie qui va et vient. Et va et revient, sans trop savoir ce qu'elle cherche, sinon à se reproduire. Avant, une fois de plus, de se reperdre. Dans la mer, le plus souvent. Qui n'arrête jamais, elle non plus. Qui continue de battre, de casser, fracasser, s'acharner. Mais l'île tient toujours. Sans même savoir qu'elle tient. Univers plus qu'inhumain : étranger à l'humain. Monde sans date. Île sans nom.

2

Avant le naufrage qui la fit entrer dans la légende humaine, l'île n'a été piégée qu'une fois par une longue-vue. L'homme qui l'avait pointée était un capitaine de la Compagnie française des Indes, Briand de La Feuillée. Il commandait *La Diane.* Il avait quitté Port-Louis de Bretagne un an plus tôt, en 1721. Il passait là par hasard.

Quelques semaines avant d'apercevoir l'îlot, il avait débarqué sur les côtes de l'île Maurice deux cent dix hommes et vingt femmes qui ne se voyaient plus d'avenir dans leur Suisse et leur Alsace natales. Certains de ces désespérés avaient emmené leurs enfants – une trentaine, tout ébahis eux aussi de se retrouver devant des plages désertes. Comme les Arabes et les Portugais quelques décennies plus tôt, les Hollandais venaient d'abandonner Maurice. Après avoir décimé les dodos jusqu'au dernier, trucidé la plupart des tortues et être venus à bout de ses forêts d'ébène, ils avaient tenté quelques cultures puis sombré dans une semi-folie, à force de s'échiner contre les sécheresses, les cyclones, les assauts des fièvres et des moustiques, les attaques des singes et des rats enfuis des rares navires à faire escale dans leur semblant de port.

Au départ des Hollandais, la Compagnie des Indes a cru à une aubaine. Elle s'est dépêchée de prendre possession de Maurice au nom du roi Louis XIV. En manque d'imagination, elle l'a rebaptisée « île de France », puis a décidé de la coloniser.

Les Hollandais n'ont pas regretté leur fuite. Ils continuent de glousser qu'il faut être français pour s'imaginer faire fortune sur cette île. D'après eux, pas une terre, entre l'Afrique et l'Inde, qui ne soit un lieu maudit. Ces îles-là ont le don de vous rendre fou. Trop souvent la proie des ouragans, trop loin de tout. Grandes ou petites, aucune d'elles n'échappera à son destin : rester à l'écart des hommes et des bateaux. Solitaires et désertes, pour l'éternité.

*

* *

D'après une rumeur tenace, en cet après-midi du 11 août 1722 où Briand de La Feuillée a vu apparaître dans sa longue-vue l'île qui devait devenir celle du naufrage, il cherchait à établir un circuit maritime plus court, donc plus rentable, vers les comptoirs de l'Inde. Son journal de bord contredit cette rumeur. Juste après avoir capturé l'île inconnue au fond de sa lunette, le capitaine de *La Diane* retrouve l'itinéraire classique, et plutôt longuet, de tous les vaisseaux de la Compagnie en route vers les comptoirs de la côte des Malabars : la côte nord de Madagascar, Diego Suarez, le cap d'Ambre, les Maldives, qu'ils coupent à chaque fois par le milieu avant de cingler vers Calicut.

C'est donc pur hasard si *La Diane* se retrouve en vue de l'île. Depuis quelques jours, le bateau affronte des vents contraires. Un courant inconnu l'a sans doute déporté.

Briand de La Feuillée, en tout cas, est un homme prudent : à la façon subite dont une double ligne d'écume et de sables vient barrer le cercle vitreux de sa longue-vue, il lit l'annonce d'un danger mortel.

Il se hâte de calculer la distance qui le sépare du rivage – six à huit milles nautiques –, estime la longitude de l'île à 74° 51' E, puis sa latitude – d'après lui, 16° 19' S. Et, le temps de s'étonner de cette étrange langue sablonneuse qui s'étire vers le nord, il vire de bord. Cette large frange d'écume ne lui dit rien de bon. Il n'est pas en mission d'exploration et un marché mirifique l'attend à Calicut. Cotonnades, épices, perles, diamants, bois de teck et santal : il faut qu'il remplisse sa cale au plus vite, il doit retrouver sa route dans les plus brefs délais. Et il est mort de peur.

Les vents restent contraires, il lui faut deux bons jours avant de pouvoir s'enfuir. Il les passe à louvoyer à bonne distance de cette île inconnue dont le diadème de déferlantes, décidément, l'épouvante. Puis le vent change. Soulagé, il parvient à mettre cap à l'ouest et rejoint au plus vite Diego Suarez.

En ce crépuscule du 11 août 1722, le monde des hommes n'a donc fait qu'effleurer l'île. Pas de collision entre les deux univers. Rien qu'un frôlement. Et si Briand de La Feuillée n'avait scrupuleusement mentionné sur son journal : « *Le 11, à cinq heures de l'après-midi, vu un islot de sable dont le milieu restoit au Nord-N-E* », la fugitive apparition qu'il venait d'observer aurait pu passer pour un mirage. Qui serait allé, comme le reste, se perdre dans le néant de la mer.

Sitôt à Calicut, Briand de La Feuillée s'acquitte rigoureusement de sa tâche et négocie une de ces cargaisons qui font la fortune des actionnaires de la Compagnie des Indes : des monceaux de cotonnades et d'épices qu'il ordonne d'entasser, serrer et coincer au plus étroit dans le ventre de son navire, de telle sorte qu'en Bretagne, au moment où il les dégurgitera sur les quais, les tissus resteront imprégnés d'effluves de poivre, girofle, cumin, gingembre, cannelle, muscade, santal et cardamome. Ils n'en vaudront que plus cher.

Mais l'or de leur commerce, chez la plupart des capitaines, ne parvient jamais à effacer tout à fait la mémoire des tempêtes, le souvenir des morts, des coups de chaleur, des vents qui ont usé les nerfs. Et encore moins l'effroi qui les a saisis quand, en pleine mer, à l'improviste, s'est dressé devant leur proue un récif inconnu. Les marins les moins causants en parlent ; et la vision revient hanter les nuits des plus bonasses. Ensuite, ils n'ont qu'un mot à la bouche : cet écueil, au plus vite, il faut l'inscrire sur une carte.

*
* *

L'île n'est décidément pas faite pour les humains. En dépit du relevé scrupuleux de Briand de La Feuillée, elle met près de dix-sept ans avant d'apparaître sur un parchemin.

Du moins s'agit-il d'un document officiel, destiné à faire autorité chez tous les marins du Roi et, du même coup, répertorié sous les voûtes de l'austère « Dépôt des Cartes ». En 1739, l'île ressuscite donc sous la forme d'une minuscule mouche posée à l'est des côtes de Madagascar, comme égarée dans l'immensité blême de la « mer des Indes ». Sa position correspond exactement aux relevés indiqués sur le journal de bord de *La Diane*.

L'auteur de la carte lui a aussi trouvé un nom. Les froides et sèches observations de Briand de La Feuillée n'étaient guère propices à l'inspiration, il la baptise d'une appellation aussi plate qu'elle : « Isle de Sable ». Il ignore sans doute comment la surnomment tous les marins en vadrouille dans l'océan Indien : « Île du Danger ». À l'évidence, les récits de Briand de La Feuillée ont couru de quai en quai : un peu plus tard, sans qu'on ait connaissance qu'un nouveau navire se soit aventuré dans les parages, les instructions nautiques remises aux capitaines en partance pour les Indes signalent qu'il vaut mieux ne pas se mettre en tête de retrouver l'îlot maudit. Et de récit en récit, de détail supplémentaire en nouvelle précision, celui-ci, peu à peu, se bâtit sa petite légende. On le désigne bientôt par des noms variés : « île de Corail », « île des Sables ». Ou parfois, carrément et sèchement : « Le Danger ».

Du coup, en vue de l'île, pendant trente ans, rien que les requins, comme avant. De temps à autre, quelques baleines. Et comme avant aussi, des épaves de pirogues ou de canots sans doute portées ici par les mêmes courants que les bambous. Pendant la saison des ouragans, les vagues les hissent jusqu'au centre de l'île, là où on ne voit plus la mer, là où nichent les fous.

*
* *

En 1740, sans qu'on sache pourquoi, l'île réapparaît sur une deuxième carte. Un nouveau document officiel, entreposé comme le précédent au Dépôt de la Marine. Bizarrement, sa latitude a changé. De 16° 19' S, elle est passée à 15° 30' S. Et sa longitude, de 52° 45 à l'est du méridien de Paris, s'est transformée en 53° 12' E.

Un autre capitaine s'est-il retrouvé dérouté par là ? A-t-il réemprisonné l'île au fond de sa longue-vue, effectué des mesures, consigné de nouvelles observations ? Ou est-ce Briand de La Feuillée lui-même qui, toujours hanté par l'effroi qui l'avait saisi face à son diadème de déferlantes, et découvrant des méthodes plus précises d'estime des positions, est revenu sur ses calculs ? On l'ignore aussi.

Aucune preuve, en tout cas, qu'un nouveau capitaine l'ait vue ressurgir devant sa proue. Et encore moins d'indice qu'un humain, à côté du sillage des tortues, ait laissé dans ses sables vierges l'empreinte de ses pas.

Treize ans plus tard, en 1753, l'île réapparaît sur une troisième carte. Pour des raisons tout aussi énigmatiques. De façon non moins mystérieuse, sa latitude a encore changé.

Cette fois, le document est signé par une sommité de l'hydrographie, D'Après de Mannevillette, auteur du *Neptune oriental*, un recueil de cartes qui fait autorité. On l'embarque sur la plupart des vaisseaux de la Compagnie des Indes, Louis XV en a commandé quatre cents exemplaires pour en équiper les bâtiments de la Marine royale et il éberlue jusqu'aux Anglais – leur propre Compagnie des Indes a fait l'acquisition de ce monument de la cartographie.

D'Après de Mannevillette estime la longitude de l'île à 52° 32' E et sa latitude à 15° 55' S. Soit, par rapport à l'estimation de Briand de La Feuillée, vingt-quatre minutes plus au sud. Pourtant, même s'il a beaucoup voyagé dans les parages, D'Après n'a jamais vu l'île. Il ne l'a même pas cherchée.

Tient-il ces indications d'un autre capitaine qui, dans l'intervalle de ces treize années, s'est égaré par là ? A-t-il lu et relu les journaux de bord d'autres navires qui ont croisé à l'est de Madagascar, coupé, recoupé, compilé leurs indications, puis arrêté méthodiquement cette nouvelle position ? Ou l'a-t-il estimée au petit bonheur la chance, en se fiant à sa seule – et géniale – intuition des vents et des courants ? Là encore, nul ne sait. Si tel est le cas, il a eu la main heureuse : à deux minutes près, la latitude qu'il avance est juste[1].

Mais de façon très curieuse, du jour où D'Après dessine sur sa carte cette misérable amande de sable et de corail, elle se met à l'obséder. Il faut à tout prix qu'il la voie. Sans doute parce qu'on sait qu'il l'a située à la jugeote. Si d'aventure il a commis une erreur et que, par sa faute, un navire va se fracasser

1. La position exacte de l'île – 15° 53'S, 52° 11'E – n'a été déterminée qu'en 1953.

sur ses récifs, ses ennemis seront trop heureux de l'incriminer.

Il s'en va donc errer, des jours et des jours durant, à l'est de Madagascar. Mais de l'île, il ne rencontre que l'annonce : à l'horizon, une énorme nuée d'oiseaux. Et il a beau tourner, virer, s'entêter, sortir sa longue-vue, son chronomètre, brandir son compas, son octant, répéter ses mesures, observer les courants, remonter son propre sillage, scruter à s'en brûler les yeux la ligne de l'horizon, rien à faire. Comme aux autres, l'île se dérobe. À croire qu'elle n'a jamais existé.

Sûr et certain, pourtant, l'île était proche : des milliers d'ailes, à l'horizon, n'avaient cessé de noircir l'air – en pleine mer, les nuées d'oiseaux sont à tout coup la promesse d'une terre. Pour le génie de l'hydrographie, l'échec est d'autant plus rude qu'il ranime l'ambition des chasseurs d'îles qui commencent à se multiplier dans tout l'océan Indien. Non par désir de s'approprier ces misérables arpents de corail généralement dépourvus d'eau douce et, la plupart du temps, tout juste agrémentés de quelques cocotiers et filaos, mais par passion géographique et dans l'espoir d'être le premier à décrire et situer ces obstacles à la sécurité des navires. Pour ce seul orgueil, ils sont prêts à endurer des semaines et des mois de navigation inquiète : ras et bas, ces minuscules bancs, malgré leur frange d'écume, se confondent très souvent avec la ligne d'horizon. Un rien – brume de chaleur, averse brutale, procession subite de nuages, soleil trop haut, soleil trop bas – et tout se brouille. Sous ces lumières trompeuses, tant que la chance n'est pas là, on peut chercher son île tant qu'on veut, s'entêter, s'user les yeux sur sa longue-vue, grimper en haut des mâts, s'échiner sur sa carte et son compas, rien à faire : l'océan reste vide. Un capitaine l'a aperçue – oui, c'est ce qu'il dit. L'a fait inscrire sur une carte – et alors ? Avait-il bien vu, puisqu'elle n'est pas revenue ? C'était sans doute un mirage. Ou alors il avait abusé de l'eau-de-vie.

Et cependant les chasseurs d'îles s'entêtent. Il les leur faut.

Pour l'île des Sables, ils s'y prennent souvent en catimini : en cas de succès, la gloire n'en sera que plus brillante. Et s'ils échouent, pas de sarcasmes.

D'autres, au contraire, claironnent à tous vents leur ambition, comme le capitaine Morphey, fin marin arrivé d'Irlande, qu'on expédie vers les Seychelles en 1756 aux fins d'en prendre possession au nom de Louis XV. Il ne cache pas qu'il en profitera pour retrouver ce bout de corail que personne n'a jamais revu. Il semble l'homme de la situation : tout le temps de son voyage vers les Seychelles, il ne cesse de découvrir quantité d'autres cailloux perdus au cœur des vagues, Cosmoledo, Aldabra, Saint-Pierre, Juan de Nove. Tous plus déserts les uns que les autres, battus des vents, abandonnés aux oiseaux et aux tortues. Mais quand il se met en quête du banc de sable et de corail observé par Briand de La Feuillée, tout se gâche. Il est pourtant sûr de sa route et de sa position. Et comme D'Après de Mannevillette, il est certain que l'île est là, à quelques encablures de sa frégate. Mais en dépit des nuées d'oiseaux, elle se dérobe farouchement à sa longue-vue.

Le soleil se couche, le vent menace de pousser sa frégate sur les récifs signalés par Briand de La Feuillée. Comme lui, il préfère virer de bord. Mais, toujours hanté par l'espoir de voir l'île surgir à l'horizon, il ne s'enfuit pas. Il met en panne pour la nuit et attend le matin.

L'aube se lève. Les oiseaux continuent de noircir l'horizon. L'île, elle, reste invisible. Il pourrait mettre le cap sur le nuage de volatiles. Il n'ose pas. Il vire de bord. Et cette fois, prend le large. Il renonce à voir ce fantasmagorique îlot.

Après lui, plus une seule tentative. Il semble établi à jamais qu'entre Madagascar et les Seychelles, comme tant d'autres cailloux portés sur les cartes, l'île du Danger soit dotée du pouvoir de se volatiliser. Ou alors on l'a confondue avec une autre : tant de doublons, sur les parchemins qu'on remet aux capitaines, tant d'erreurs de copistes, de fautes d'orthographe. Plus les sottises de ces gratte-papier qui, pour complaire à un puissant du moment, croient bon de donner son nom au premier îlot nouvellement découvert, quand ils n'en affublent pas tout un archipel jusque-là connu sous une autre appellation – ainsi ces « Sept Sœurs » qu'on vient de rebaptiser Seychelles, du nom d'un intrigant qui a mis la haute main, pour quelques mois, sur les finances de la Marine…

En attendant, quand les capitaines prennent la mer, ils s'égarent dans cette nasse de noms et de cartes qui se superposent et se contredisent. Ils ne retrouvent jamais, par exemple, la mystérieuse Apollonia, pourtant reportée si fidèlement, carte après carte, à l'est de Bourbon[1]. Et pour cause : elle n'existe pas. « Îles imaginaires ou douteuses », conviennent parfois les scribes, depuis leurs lointains bureaux. Et de dresser dans la foulée une liste de ces belles fugitives. Qui prouveront parfois qu'elles existent bel et bien. Et sont effroyablement dangereuses, telle Bassas da India, qui ne se découvre qu'à marée basse. Dès que la mer remonte, n'affleurent plus de ses récifs que de rares têtes de coraux. Piège mortel pour les marins poussés vers son lagon par les caprices des vents. Car non seulement on ignore sa position exacte, mais elle porte plusieurs noms, chacun plus romanesque : « Basse de la Juive », « Basse de l'Inde », « La Sirène », « Syrtes de l'Inde ». Les bateaux, face à ses récifs, ne naviguent pas seulement à fleur d'eau, ils fluctuent aussi entre le réel et l'imaginaire. Au point que certains capitaines finissent par partager la conviction des matelots :

1. L'actuelle île de la Réunion.

l'océan Indien est peuplé d'îles vagabondes. De mystérieux bouts de terre pareils aux bois flottés, qui se laissent aller, sombrent et ressurgissent au gré des alizés. Aujourd'hui, l'île est là, demain, elle disparaîtra. Mais elle dérive, elle reviendra. Où et quand, on ne sait pas. À son bon plaisir, comme le roi.

*
* *

Et quand on oublie l'île, enfin, quand on n'y croit plus, qu'on n'y pense plus, qu'on n'en veut plus et qu'on s'en fout, c'est à cet instant-là, sans prévenir, au dernier moment, qu'elle ressurgit. D'une seconde à l'autre, tous récifs dehors, écumeuse, furibonde. Île fantôme, comme il y a des bateaux fantômes.

II

DANS LES MAINS DU DIABLE

3

Le 31 juillet 1761, au moment de se coucher, le capitaine Jean de Lafargue, aussi célèbre, de Lorient à Chandernagor, pour sa chance que pour son entêtement, lance son dernier ordre de la journée : « Cap à l'est ! » Un peu plus tard, aux environs de vingt-deux heures vingt, son navire, *L'Utile*, flûte de huit cents tonneaux armée par la Compagnie des Indes et chargée d'une cargaison frauduleuse, talonne brusquement. Il a touché de la roche.

*
* *

Pendant plusieurs semaines, Lafargue a suivi une route inconnue. Il s'y est engagé pour ne croiser aucun autre navire mais depuis deux jours, il soupçonne qu'il s'est perdu. Quelques-uns de ses cent quarante-deux hommes d'équipage ont la même impression, mais aucun d'entre eux ne s'est jamais risqué dans ces parages inquiétants et Lafargue, avec sa hauteur coutumière, a pu continuer à leur imposer son cap, plein est. Puis il est allé froidement se coucher. Il a cinquante-sept ans, il faut dire, et sa journée l'a particulièrement éprouvé.

À bord, en dehors des hommes de quart, seul l'état-major de *L'Utile* – neuf officiers – est sur le qui-vive. Depuis trente-six heures, ils sont morts d'angoisse. Les autres ont, pour la plupart, imité le capitaine, joué leur destin à quitte ou double et se sont laissé ensevelir dans le sommeil.

Ce qui a conduit Jean de Lafargue à regagner sa chambre avec un tel sang-froid n'est pas le mélange de courage et de fatalisme qui habite la plupart des capitaines lorsqu'ils font voile entre l'Afrique, Madagascar et l'Inde. Ni l'extraordinaire inconscience qui les empêche de devenir fous dans les moments où, comme l'équipage de *L'Utile*, ils ignorent tout de leur position. Le capitaine Lafargue est simplement un butor et, depuis la veille, son naturel trouve pleinement à s'employer. Lors de son départ de Bayonne, neuf mois plus tôt, il a embarqué deux cartes de l'océan Indien. Ses officiers préfèrent se fier au plus récent des deux documents. Lui a choisi l'autre.

Son premier lieutenant, l'habile et brillant Barthélemy Castellan du Vernet, a cherché par tous les moyens à l'en dissuader. Peine perdue, Lafargue n'a pas voulu en démordre. Mais Castellan non plus, qui a rallié l'état-major à ses vues, puis ourdi une petite cabale contre son supérieur. Aujourd'hui, à midi, Lafargue a dû essuyer un début de rébellion. Il l'a immédiatement étouffée. Du coup, une fois de plus, quand le soleil s'est couché, il a pu décréter : « Cap à l'est ! »

S'il n'avait emporté qu'une seule carte – peu importe laquelle – il n'aurait pas eu à s'obstiner. Pas de contestation non plus, pas de complots, pas de cris : tout le monde se serait incliné sans broncher. Mais cela fait une semaine que *L'Utile* affronte des vents contraires. Au sein de l'équipage, les esprits s'aigrissent, les moindres divergences de vues rejoignent les angoisses les plus refoulées et deviennent, d'une seconde à l'autre, prétexte à toutes sortes de chicanes. Dans ces conditions, deux cartes à bord, c'est la main du diable. Lafargue est allé se coucher en étant persuadé qu'il l'avait tranchée.

*
* *

Il s'est refusé à discuter de la qualité des deux documents. Il ne s'est même pas interrogé sur leur validité. Il a décidé, un point c'est tout.

Le seul détail qui a pu le troubler, au long de ces deux jours de conflit avec son état-major, c'est la façon dont, l'an passé, à Bayonne, la seconde carte s'est retrouvée à bord avant le départ du navire, au moment où les contretemps se sont multipliés et ont empêché *L'Utile* d'appareiller à la date prévue – les vivres qu'on peinait à réunir, les matelots qui avaient déserté et qu'il fallait remplacer par d'autres qui s'enfuyaient à leur tour, qu'on devait rattraper, menacer, emprisonner, parfois exécuter, on n'en sortait plus. S'il n'y avait pas eu tous ces délais, Lafargue n'aurait emporté que la seule carte fournie par la Compagnie.

Mais c'est toujours la même chose quand on reste au port et qu'on doit affronter tracas sur incident : tout le monde s'en mêle, y va de son grain de sel et de son petit conseil – bon ou mauvais. Et le diable aime tout particulièrement ces quais où les embarquements tournent à la pétaudière : ils fourmillent d'hommes à sa main. À Bayonne, il a très vite trouvé sa proie. D'Après de Mannevillette qui, on ne sait pourquoi, passait justement par là.

Avec, comme d'habitude, sa malle bourrée de cartes – D'Après édite ses ouvrages à ses frais, se sent parfois incompris et aime à s'entourer d'admirateurs. La rumeur lui a appris que le capitaine qui devait commander *L'Utile* venait de se volatiliser. Et que le soin d'aller assurer le ravitaillement de l'île de France, grâce à ce vaisseau flambant neuf, venait d'échoir à Jean de Lafargue. Un homme qu'il connaît bien : onze ans plus tôt, lors d'un voyage au Sénégal, il l'a eu sous ses ordres. Il a donc couru lui offrir sa carte de l'océan Indien. Tout fier de lui : elle est bien plus récente que celle dont la Compagnie équipe ses navires. C'est le document où, sept ans plus tôt, sans l'avoir vue, il a donné une nouvelle position de l'île des Sables. Le seul point qui continue à le tracasser, c'est qu'il n'a toujours pas pu vérifier sur place qu'il ne s'était pas trompé. Et que ça se sait.

Lafargue n'en est pas revenu. Lui, un capitaine pas très instruit, voir un savant venir lui faire ses grâces... Onze ans plus tôt, à bord du *Chevalier Marin*, chaque fois qu'il l'avait vu à pied d'œuvre sur la dunette arrière, concentré sur ses calculs de longitude ou absorbé par la manipulation de son nouveau modèle d'octant, tout juste s'il osait l'approcher...

Le savant, de son côté, si accaparé par ses mesures qu'il fût, n'a pas manqué de remarquer cette fascination béate, vaguement servile. Elle a flatté sa vanité. Et comme sa célébrité, maintenant, lui vaut quantité d'ennemis – après tout, tout génial qu'il est, quand il a cherché l'île des Sables, il ne l'a jamais trouvée –, il est avide de cautions. Et n'est guère regardant sur les talents de ceux qu'il honore de ses lumières. Il n'est pas rare qu'il les dispense à des besogneux de la Marine comme Lafargue, hissés au grade de capitaine à force d'âpreté et d'étroite obstination.

C'est ainsi que la seconde carte s'est retrouvée à bord. Pour de très mauvaises raisons.

Donc aujourd'hui, Lafargue aurait dû trancher en sa faveur. Mais bizarrement, il vient de la récuser. Et de décider une bonne fois pour toutes que ce document qu'il appelle, pour le distinguer de l'autre, « Carte de Bayonne » est erroné. Il s'en tiendra à la carte fournie par la Compagnie des Indes, pourtant vieille de vingt et un ans. Pour toute justification, il s'est réclamé de son titre, capitaine de brûlot. Et il est allé se coucher.

Cuirassé d'importance, raidi de décision. Quand on a passé plus de trente-six heures à affronter son lieutenant et qu'on est enfin parvenu à lui river le clou, l'autorité vous poursuit comme votre ombre. Même quand on se retrouve seul dans sa chambre.

Et ensuite, au fond de son lit, on dort de la même façon. Avec hauteur et mépris. Sérieusement, comme tout ce qu'on décide. Ronflant de tout ce qu'on a de poumons, on continue d'avoir raison. On sait toujours où on va. Cap à l'est, toutes voiles dehors, au plus près du vent. Cette nuit comme la précédente, demain matin comme hier au point du jour. Et rien d'autre, tant qu'il ne l'aura pas décidé.

En plus de la satisfaction d'avoir définitivement cloué le bec à son premier lieutenant, le capitaine Lafargue, au moment de se coucher, savoure sa petite jouissance du soir : son lit, comme d'habitude, a été parfaitement apprêté par son domestique, le novice Jean Bertrand ; et il y reconnaît aussi la main de son valet Joseph, le Malgache, que la Compagnie a mis à sa disposition et dont il n'a qu'à se féliciter ; quoique libre, Joseph lui obéit avec une docilité d'esclave ; et, outre qu'il parle un français parfait, il est constamment aux petits soins pour lui.

En mer, où le moindre détail compte, une chambre à soi et le confort d'une alcôve, même si on dort tout habillé, donnent l'illusion de vivre comme un sultan. Surtout pour qui a enduré pendant des années les hamacs ou les misérables chambres de toile de l'entrepont. À lui seul, ce privilège si durement conquis repose Lafargue de la rébellion de ses officiers. Et devrait suffire à le conduire en douceur vers les eaux les plus profondes du sommeil, sans qu'il ait à s'interroger sur la véritable raison qui l'a poussé à récuser la carte de Bayonne : il est extrêmement pressé de toucher terre, il ne veut pas perdre une journée. Et de toute façon, se dit-il une dernière fois en se retournant sur son lit, si Castellan tient cette carte pour juste, c'est assez pour qu'elle soit fausse.

Mais quelque chose lui souffle aussi que, si son lieutenant avait penché pour l'autre, celle de la Compagnie, il aurait choisi la première, rien que pour le contrarier. Et pour démontrer à tout l'équipage qui commande, à bord de *L'Utile*. Qui voit l'intérêt du navire et plus encore, celui de la cargaison. Lui, et non Castellan.

Tout de même, l'idée l'effleure vaguement qu'il ne sait plus où il croise et qu'il aurait pu accepter la discussion. Il ne manquait pas d'arguments. Il aurait pu rappeler à son lieutenant, par exemple, que ce D'Après qu'il semble tant vénérer n'a jamais trouvé l'île des Sables. Et que par conséquent, elle est vraisemblablement de ces îles douteuses et incertaines dont l'imagination des marins continue de saupoudrer l'océan.

Il s'y est refusé. L'autre lui aurait aussitôt opposé le mot qui fait mouche. Trop brillant, le premier lieutenant. Œuvres de l'esprit comme outils des basses besognes, scies, marteaux, haches, mathématiques, hydrographie, voilerie, canons, rien ne lui fait peur. Dès qu'il a ouvert la bouche, Lafargue a préféré l'ignorer et tourner les talons en se bornant à lancer au pilote le même ordre que depuis huit jours : « Cap à l'est, toutes voiles dehors, au plus près du vent. »

C'est la mer, aussi, qui l'a encouragé. Cette façon qu'elle a eue de rester obstinément vide du matin au soir. Abstraction faite des nuages d'oiseaux.

Mais quantité négligeable, a-t-il estimé dès que les premières ailes sont venues traverser le cercle de sa longue-vue : Morphey et D'Après, eux aussi, quand ils les avaient aperçus, avaient cru se trouver dans les parages de l'île des Sables. Et en définitive, malgré toute leur science, ils ont fait comme tout le monde : chou blanc. Donc au premier index que les officiers ont pointé sur les oiseaux, Lafargue, encore une fois, a coupé court. À bord de *L'Utile*, la règle est simple : pas de temps à perdre en parlottes. Si on tient absolument à dépenser sa salive, on peut toujours l'employer à prier pour obtenir le bon vent.

*
* *

Les choses ont commencé à tourner au vinaigre hier 30 juillet. Au point de midi, quand la latitude, en visant le soleil, a été estimée à 16° 20'S. Dès qu'il a connu le chiffre, Castellan s'est mis à agiter fiévreusement son compas au-dessus de la carte de Bayonne. Puis il a grommelé qu'on pourrait peut-être changer de cap.

Il n'a pas tout de suite prononcé les mots « virer de bord », il se doutait bien que Lafargue ne se laisserait pas faire. Il a biaisé, s'est fait enveloppant, a feint d'oublier toute sa science. Mais plus il y a mis les formes, mieux Lafargue a deviné le fond de sa pensée et saisi qu'il cherchait à l'amadouer. Il l'a donc laissé venir. Et c'est seulement quand Castellan s'est enhardi à suggérer qu'on devrait peut-être songer à un autre cap qu'il a tranché : « La carte de Bayonne est fausse ! » Puis, estimant qu'il avait clos le débat, il a encore confirmé son ordre : « Cap à l'est ! »

Castellan a serré les dents, s'est incliné. Ou plutôt a fait mine, une fois encore, car durant tout l'après-midi, il a pris à part chacun des membres de l'état-major et répété à chaque officier sa litanie : « Virer de bord. » Avec tant de persuasion qu'au coucher du soleil, du château arrière au gaillard d'avant, où qu'il aille, Lafargue est tombé sur des marins qui, sans le regarder, marmonnaient qu'on ferait mieux d'attendre le lendemain matin pour y voir plus clair, et qu'on devrait mettre le bateau en panne pour la nuit. Ou bien ils bougonnaient entre ce qui leur restait de dents que le temps et la lumière changent souvent, entre Madagascar et l'île de France ; ils mâchonnaient qu'avec l'aube, il se pourrait bien qu'on soit en vue d'un haut-fond, d'une ligne de récifs et peut-être – pourquoi pas ? – de cette île des Sables que tant de marins cherchaient depuis quarante ans. Elle est toute proche, assuraient-ils, sur la carte de Bayonne. Lafargue croyait entendre Castellan.

Ça ne l'a pas entamé. Et à dix-sept heures trente, au moment où le soleil sombrait derrière la ligne d'horizon, il a maintenu : « Cap à l'est ! » Il était identique à lui-même : visage de pierre, démarche de plomb, bouche scellée sur sa décision.

Et pourtant, quelques minutes plus tard, il s'est laissé ébranler. Vers dix-huit heures, quand l'obscurité a définitivement achevé de noyer le pont, il a distinctement entendu un officier qui lâchait à un autre : « En continuant à courir cette bordée, nous risquons notre perte. Nous ne survivrons pas à la nuit qui vient et je ne dormirai pas tranquille si nous ne virons pas de bord. »

Sans être claironnées, les deux phrases étaient ouvertement destinées à être entendues de chacun. Et la voix, comme il fallait s'y attendre, était celle de Castellan. Or entre chien et loup, sur le pont, il y a encore beaucoup de passage : c'est le moment où, la nuit venant, le mal du pays gagne tous les esprits. Les imaginations galopent, l'anxiété monte, chacun veut scruter la mer avant de retrouver sa couchette ou son hamac. Les phrases de Castellan ont aussitôt fait le tour du bord. Mieux encore : dans les secondes qui ont suivi, Lafargue s'est mis à douter. Son armure d'entêtement s'est fendue, il s'est couché devant la peur. Et tout Jean de Lafargue qu'il fut, vieux capitaine fait d'embruns et de quais, recru de tempêtes et de terres inconnues, il a reculé devant la nuit. L'instant d'après, il lançait l'ordre qu'attendait Castellan.

Ce « Virez de bord ! », cependant, il ne l'a pas crié. Il l'a grincé, mâchoires à demi cadenassées. Comme si une autre part de sa personne, définitivement coriace et hors d'atteinte, s'y refusait.

Et ce matin, à l'aube, tout lui a donné raison : quand il est allé se poster sur le gaillard d'avant pour scruter l'horizon de tout ce qu'il avait d'yeux et de longue-vue, il n'y avait pas plus de récif devant lui que de beurre en branche. Et pas davantage d'île ni de haut-fond. L'océan, comme d'habitude, était vide. Au-dessus de lui, dans les voiles, les vents étaient eux-mêmes inchangés. Ils soufflaient du sud-est, comme depuis huit jours. Seule nouveauté depuis la veille : les oiseaux. Les nuages d'ailes s'étaient considérablement épaissis. Mais Morphey et D'Après, eux aussi, quand ils avaient cherché leur île, les avaient vus se masser au fond de la mer. Sans jamais rien trouver devant eux, ni écueil, ni haut-fond, ni le moindre bout de caillou. Preuve supplémentaire de la fausseté de la carte de Bayonne. Lafargue a donc immédiatement ordonné de reprendre le cap de la veille. Pour une fois, au fond de son gosier étroit, il y avait comme de la joie.

*

* *

Ça n'a pas empêché Castellan de récidiver. Au point de midi. Un vrai complot, cette fois. Pas loin de la mutinerie.

Le soleil tombait dru sur le pont, cuisant, malgré les dix nœuds de vent. On filait obstinément est, toutes voiles dehors. Au loin, têtues, les mêmes nuées d'oiseaux. De plus en plus noires à mesure qu'on avançait.

Ça n'avait pas échappé à la vivacité de Keraudic, l'écrivain de bord. Après avoir consigné sur son journal la nouvelle position du navire et la vitesse du vent, il avait précisé : « *Très beau temps.* » Et il venait d'ajouter : « *Vu quantité d'oiseaux.* » La juxtaposition laissait place à toutes les interprétations possibles : du pur Keraudic, tout dans le sous-entendu, l'insinuation, le faux-fuyant. À croire qu'il avait pris lui aussi le parti de Castellan. Alors qu'à l'ordinaire, on le retrouvait plutôt du côté des puissants.

Tout en maniant sa plume, d'ailleurs, il avait une petite moue préoccupée. Peut-être regrettait-il d'avoir embarqué sur *L'Utile*, peut-être commençait-il à douter sérieusement de Lafargue. Mais quand on travaille pour la Compagnie, on n'a qu'un seul choix : obéir. Donc aujourd'hui, au point de midi, inquiet ou pas, bien obligé de faire comme d'habitude. De sa précise et nerveuse calligraphie, il a achevé le mot « oiseaux », puis quitté ses paperasses des yeux pour tenter de se faire une idée de l'état d'esprit des officiers.

Ils venaient de finir de relever les hauteurs. Lafargue – pure hypocrisie – avait commandé qu'elles soient prises par des officiers différents. Ce qui, bien entendu, venait d'aboutir à des latitudes différentes : 16° 8' S et 16° 18' S. Et n'avançait à rien.

Keraudic a rebaissé les yeux sur ses paperasses et les a consignées toutes deux avec le même zèle scribouillard. Puis les officiers ont déroulé les cartes et sont passés à la détermination du point. Lafargue s'en contrefichait, sa décision était déjà prise. Ils n'avaient pas sorti leurs compas qu'il maintenait : « Cap à l'est ».

C'était faire injure à Martin Lafourcade, le pilote qui, avec tant d'application, venait de faire le point. Et insulter presque aussi gravement Castellan qui, au-dessus de son compas, venait, une fois de plus, de dérouler une seule carte, celle de Bayonne. Cependant tout donnait raison à Lafargue : devant *L'Utile*, toujours pas la moindre annonce d'un écueil. Et sous la sonde, l'abîme. Il a jugé qu'il avait gagné la partie.

Mais Castellan, en neuf mois de navigation, avait eu le temps de faire le tour de son capitaine. Il avait prévu le coup. Et n'a pas eu besoin de faire signe aux autres officiers : à l'instant où Lafargue, après un ironique petit coup de menton en direction de la mer, esquissait un pas pour regagner sa chambre, tous, du même geste, sont allés se placer sur son chemin.

Pas seulement Monier de Nantes, le second lieutenant, pas seulement son vieux complice de Dinan, Benazet du Temple. Les trois enseignes aussi : La Mure, Lemonnier, L'Épinay. Si hardis, tous, que Léon, le petit frère de Castellan, en dépit de sa jeunesse, a lui aussi jugé bon d'aller se pousser du col avec les autres.

Ils n'ont pas sorti d'arme, non. Mais pour Lafargue, ç'a été tout comme : ça se passait en plein pont, au plus beau de midi, à la vue de l'équipage. Puis (là encore sans obéir au moindre signal, peut-être d'instinct, sans la moindre préméditation) les officiers se sont mis en cercle autour de lui. Et à tour de rôle, ils en sont sortis pour s'avancer vers lui. Une vraie chorégraphie.

Chacun lui dévidait un chapelet d'arguments, presque toujours le même : le point de Martin Lafourcade, les hauteurs qu'on venait d'observer, les oiseaux, le danger qu'il y avait à continuer de courir ainsi vers l'est au plus près du vent, les cartes, le risque de hauts-fonds, la sagesse qu'il y aurait à virer de bord immédiatement ou à mettre en panne pour la nuit pour attendre de voir.

Castellan a été le plus succinct. Il a vite cédé la parole au suivant. Qui a immédiatement repris son couplet, et ainsi de suite jusqu'au dernier des officiers. En dehors de quelques petites variantes, ils avaient les mêmes mots que les précédents. Et des gestes identiques : ils désignaient tous, autour des voiles, le tournoiement des ailes, pointaient les grappes de sternes qui frôlaient les huniers – des oiseaux se risquaient maintenant à proximité du navire. Lafargue s'est retrouvé cerné.

Impossible de ne pas penser : « Tous de mèche. » Et face à l'évidence du complot, pas moyen non plus de ne pas s'endurcir encore dans l'entêtement. Chaque fois qu'un nouvel officier se détachait du groupe pour lui prouver qu'il fallait virer de bord, chaque fois qu'il lui désignait un oiseau venu se frotter aux vergues, Lafargue se butait, se rétractait davantage. Mais dans le cercle qui se refermait autour de lui, personne, pas même Castellan, n'a voulu voir que plus on insistait, plus il se verrouillait. C'était certitude contre certitude, entêtement contre entêtement. Les officiers s'étaient juré de faire plier leur capitaine ; tandis qu'un des hommes discourait, tous les autres, à ses côtés, unissaient silencieusement leurs forces pour le soutenir dans sa démonstration, l'aider à pulvériser ce bloc de volonté, en face de lui, qui se refusait à céder. Sous l'uniforme, leurs muscles étaient pareillement tétanisés par la soif de convaincre – et de vaincre.

Cependant que Lafargue, seul contre tous, s'arcboutait davantage. Précisément parce qu'il était seul et qu'ils étaient en nombre. Et que nul n'avait trouvé le courage d'affronter en combat singulier son front petit, ses yeux creux.

Il a donc bien fallu, dans le camp des plus nombreux, qu'un homme se charge de l'estocade. Ç'a été un simple officier marinier : le pilote Martin Lafourcade, celui qui s'était chargé du point destiné à servir de contre-épreuve. Il s'est avancé vers Lafargue en lui agitant sous le nez la carte de Bayonne. Puis avec tout le Béarn qui lui rocaillait dans le gosier, il lui a lancé : « Mais on n'est plus qu'à vingt lieues des Barres de Nazareth ! »

Prononcer ce nom maudit, celui d'un des plus effroyables écueils de toute la mer des Indes, avec Juan de Nove et Bassas da India, c'était la pire injure qu'il puisse faire à son capitaine. Lui asséner publiquement qu'il était un marin irresponsable, lui prédire qu'il les conduisait à leur perte, lui, ses hommes, son navire, sa cargaison. Lafargue s'est alors déverrouillé. Il a explosé.

Mais d'une colère sèche, foudroyante. Une fois de plus, il a proclamé que sa carte était bonne. Et voué à nouveau aux feux de l'enfer la carte de Bayonne. Puis il a craché qu'il n'en sortirait pas, tout simplement parce qu'il n'y avait pas à en sortir.

La situation, postillonnait-il, était limpide, le point clair, la position du navire sans ambiguïté. Grâce à sa carte, qui était au demeurant un document officiel, remis par la toute-puissante Compagnie, par ailleurs propriétaire du navire qu'il avait l'honneur de commander, il pouvait affirmer haut et fort qu'il n'y avait dans les parages ni île, ni haut-fond, ni le moindre minuscule écueil. En foi de quoi, cette discussion n'avait absolument pas lieu d'être et ses décisions étaient impératives. Donc cap à l'est.

Et il a clos le débat, à son tour, sur le pire affront qui soit d'un capitaine à un pilote, fût-il béarnais : il a hautement déclaré à Martin Lafourcade qu'il n'était qu'un ignorant.

Les oiseaux continuaient à tournoyer autour des voiles. À l'horizon, du côté de l'est, les nuages d'ailes s'étaient vaguement éclaircis. Le silence a ennoyé le pont.

Il n'avait rien à voir avec celui, respectueux, déférent, qu'impose d'ordinaire le rang de capitaine. Comme au pied des potences, quand on traîne les condamnés vers la corde, ce silence-là suppliait. Il disait : « Il est encore temps. »

Mais pas plus que les raisonnement ni les cris, Lafargue n'a écouté le silence. Le temps, pour lui, se confondait avec le vent. Ou celui-ci était portant, et il gagnait de l'argent. Ou il était contraire, et il en perdait. Là encore, il n'y avait pas à en sortir.

Ou alors, c'était trop difficile d'en sortir. Trop pénible de consentir à voir les oiseaux, par exemple.

Ça, impossible. Aussi insupportable que, autour de lui, cette ronde d'officiers agitant leurs compas et brandissant leurs parchemins. Sûr et certain : au premier signe de faiblesse, comme les volatiles, là-haut, de tous leurs becs et griffes, ils allaient fondre sur lui.

Et plus insoutenable encore, ce silence qui continuait à écraser le pont. Cependant celui-là, Lafargue, de façon réflexe, a su comment le vaincre : il l'a noyé dans le sien. Un long moment, il a fixé ses hommes sans un mot, se bornant à leur opposer sa simple, sa muette obstination. Puis, d'un revers de main, il a fendu leur cercle, raidi comme jamais dans sa résolution : cap inchangé.

Tout à l'heure, vers dix-sept heures trente, quand le soleil a rejoint la ligne d'horizon et que Lafargue a encore maintenu : « Cap à l'est », Castellan, à tous les coups, a recommencé à marmonner dans l'obscurité : « Virer de bord. » Ou « Les oiseaux. Faire comme *La Diane*. Faire comme Morphey. »

Mais ce soir, qui l'aura écouté ? Il a perdu la face. L'affaire des cartes est close, la main du diable tranchée. Et le seul maître à bord, c'est à nouveau lui, Jean de Lafargue, seul apte à conduire *L'Utile* à bon port, comme tous les navires qu'il a commandés. Puis il vendra sa cargaison – une fortune colossale. Et fera payer à Castellan ses deux pantomimes, les deux petites phrases d'hier soir comme le complot du point de midi. Car il ne perd rien pour attendre, le premier lieutenant. Se mijoter une bonne vengeance, rien de tel en mer pour se distraire. Et oublier les vents contraires qui vous mangent votre argent.

*
* *

Si Lafargue s'enfonce si facilement dans le sommeil, c'est aussi qu'en plus de la tension de cette journée, il est happé par la fatigue des nuits précédentes. Pour la première fois depuis une semaine, il se relâche. Depuis qu'on a quitté Madagascar, il n'a jamais dormi plus de deux heures d'affilée. Même assoupi, il a guetté le vent. Au point de rêver qu'il avait changé, et de se réveiller en sursaut, les yeux grands ouverts sur les murs de sa chambre, comme si c'était le ciel. Chaque fois, dans la seconde, il a couru sur le pont. Pour constater à chaque fois, titubant et la bouche empâtée de rage, que ce n'était qu'un songe. Le vent continuait de souffler sud-sud-est, comme au moment où on avait quitté Madagascar. Invariable. Aussi têtu que lui.

Donc ce soir, au lieu de venir le tourmenter, la nuit délivre Lafargue de son idée fixe : la terreur de voir sa cargaison s'abîmer. Et quand il dit « cargaison », il ne pense jamais aux sacs de riz, aux barils de bœuf salé, aux volailles et moutons vivants qu'il a fait entasser entre les hamacs des matelots dans le capharnaüm de l'entrepont. Ceux-là, qu'il a achetés au nom de la Compagnie pour le ravitaillement de l'île de France et qui ne lui rapporteront rien, il s'en fiche éperdument. La cargaison, depuis Madagascar, c'est exclusivement le trésor qu'il a marchandé là-bas et qu'il a ordonné de dissimuler dans la cale : cent soixante hommes, femmes et enfants négociés derrière la palissade vermoulue du comptoir de traite de Foulpointe. L'équivalent de trente-cinq ans de salaire, rien que pour ce qu'il a investi.

À l'escale de l'île de France, il a dû emprunter. Mais il avait monté son coup de longue date : dès Lorient, quand il a su qu'il avait obtenu le commandement de *L'Utile* et qu'il a connu sa mission, il a couru solliciter un prêt chez les directeurs de la Compagnie. Et nul comptable, là-bas, pas un financier ne lui a demandé ce qu'il comptait faire de ce pactole. La question était inutile et la réponse évidente. On s'est contenté de lui tendre une reconnaissance de dette et d'assortir le prêt d'un taux d'intérêt exorbitant.

Lafargue a tout accepté, longtemps qu'il avait fait ses calculs : même en faisant abstraction de la petite trentaine de Noirs qu'il serait bien forcé de laisser acheter par ses officiers, et de la cinquantaine qu'il négocierait pour les rabatteurs qui, à l'île de France ou à Bourbon, lui trouveraient des clients, son bénéfice serait énorme : deux fois le montant de son emprunt. À supposer que le cours de l'esclave n'ait pas varié.

Sitôt arrivé à Madagascar, il s'est enquis des prix. À son grand soulagement, ils n'avaient pas changé. Du coup, il pense maintenant tripler sa mise. Car il a réuni un lot idéal : deux tiers d'hommes et un tiers de femmes, pas moins de quinze ans et pas plus de vingt-cinq, de l'esclave au sommet de son rendement. Plus une petite troupe de négrillons et négrittes, certains encore au sein. Un lot parfait, vraiment, du moins tant qu'ils resteront dans l'état où ils étaient le 22 juillet, jour de leur embarquement. Malheureusement, au bout d'une semaine à fond de cale, dans le noir et sans la moindre aération, il a beau les faire remonter sur le pont deux fois par jour pour les aérer, ils commencent à se défraîchir. Et si le vent persiste à ralentir *L'Utile*, on pourra les forcer tant qu'on voudra à bâfrer et à danser, c'est inévitable, ils vont dépérir. C'est la vieille loi de la traite : plus les jours passent, plus les esclaves trépassent. Et plus l'argent du négrier s'envole en fumée.

Ce soir, malgré tout, dans la chambre du capitaine, répit dans la torture qui l'assaille depuis une semaine, cette effroyable impuissance face au vent qui ronge le temps, au temps qui ronge l'argent, et à l'argent qui le ronge, lui.

Et si jamais un rêve peut traverser encore sa nuit, c'est sûrement celui de pouvoir reprendre dès demain matin, sur le coup de neuf heures, la routine qu'il a mise en place à l'instant où, devant le marchand d'esclaves, il s'est délesté du coffre qui contenait ses trente-cinq ans de salaire : extraire de la cale sa noire cargaison, regarder les matelots hisser sur le pont les baquets d'eau de mer, puis surveiller la toilette des esclaves, surtout au moment où le chirurgien du bord leur commande de se frictionner les aisselles et le sexe.

À ce moment-là, il s'approche toujours des Noirs. Pas par vice. Simple souci du client. La peur que les punaises et les poux, dans la nuit, ne soient venus lui gâcher sa marchandise en ce qu'elle a de plus précieux, la faculté de se reproduire – tout juste s'il ne confectionne pas de ses mains le mélange d'eau et de vinaigre dont le chirurgien prétend qu'il est souverain pour chasser la vermine. Et même vigilance passionnée, quand il fait manger ses Noirs. Dès qu'il les voit se précipiter sur les calebasses pour y dévorer leur pitance de riz et de viande salée, il en mâchonne dans le vide. À croire que leur chair, depuis qu'ils sont sur le bateau, s'est confondue avec la sienne. Il ne consent à les lâcher qu'au moment où les matelots sortent leurs violons et flûtiaux pour faire danser sa cargaison. Il n'a jamais pu s'y faire, il a horreur de la musique, il préfère se claquemurer dans sa chambre. Mais comme il faut bien faire danser les Noirs pour les garder en état, il prend son mal en patience et, les mains collées aux oreilles, attend que Joseph vienne lui annoncer que c'en est fait, que ses Noirs ont meilleure mine et qu'ils se sont bien dégourdis. Il ordonne alors sur-le-champ la descente à fond de cale. Et continue, comme toujours, à tout superviser. Il va jusqu'à assurer de ses mains les lourds panneaux de chêne qui interdisent le passage de la cale à l'escalier de *L'Utile*.

Tout à l'heure encore, en dépit de sa fatigue, il est allé dégringoler l'escalier qui conduit à la soute, a inspecté lui-même les planches épaisses et tâté un à un chacun des énormes clous qui, en guise de clé, les verrouillent. Puis il a hurlé plus fort que tous les soirs le cri rituel : « Les panneaux sont cloués ! »

Et dès qu'il est revenu sur le pont, comme prévu, l'équipage s'est réuni dans le soulagement. Tout le monde a respiré. Même Castellan, même Martin Lafourcade, qui s'étaient pourtant montrés, au point de midi, si insolents. Ensemble, sans se concerter ni surtout en souffler mot, ils ont chassé pendant quelques instants la peur qui ne dit jamais son nom, mais stagne en permanence dans la cale des esprits, plus ténébreuse encore que les fonds du navire : si les Noirs se fatiguaient de mariner nuit et jour dans leur suint, leur sueur et leur urine ? Si cette cargaison, pas tout à fait pareille, tout de même, aux autres cargaisons puisqu'elle est faite d'hommes et de femmes, se laissait gagner par des rancœurs, des colères, des haines bien humaines ? Si les esclaves, comme tout le monde à bord, commençaient à trouver le temps long ? S'ils imitaient les Noirs du *Vautour*, qui, par un jour de mer mauvaise, ont profité de la toilette pour attaquer les marins à la hache ? Ou si comme sur *La Subtile*, c'étaient les femmes qui menaient le bal ?

Car *L'Utile* n'est pas un bateau négrier. Rien qu'un banal, un bon gros vaisseau de commerce. Par conséquent, dans l'entrepont, pas d'équipement pour transborder les esclaves. Pas une chaîne, pas un anneau. Il a fallu entasser les Noirs à fond de cale. Libres de leurs mouvements, à même le lest. Les esclaves, sur *L'Utile*, c'est l'autre main du diable. Elle ne sera tranchée qu'à l'arrivée. En attendant, on peut souffler quelques heures. Dormir en paix. Les panneaux sont cloués.

*
* *

Donc en ce soir du 31 juillet, juste avant que la fatigue n'achève de l'engloutir, Jean de Lafargue n'a eu qu'une seule prière : que le premier jour d'août, enfin ! lui fasse la grâce d'un vent portant. Qu'il retrouve sa route au plus tôt, loin des nuages d'oiseaux. Et que *L'Utile*, enfin ! mérite son nom et cingle toutes voiles dehors vers le rivage où la fortune l'attend : cette petite baie solitaire de l'île de France où, de nuit, à un signal convenu de ses fanaux et pavillons, ses complices installeront pour lui, dans un baraquement bien caché entre les fourrés de lataniers et de vacoas, un marché d'esclaves clandestin – il a acheté ses Noirs en fraude, et le gouverneur de l'île de France vient d'interdire la traite dans tout l'océan Indien.

4

Castellan, lui aussi, a regagné son lit. Il n'est pas de quart mais il ne dort pas. La chaleur, comme tous les soirs.

Pourtant sa chambre est située au vent. Il a pu ouvrir sa fenêtre sans risquer qu'une vague l'inonde. S'il reste ainsi, depuis une bonne heure, à se tourner et se retourner sur son matelas, c'est plutôt qu'avec la défaite, l'insomnie est passée dans son camp. Toujours la même chose, depuis qu'il connaît Lafargue : plus l'autre ronfle, moins il dort. Et inversement.

À quarante ans passés, il a pourtant assez vécu pour savoir que l'angoisse est la plus perverse des tempêtes : sa victime est celui-là même qui la déchaîne. Mais rien à faire. Toute son expérience n'arrive qu'à nourrir son anxiété.

De loin en loin, au cœur de cette tourmente, il se trouve quand même un point d'ancrage : son jeune frère Léon. Le petit l'a suivi sur *L'Utile*. Tout en le protégeant des innombrables humiliations qu'endurent ordinairement les bleus, Castellan lui apprend le métier. Depuis neuf mois, leurs ombres se confondent. Où que se trouve Léon, dans la minute qui suit, on est sûr d'apercevoir son frère. Une quinzaine d'années les séparent, mais ils ne font qu'un. Même la nuit, quand il retrouve sa chambre du gaillard d'avant et que Léon doit gagner son hamac au fond du remugle de l'entrepont, quelque chose de secret les relie. À cet instant, par exemple, sans pouvoir se l'expliquer, Castellan sait que Léon dort de toute sa jeunesse, d'un souffle heureux, léger. Et de la même mystérieuse façon, il est sûr qu'au premier signal d'une catastrophe, son frère bondira de son hamac pour le rejoindre sur le pont. Et qu'ils recommenceront à confondre leurs ombres. Quoi qu'il arrive. Jusqu'à la mort.

*
* *

Il serait bien resté sur le pont. Mais c'est la nouvelle lune, il fait nuit noire, les fanaux s'épuisent à vouloir trouer l'obscurité. Et comme il n'est pas de quart, pourquoi rester dehors à sonder les ténèbres ? Le pilote et les officiers sont déjà assez inquiets. Il vaut mieux continuer à passer pour un homme que rien n'effraie. Dans cette chambre, de toute façon, pour savoir ce que veut la mer, il suffit d'écouter le clapot. Et depuis deux heures qu'il est là, replié sur son lit, son bercement lui sert indéfiniment la même réponse : mer belle, vent sud-sud-est. C'est donc à lui-même que Castellan doit donner le change.

De temps en temps, sa respiration s'apaise. Pendant quelques instants, il cesse de se retourner dans son lit. Mais à ce moment-là, aussi inéluctable que le choc régulier des vagues contre la coque, revient une autre question, plus sournoise encore que son interrogation sur les cartes : comment la finesse qu'on lui a toujours reconnue, son art de la négociation, sa patience, toute sa science des hommes ont-ils bien pu aller se fracasser contre l'épaisse falaise d'entêtement du capitaine Lafargue ? Et lui qui est si bien né, par quel diabolique enchaînement son destin se retrouve-t-il ligoté à celui d'un tel butor ?

Il n'a jamais autant désespéré. Ni au siège de Madras, quand il a dû affronter, à la tête d'un dérisoire petit régiment de matelots, l'assaut de tout un bataillon anglais. Ni au large de l'Espagne, lorsqu'il a essuyé le feu d'une frégate corsaire avec deux fois moins de canons que l'ennemi. Et ces deux fois-là, les enjeux, au moins, étaient clairs : tenir, tirer, gagner. Il a tenu, tiré, gagné. Mais depuis qu'il vit avec Lafargue, plus d'enjeu, en dehors de l'argent. Le seul maître à bord de ce navire. Il exige une soumission de tous les instants. De la minuscule concession à la retraite en rase campagne. Ça se fait par petites touches. Et bientôt, on se retrouve à avoir abdiqué de tout, jusqu'au respect qu'on a de soi.

L'autre jour, par exemple, quand Lafargue, quelques heures après avoir quitté Madagascar, a annoncé qu'il allait prendre une route inconnue et filer à l'est, pour éviter de faire ce qu'il appelait « de mauvaises rencontres ». C'est là qu'il aurait fallu protester, s'opposer, se révolter. Mais tout Castellan qu'il est, imbu de sa grandeur et raidi en permanence par son serment d'offrir, où qu'il aille, son poitrail au service du roi, il n'a pas bronché.

Et depuis, dans son esprit, tout devient flou, comme le danger en maraude sur cet océan trompeur. Au point qu'il regrette les horreurs qu'il a vécues dans son fort de Madras. Une fois gagnée, au moins, cette bataille-là l'a rendu digne de la légende des Castellan, de la mémoire de cet incroyable grand-père qui, à plus de soixante-dix ans et pour la seule fidélité à son roi, quitta du jour au lendemain son ermitage des Pyrénées pour débarrasser la Sardaigne d'un demi-bandit espagnol. Il s'était juré de réussir et il avait réussi. Et voilà maintenant que lui, son petit-fils, pour des nuages d'oiseaux et des cartes incertaines, se trouve englué dans une lamentable guérilla contre un capitaine qui ne comprend rien à rien, sauf à la cargaison qu'il a entassée dans la cale de son nauséabond bateau.

À cette seule pensée, il se retourne sur son lit. Et comme d'habitude, revoit la face qu'a eue Lafargue tout à l'heure, se retrouve à affronter ses yeux creux, sa bouche scellée par la haine autant que l'entêtement. Et, malgré son attachement à Léon, il se surprend à envier le destin de son frère aîné, celui qui vient de tomber en Hollande, coupé en deux par les canons de l'ennemi. Car si *L'Utile*, cette nuit, va s'emplafonner sur un récif avec ses cent soixante esclaves de fraude, c'en est fait de l'honneur des Castellan : il mourra vilement. Puni, comme ce vulgaire négrier, pour sa soif d'or. Lui aussi, il a des esclaves dans la cale. Moins que Lafargue, rien qu'une petite dizaine. Mais tout aussi frauduleux que ceux du capitaine. Il n'a pas eu le choix. Avant d'aller se faire hacher menu par les Hollandais, l'aîné des Castellan a dilapidé la fortune de la famille. Plus de forêts, plus de moulins, plus de terres. Seul souvenir de ses glorieux châteaux : un blason sur une chevalière. Rien d'autre à cultiver que l'héroïque mémoire du grand-père. Il est ruiné.

Jusqu'à la mort de son frère, avec le commerce de luxe, les prestigieux embarquements pour Chandernagor, Pondichéry, Canton, le trafic en sous-main des soieries, des laques, des porcelaines, il avait trouvé le moyen de survivre en gentilhomme. Mais maintenant qu'il est le nouveau chef de la maison Castellan, il lui faut beaucoup plus d'argent. D'où ce sinistre embarquement.

En partant pour Madagascar, il le savait, pourtant, qu'il devrait s'abaisser à trafiquer de la marchandise humaine. Or non seulement il n'a jamais trempé dans une fraude massive – il s'est toujours borné aux petites combines que la Compagnie choisit d'ignorer, il a arrondi sa solde en achetant et revendant, au hasard des escales, un esclave par-ci, un autre par-là – mais c'est la première fois qu'il touche aux plus sordides réalités de la traite. Et avec Lafargue, pas moyen de jouer les sucrés. On n'arrête plus de se salir les mains. Des jours durant, sous les baraquements de mauvaises planches où l'on venait de parquer le convoi de prisonniers noirs, il a fallu négocier avec d'autres marchands de chair humaine. Noirs eux-mêmes. Et pour le moindre mot, le moindre geste, se faire dicter sa conduite par Lafargue. Pire qu'un négrier. Un imposteur.

*
* *

Sa particule est fausse, il l'a su tout de suite, dès Bayonne. Question d'instinct.

Mais sur ce même quai où ils venaient de se rencontrer, Lafargue a compris qu'il avait compris. Et s'est aussitôt épaissi d'une haine irrémédiable, comme font toujours les hommes qui se sont construits sur du sable.

Rien à faire pour l'apaiser, ce fiel. Tout juste peut-on tenter de s'y habituer. Donc neuf mois qu'avec Lafargue, il a fallu plier, ployer, biaiser, louvoyer, faire l'idiot et l'anguille. En se disant que le blason des Castellan valait bien quelques courbettes. Ce matin, encore moyen d'y croire. Encore moyen de se répéter : un peu de patience, le navire va retrouver sa route et, avec un peu de chance, le bon vent. Puis ce sera le retour en France, avec Léon et l'argent. Un peu de repos, la vie d'avant. Et des nuits où l'on dort.

Et pourquoi pas, s'entend soupirer Castellan. Lafargue est un capitaine borné mais c'est aussi un capitaine qui a de la veine. Il a cinquante-sept ans, il navigue depuis toujours et il est toujours en vie.

La chance de Lafargue, une légende. C'est bien la seule qu'il traîne derrière lui. Mais si tenace, et si célèbre, de Saint-Domingue à Lorient, Canton et Pondichéry que certains en murmurent qu'il aurait passé un pacte avec le diable. Il faut dire que c'est assez troublant : personne ne l'a jamais vu malade. Jamais un rhume, Lafargue, pas la moindre fièvre. Il ignore jusqu'au mal de mer. Mieux encore : lors des quelques traversées où le scorbut lui a fait des misères, son navire, à chaque fois, a réussi à se réapprovisionner à temps en vivres frais et il s'en est sorti. Et il y a encore plus extraordinaire : il ne s'est jamais fait prendre par les Anglais. Pas de blessure, aucun emprisonnement, pas même une attaque corsaire. Du coup, il a pu monter en grade bien tranquillement. Pas très vite, mais sans à-coups. Et sans gloire, évidemment : il a presque toujours embarqué pour la Gambie ou le Sénégal, plan-plan, sur des bateaux négriers, *L'Aurore* ou *La Vestale*, aux noms tellement candides qu'on en oubliait à quoi ils servaient. C'est là qu'on a commencé à parler de sa veine. Puis il est allé en Chine – pas de typhon. En Inde – aucune tornade de mousson. Dès lors, il a été acquis qu'avec Lafargue à bord, il n'arrive jamais rien. Même s'il est tout sauf un grand marin.

Au large de Bayonne, quand les matelots lui ont parlé pour la première fois de l'incroyable chance de Lafargue, Castellan a haussé les épaules. Il n'y a pas cru. Mais maintenant, il doit bien se rendre à l'évidence : à bord de *L'Utile*, en neuf mois de navigation, pas un seul mort. Donc si Lafargue, tout à l'heure, en choisissant sa carte sur un simple mouvement d'humeur, a joué le salut du navire à quitte ou double, c'est sûrement qu'il compte sur la protection dont le gratifie la fortune.

Et après tout, pourquoi pas ? Pour lui avoir prêté rubis sur l'ongle des dizaines d'années de salaire, la Compagnie elle-même y croit, à cette légende du Lafargue à qui rien ne peut arriver. Comme tout le monde. Jusqu'à ses cousins de Bourbon, ceux qui lui ont avancé le reste. À ce que prétend, en tout cas, l'écrivain.

5

Lui aussi, l'écrivain, on peut le croire : c'est un service de police à lui tout seul. Encore plus fouine que ce Triponet dont il a pris la suite à l'île de France. Une semaine après son embarquement, il savait déjà tout sur tout le monde. Et ce qu'il ne consigne pas dans son journal de bord, il l'engrange, sans le moindre effort, dans sa très longue, très exacte et très perverse mémoire. Les âges, les dates, les lieux, les liens de famille, les cancans comme les véritables secrets, les vraies et fausses rumeurs, Keraudic retient tout. Et il le ressort.

Ou plutôt il le replace. Très judicieusement. Il choisit toujours son moment. Il peut se taire pendant des jours et soudain, tout lâcher. Pas pour le plaisir de bavasser. Il a toujours une idée en tête. Et il est tellement sinueux qu'on ne la saisit qu'au moment où, enfin, il a fini de parler. Mais impossible de l'interrompre : il s'y prend si bien qu'on l'écoute au départ distraitement, sans s'apercevoir que, de phrase en phrase, il vous entraîne dans son petit monde à lui, tissé, de bout en bout, des dessous de la vie des autres. Ainsi, hier soir, juste après que Lafargue a ordonné le virement de bord, il est venu rôder autour de Castellan ; et deux heures plus tard, le premier lieutenant savait tout ce qu'il y avait à savoir sur les secrets de son capitaine.

*
* *

À son habitude, l'écrivain n'a pas livré le nom de ses informateurs. Mais Castellan les a tout de suite identifiés. À tous les coups, le maître d'hôtel, Nicolas Ripert, le maître voilier, Jean-Louis Leroy, et François Guennec, son domestique à lui : ils sont tous les trois, comme Lafargue, de Port-Louis de Bretagne. Pour être aussi bien renseigné, Keraudic avait dû commencer à les cuisiner dès le jour de son embarquement.

Dans un premier temps, Castellan l'a sèchement éconduit. Avec la manœuvre qu'il avait dû monter pour parvenir à fléchir Lafargue, la journée l'avait épuisé. Et il restait encore trop préoccupé par l'incertitude des cartes pour écouter les cancans de l'écrivain. Mais Keraudic est un vrai crampon. Une demi-heure plus tard, comme Castellan se trouvait encore sur le pont, il est revenu l'entreprendre. Et cette fois-là, il a suffi qu'au détour d'une phrase anodine, il lui lâche que les Lafargue n'avaient jamais été que des vendeurs de poiscaille, pour que, appâté lui-même comme un poisson, Castellan reste là, dans le recoin du pont, suspendu aux phrases que l'autre, de sa petite voix bénigne, comme un curé au fond du confessionnal, n'arrêtait plus de lui murmurer.

Cette famille Lafargue, rien que des maîtres de barques, chuchotait l'écrivain, rien que des vendeurs de poisson séché. Autrefois, quand ils n'étaient pas à se casser le dos au-dessus de leurs filets entre Belle-Île et Concarneau, ils passaient leurs journées dans leurs caves qui donnaient sur le port, penchés sur leurs sardines, à les vider de leurs boyaux. Puis ils les salaient, les écrasaient dans leurs presses, et quand elles étaient bien sèches, ils les entassaient dans des barils et s'en allaient les vendre sur les marchés. Pas mieux que des marchands de harengs.

En un mois de temps, Lafargue avait dû sérieusement humilier Keraudic : comme en prévision d'une guerre, l'écrivain avait amassé sur lui un trésor de renseignements. Et sa voix exagérément gentille les déballait maintenant avec l'empressement mal contenu de qui, enfin, tient sa vengeance. Il en jubilait, de pouvoir lâcher tout ce qu'il savait sur la parentèle de Lafargue et d'aligner leurs noms, tous ces Le Scouëzec, Le Houx et Lesquelen sortis de rien et dont certains, disait-il, continuaient encore à trimballer de marché en marché leurs barils de sardines séchées. Ils allaient jusqu'à négocier l'huile de sardine qui dégouttait de leurs presses, soufflait Keraudic, ils la vendaient aux pauvres, pour éclairer leurs taudis.

Et comme l'écrivain avait lui-même vécu à Port-Louis pendant un temps, il les lui peignait à la perfection, ces presses du clan Lafargue, avec leurs caves voûtées inondées par l'océan à la première grande marée. Au point que Castellan, un moment, s'est vu lui-même arpenter, sous les piqués de goélands, les quais baignés de relents de poiscaille ; et qu'il en a machinalement passé sous ses narines le flacon de parfum qui pend à son cou pour tenter de dissiper la puanteur qui règne à bord.

Le geste, bien entendu, n'a pas échappé à l'écrivain. Aussi faraud que finaud, il a cru bon d'en remettre et n'a plus arrêté d'enfoncer le capitaine. Il s'est répandu en insinuations sur sa femme. Un mariage plus que bizarre, a-t-il ricané. Ils sont du même âge mais n'ont presque jamais vécu ensemble. Et ils n'ont pas eu d'enfant. Sûrement une histoire d'argent, comme toujours avec Lafargue.

À force de précisions, Keraudic en devenait effrayant. Mais il en fallait plus pour troubler Castellan. Maintenant qu'il avait commencé à l'écouter, il ne lui restait qu'à attendre patiemment qu'il en vienne au fait. Et l'autre y arrivait, à l'évidence : ses mots se faisaient plus pressés. Il parlait maintenant des cousins de Lafargue, les Lesquelen, qui vivaient à Bourbon, la deuxième grande colonie de la mer des Indes, non loin de l'île de France. Le nœud des médisances se resserrait.

Pour autant, il en restait encore à de mesquines affaires de particules. D'après Keraudic, ces cousins-là avaient usurpé la noblesse de barons qui, dans le nord de la Bretagne, avaient longtemps contrôlé la côte des Naufrageurs. Une idée, disait-il, du grand-père maternel de Lafargue, qui s'appelait lui-même Lesquelen. Mais sans « de », lui, sans titre ni blason. Contrairement à l'autre branche du clan, les Lafargue, parés depuis plus de vingt ans de leur noblesse d'emprunt – tout le monde en souriait, de leur particule, mais enfin, elle était là. Le vieux patriarche en crevait d'envie, jusqu'au jour où il avait appris l'extinction de la dynastie de ses homonymes, les grands et authentiques barons Lesquelen de la côte des Naufrageurs. Il avait aussitôt sauté sur cette occasion de river le clou aux Lafargue. Comme pour eux, ça passait ou ça cassait. Mais il y était allé au culot, il s'était arrogé leur « de », et personne ne lui avait demandé de comptes. Les hobereaux du coin avaient d'autres chats à fouetter, les toitures de leurs manoirs leur pissaient dessus, ils n'arrivaient pas à marier leurs filles et cherchaient des embarquements pour les Indes. Pour les trouver, ils avaient besoin de petits gredins comme les Lesquelen et les Lafargue, qui avaient déjà réussi à placer leurs enfants dans les magasins de la Compagnie et à bord de ses navires.

D'après Keraudic, c'est aussi l'époque où le clan s'est scindé. Les Lafargue se sont souvenus qu'ils avaient de la famille à Bordeaux et ont pensé que le plus court chemin vers la fortune était d'offrir leurs services aux gros négriers qui armaient pour l'Afrique. Tandis que les cousins Lesquelen, eux, ont pris un pari plus risqué : ils sont allés rejoindre les premiers colons de l'île de France et de Bourbon.

Contre toute attente, a raconté l'écrivain, et malgré toutes les calamités que leur promettaient les Lafargue, ils y ont fait fortune en un rien de temps. Plantations, châteaux, chevaux, attelages, chaises à porteurs, jardins d'essences rares, mobilier précieux, filles magnifiquement dotées, et pour faire tourner le tout, des centaines de Noirs, vingt ans maintenant qu'ils mènent la grande vie. À présent le nom de Lafargue empeste toujours la marée, tandis que celui des Lesquelen laisse traîner derrière lui des effluves de vanille, vétiver, sucre candi, ylang-ylang. Tellement délicieux, ces parfums, que leur particule à eux, tout le monde y croit. Et du même coup, à cinquante-sept ans sonnés, Lafargue en a assez de continuer à s'esquinter à faire le négrier pour le seul profit de la Compagnie. Il vient de renouer avec ses cousins.

Des gens aussi âpres au gain que le capitaine, a conclu Keraudic. Pourtant, ils ont investi une fortune dans sa cargaison. Sans intérêts, mais certainement moyennant pourcentage. Et tout porte à penser qu'ils lui ont aussi trouvé d'autres clients qui cherchaient des esclaves.

Pour une fois, Keraudic n'était pas tout à fait sûr de lui. Mais il a argumenté, en s'appuyant sur force chiffres. Au prix où se négocie l'esclave, a-t-il juré, impossible que Lafargue ait pu acheter autant de Noirs avec le seul prêt de la Compagnie. Et il a répété que c'était couru, ses cousins Lesquelen étaient dans le coup.

Sur ce point, Castellan n'apprenait rien de Keraudic. À Foulpointe, tout au long du marchandage, il s'était fait la même réflexion. Agacé, il a voulu couper court.

Mais une fois de plus, Keraudic a su trouver le mot qui fait mouche : à Bourbon, lui a-t-il lâché, plus riche que les Lesquelen, il n'y a guère que le gouverneur Desforges-Boucher. Qui lui-même est né dans la sardine. Par sa mère, rien qu'un Gouzrong. Des pêcheurs de l'île de Groix.

Au seul mot de gouverneur, Castellan, qui allait s'éloigner, s'est figé : c'était là le pot aux roses. Et de fait, Keraudic s'aigrissait. Il n'en était plus aux insinuations, ni même aux médisances. Il sifflait, désormais, il dénonçait, grinçait tout ce qu'il savait. Et n'arrêtait plus de seriner : tous des petits forbans, les Lafargue, les Lesquelen, le gouverneur. De sales petits poiscailleurs qui, il n'y a pas trente ans, étaient encore à se castagner à coups de rames pour des bancs de poisson dans la rade de Lorient. Et qui continuent ici, à l'autre bout du monde. Seulement voilà, pour une fois, il y en a un qui a écrasé tous les autres, et c'est Desforges-Boucher. Non seulement il a fait fortune mais il a le pouvoir. Depuis qu'il est là, d'un bout à l'autre de l'océan Indien, c'est Groix qui fait la loi. Et plus besoin de castagnes à coups de rames. D'un seul trait de plume, il a réduit à néant tous ses concurrents. En interdisant formellement l'achat et la revente des esclaves dans tout l'océan Indien.

Si Keraudic, avec ces derniers mots, pensait pousser Castellan à la mutinerie (il s'imaginait peut-être Lafargue aux fers, il le voyait peut-être déjà pendu aux vergues, voire enfermé à fond de cale, à la merci des esclaves, allez savoir, avec un écrivain), il a dû être déçu. À la seule mention des intrigues du gouverneur, Castellan, une bonne fois pour toutes, a brisé là. Et ne s'est plus laissé dévier de son objectif : persuader Lafargue de l'excellence de la carte de Bayonne. En homme d'honneur. Par la seule force de la persuasion.

*
* *

Et c'est seulement maintenant, quand le piège de la nuit se referme sur lui, qu'il prend la mesure de l'enjeu : le voici au service d'un vieux clan qui, après s'être étripé pour des sardines, se bat pour des esclaves contre un autre vieux clan.

Car de toute évidence, si Desforges-Boucher est venu se perdre ici, au cœur de l'océan Indien, c'est pour trafiquer du Noir. Il s'y prend comme tout le monde : en catimini, aux dépens de la Compagnie et à son seul profit. Mais en toute impunité, lui : il peut décider, à son bon plaisir, de ce qui est permis et illicite. Sans avoir à rendre de comptes – on est tellement loin de tout. Donc s'il a si brusquement interdit la traite, à tous les coups, c'est qu'il a passé une commande de Noirs à un autre capitaine. Un autre fraudeur.

Mais Lafargue, en bon petit-fils de sardinier, et avec le même flair que ses ancêtres quand ils remontaient un banc, l'a deviné. D'où sa hâte à toucher terre. Pour garder sa cargaison en bon état, mais aussi pour griller le négrier du gouverneur. Comme un pêcheur aux cales remplies de poisson frais, il veut à tout prix être le premier à vendre ses esclaves : si le pourvoyeur de Desforges-Boucher arrive avant lui, les cours vont s'effondrer. Et ses rêves de fortune avec.

Donc on doit foncer. Récifs ou pas. Comme d'habitude, Lafargue compte sur sa chance. Il parie que ça va passer, au lieu de casser. Et *L'Utile*, en continuant de fendre les ténèbres sur ces eaux inconnues sans savoir où il va, ne fait jamais que poursuivre, au bout du monde, de vieilles querelles qui, depuis des siècles, opposent des sardiniers entre Port-Louis et Groix.

Mais lui, Castellan, fils des Pyrénées, des forêts peuplées d'ours, enfant des bergeries, torrents, cascades et rocailles enneigées, plus il y pense, plus il se sent étranger aux fatalités du capitaine Lafargue. Et maintenant que le piège de la nuit se referme sur *L'Utile*, il n'en voit que le résultat : il n'a plus prise sur rien. Ni sur le navire, ni sur sa propre vie. À moins de coucher ses rêves dans le lit du vent.

Et comme il n'y arrive pas, il se tourne et se retourne sans fin sur son matelas.

6

Une fois de plus, l'Homme-qui-Tisse-les-Histoires va tenter de faire passer la nuit. Ça s'annonce mal. Il fait de plus en plus chaud, dans la cale ; la sueur de ses voisins se fait plus épaisse, quand elle se mêle à la sienne, plus collante ; et à chaque coup de roulis, la puanteur de l'urine, des excréments et du vomi lui arrache un haut-le-cœur. Il n'a plus de souffle, il se sent sans forces.

Du coup, une fois de plus, il vient de rabattre sur l'aventure qui lui a valu son nom d'Homme-qui-Tisse-les-Histoires : l'exploit de l'Enfant-Pirogue, le gamin qui avait été emmené en esclavage et qui, arrivé dans l'île des Blancs, s'est métamorphosé, grâce à un crocodile, pour retraverser la mer et retrouver son village natal, avec sa place dans la lignée des Ancêtres.

Mais ce soir, aux premiers mots qu'il a jetés dans les ténèbres de la cale, on l'a insulté. Il n'a pas compris pourquoi. Jusqu'ici, de toutes ses histoires, c'était la plus réclamée. Ce qui n'empêchait pas les autres de bien marcher. Une semaine que, tous les soirs, il faisait surgir du noir sans la moindre difficulté le dauphin amoureux d'une crocodilesse, la pêcheuse de perles qui se mit à manger des mouches, ou, plus phénoménale encore, la poule qui avait des mamelles détachables et que le coq avait égarées un jour où il avait trop bu. Il ne se bridait jamais dans ses inventions : les gens en voulaient toujours plus.

À croire qu'ils étaient comme lui quand il parlait, qu'ils chevauchaient aussi des tortues de mer, qu'ils s'enroulaient dans la queue des raies mantas, se battaient avec les requins et quantité d'autres monstres que souvent ils n'avaient jamais vus de leurs yeux puisque, pour les trois quarts, ils n'avaient jamais quitté les Hautes Terres avant de se faire prendre.

Mais hier et aujourd'hui, l'Homme-qui-Tisse-les-Histoires a eu beau leur servir n'importe quelle merveille, des baobabs qui dansent, des dauphins rouges, des lémuriens qui disent l'avenir, des caméléons à dix mille pattes, les gens se sont plaints. Ou pis encore, l'ont envoyé paître. Ou alors, dans les rares moments où ils sont restés bien lunés, ils lui ont réclamé une fois encore l'histoire de l'Enfant-Pirogue. Mais très vite, ils l'ont interrompu en ricanant. Et ont laissé les gamins le houspiller, lui demander si l'Enfant-Pirogue a vomi, lui aussi, quand il a traversé la mer ; et comment ils vont faire, eux dont les ancêtres vivent sur les Hautes Terres, pour retrouver, par les montagnes, les fleuves et les forêts, le chemin qui conduit chez eux.

Avant hier encore il savait leur répondre sans leur répondre vraiment, retourner en douce à son récit, tout en souplesse. Mais ce soir, il ne s'en sent plus la force. Il faut voir les choses comme elles sont : ses histoires, les gens n'y croient plus. Et lui, d'un instant à l'autre, il va plier devant le noir. Abandonner la cale aux chamailleries, aux plaintes, aux insultes, à l'ordure qui envahit tout. En essayant de se persuader que ça n'a pas d'importance, puisque de toute façon, il n'a jamais été un Homme-qui-Tisse-les-Histoires.

C'est une fille qui a cru ça, le premier soir, à cause du silence qui s'est fait dans la cale quand il s'est mis à parler tout haut de l'image qui venait se dessiner dans le noir – celle de la cale ou celle qui régnait au fond de sa tête depuis qu'il avait mis le pied sur ce bateau, il ne sait pas –, le fameux Enfant-Pirogue.

Et même s'il fut terrifiant, ce soir-là, le silence, face à lui, à force de profondeur, c'est lui qui lui a fait saisir qu'il avait parlé tout haut. Et comprendre qu'il ne rêvassait pas, comme depuis qu'on l'avait poussé dans le bateau des Blancs. Il a donc continué à dévider l'histoire qui venait de se former dans sa tête. Au nom de ce silence qui croyait. Qui vivait, qui vibrait. Ce silence qui le portait. Comme la mer, du temps qu'il était pêcheur. Et c'est ainsi, de phrase en phrase, à la manière de sa pirogue quand, de vague en vague, elle le ramenait à la plage, qu'il a réussi à toucher à la fin de son récit.

À ce moment-là, au fond de la cale, une fille a crié. Pour proclamer qu'il était un formidable Homme-qui-Tisse-les-Histoires. C'était pourtant la première fois qu'il se risquait à parler devant les autres. La première fois aussi qu'il menait une histoire jusqu'au bout.

À cause de sa voix rauque, il a su tout de suite qui était la fille qui avait crié : la plus âgée de la cale, celle qui avait un enfant au sein. Une femme qui, avant d'être kidnappée sur les hauts plateaux et traînée à la côte pour être vendue, fabriquait des étoffes.

Lui qui n'est que pêcheur a toujours admiré les tisserands. Il a donc été très flatté. D'autant que pour parler de la sorte, il fallait que la femme ait été très attentive. Qu'elle l'ait écouté de deux façons. L'une pour l'histoire, l'autre pour la manière dont il la tramait, nouait ses phrases, tirait sur son fil. Elle y avait reconnu ses gestes à elle. L'habileté de ses propres doigts.

Mais maintenant que plus personne ne l'écoute, il a envie de crier la vérité à toute la cale : la fille à la voix rauque s'est trompée, il n'a jamais été un Homme-qui-Tisse-les-Histoires, il n'est rien qu'un pauvre type qui trompe sa peur en dégoisant à voix haute tout ce qui lui passe par la tête.

Hier soir, déjà, il a failli tout balancer. Mais au dernier moment, il a ravalé sa langue : parler, c'était faire mourir l'Enfant-Pirogue. Car maintenant qu'il l'a inventé, il est vivant. Il respire, comme lui ; et quand il a peur, c'est son cœur à lui qui s'arrête. Pour un peu, il pourrait sentir son pouls, comme celui de la gamine qui vient se blottir contre lui dès qu'il prend la parole. Il ne va tout de même pas le tuer sous prétexte qu'il a un petit coup de pompe.

Il se demande quelquefois où il l'a déniché. Dans le puits de sa mémoire ? Au fond de sa peur ? Dans son désir éperdu de retrouver l'air libre ? Il ne sait pas, ça s'est fait trop vite. Une seconde avant de se mettre à en parler tout haut, il ne savait même pas qu'il existait. Et celle d'après, au fond de la cale, il était là. Au bord d'une plage, à voler une pirogue aux Blancs.

Puis tout s'est enchaîné. Le crocodile est arrivé et, au lieu de croquer l'enfant, comme l'aurait fait tout crocodile digne de ce nom, il l'a pris sur son dos et lui a passé au cou le collier qui l'a métamorphosé en Enfant-Pirogue. Puis juste après, il l'a vu voguer sur la mer comme lui-même du temps où il était pêcheur. Enfin il a aperçu la mangrove et le village où il est né. Ce qui, au passage, laisse à penser que les Hommes-qui-Tissent-les-Histoires seraient un peu sorciers.

*
* *

C'est avant-hier soir que tout s'est détraqué. À la demande générale, il venait de reprendre l'histoire de l'Enfant-Pirogue quand un autre jeune pêcheur l'a coupé. Pour déclarer qu'il avait bien réfléchi, qu'il était sûr d'avoir croisé le garçon dont il parlait. En beaucoup plus vieux, bien sûr, en beaucoup plus fatigué. N'empêche : d'après le jeune pêcheur, ça ne pouvait être que le type qui avait un jour traversé son village en disant qu'il revenait de la terre des Blancs.

Tout concordait, jurait le jeune pêcheur. L'inconnu lui avait raconté que, avant de se sauver de chez les Blancs, il avait entassé tous les fruits, tout le riz et toute l'eau qu'il avait pu. Et il avait aussi volé une pirogue. La seule différence, c'est qu'à aucun moment, il n'avait été aidé par un crocodile. Au contraire, à l'arrivée, à l'embouchure du fleuve, il avait eu maille à partir avec les caïmans. Enfin il ne portait pas de collier magique. Il n'avait même pas d'amulette.

Les gens de la cale l'ont aussitôt bombardé de questions. Mais les souvenirs du jeune pêcheur étaient assez flous. Il se rappelait seulement que son Homme-Pirogue à lui était un pauvre diable qui voulait à tout prix rentrer chez lui pour remercier ses ancêtres de l'avoir sauvé. En revanche, il revoyait parfaitement la marque qu'il portait à l'épaule droite. Et il se souvenait très bien de ce que lui avait répondu l'inconnu, quand il lui en avait parlé : elle avait été faite au fer rouge, par les Blancs. Elle avait quasiment le même dessin que celui qu'il y a dix jours, juste avant d'embarquer, on leur a imprimé sur cette épaule-là, la droite. « Regardez vos croûtes, a conclu le jeune pêcheur, quand on remontera là-haut. »

Son histoire n'a pas plu. On lui a dit qu'il mentait, qu'il était impossible de revenir du pays des Blancs. Trop longtemps déjà qu'on était dans ce bateau. Et de toute façon, on ne savait même pas où on allait, sinon que c'était à l'est. Tandis que la Terre des Ancêtres, elle, est à l'ouest.

C'est là que tout a commencé à se brouiller. Juste après, plus moyen de retrouver le fil de l'histoire de l'Enfant-Pirogue. Du coup, les gens se sont mis à parler entre eux. Pas de l'Enfant-Pirogue, mais de ce qu'avait raconté l'autre pêcheur.

Et lui, l'Homme-qui-Tisse-les-Histoires, s'il a malgré tout continué, alors qu'il était complètement découragé, c'était pour les enfants. Ou pour ceux qui avaient le mal de mer.

Mais maintenant qu'on vient de lui lancer, comme à l'autre, qu'il radote et qu'il n'est qu'un menteur, il est à bout de forces, définitivement. D'ailleurs il ne parle plus, il chuchote. Uniquement pour une gamine qui, depuis le premier soir, vient se serrer contre lui et l'écoute en s'empêchant de respirer.

Il faut dire qu'elle, elle se fiche complètement de ce que disent les autres : elle s'appelle Semiavou[1] – « Celle qui n'est pas orgueilleuse ».

Pourtant elle a des doutes, elle aussi. Cet après-midi, quand on est redescendu du pont où l'on venait de prendre le second repas de la journée, elle a pris entre ses mains, pensive, un des cailloux qui couvrent le fond de la cale. Il restait un peu de jour, les Blancs n'avaient pas fini de verrouiller les panneaux. Puis elle a demandé à l'Homme-qui-Tisse-les-Histoires : « Le pays des Blancs… À quoi il ressemble ? »

Il n'a rien trouvé à lui répondre. Elle a insisté, au motif qu'un Noir, sur le pont, un de ceux qui travaillent pour les Blancs, celui qui s'appelle Antoine et parle leur langue aussi bien que toutes celles de la Terre des Ancêtres, venait de la prévenir que ce qui l'attendait quand le bateau toucherait terre serait encore pire que ce qui se passait dans la cale. Et d'un seul coup, elle qui n'a jamais pleuré, même dans la baraque où on les a vendus, Semiavou s'est mise à

1. Prononciation française de Tsimiavo, en malgache.

sangloter. Là encore, il n'a pas trouvé un mot pour la consoler.

Et les choses, ce soir, dans la cale, vont décidément très mal, car juste après, une dispute a éclaté entre des hommes des Hautes Terres. Ils se sont tabassés, on n'a pas su pourquoi. Puis quelqu'un, toujours dans le même coin, s'est mis à taper sur la coque en hurlant. Il n'arrêtait pas, on aurait dit qu'il était fou. Puis on a entendu un choc. Il s'est arrêté aussi subitement qu'il avait commencé. Quelqu'un avait dû l'assommer.

C'est à ce moment-là qu'au fond du noir, l'Enfant-Pirogue a commencé à se faire très flou. Et maintenant, il s'efface. Comme s'il s'en allait sur la pointe des pieds.

*
* *

Donc plus un mot, au fond du bateau. Seulement le roulis, le bain de sueur, de pisse, de merde et de vomi et la lourde respiration des corps qui s'épuisent. Et rejoignent lentement un univers si vide, semble-t-il, que l'homme qui a désormais tant de mal à tisser les histoires est bien tenté de l'appeler le Monde du Rien.

Il commence à l'imaginer – car il faut bien quand même le remplir de quelque chose, tout Monde du Rien qu'il est – quand dans la coque, juste au-dessous de lui, il sent un petit choc. Exactement comme lorsque sa pirogue touchait de la roche.

Il tend l'oreille. C'est sûr, ça touche. Et même ça tape.

Mais comme il n'a pas encore émergé, malgré tout, du lagon où il va pêcher ses histoires, il s'entend soudain hurler, exactement comme l'Enfant-Pirogue au moment où il avait retrouvé la plage de son village : « Ça y est ! On est revenus ! »

III

HEURE PAR HEURE, LA CATASTROPHE

7

On a retrouvé deux récits du naufrage. L'un est imprimé, l'autre manuscrit. Aucun n'est signé.

Le premier compte huit feuillets. Imprimé à Paris et à Bordeaux, il a aussitôt connu un vif succès grâce aux colporteurs qui l'ont diffusé en même temps que leur bimbeloterie jusque dans de minuscules bourgades. En préambule du texte, trois lignes suggèrent que le mystérieux narrateur du naufrage en sait bien plus long que ce qu'il raconte – il dit avoir sous les yeux des pièces justificatives qui mériteraient d'être portées à la connaissance du ministre de la Marine. C'est sans doute cette habile menace voilée qui a découragé les censeurs d'interdire l'édition et la diffusion de ce témoignage. Comme à tous les lecteurs de la brochure, l'évidence leur a sauté aux yeux : ces quelques pages étaient nourries par les révélations d'un, ou de plusieurs rescapés du naufrage.

Ces confidences dérangeantes, l'éditeur les avait bien sûr enrobées de la sauce mélodramatique en vogue dans les romans des années 1760, mises en scène spectaculaires et appels répétés aux cœurs sensibles, comme un peu plus tard dans *Paul et Virginie*. L'habillage était ingénieux, il acheva de convaincre les censeurs qu'il valait mieux fermer les yeux. Pour autant, un lecteur averti pouvait lire entre les lignes : le, ou les mystérieux témoins qui avaient inspiré cette brochure s'y étaient très astucieusement employés.

Quiconque avait navigué au loin et s'intéressait aux sombres trafics des négriers et des planteurs pouvait aisément y voir clair. Et de fait, cette petite brochure passionna d'autres esprits que les amateurs de catastrophes maritimes ou les lecteurs fascinés par cette version française et vécue de *Robinson Crusoé*. Certains d'entre eux, du reste, n'avaient pas manqué de s'interroger sur le sort des esclaves : dans la marge du septième feuillet, un petit rajout tente de leur répondre – il semble avoir été composé à la dernière minute, juste avant que le libelle ne soit confié aux colporteurs qui devaient le diffuser un peu partout en France. Mieux encore, un peu plus tard, on retrouve cet embarrassant petit texte au ministère de la Marine : un inconnu l'a glissé à l'intérieur du dossier Lafargue. Et sur le même septième feuillet, une main anonyme – la même qui a subrepticement introduit l'étrange libelle au ministère ? – a assorti le premier rajout d'un second. Quelques mots elliptiques, hâtivement tracés à la plume ; et cependant assez clairs pour suggérer l'existence d'un coupable et d'un crime.

Pas moyen de les manquer. À la septième page de la brochure, l'œil y va droit. Et une fois le livret refermé, la bizarre petite phrase, pernicieusement, n'arrête plus de vous tarabuster. Les images hallucinées du naufrage, les scènes encore plus extravagantes qui se déroulèrent sur l'île quand Blancs et Noirs durent cohabiter continuent de vous hanter ; cependant en sourdine – comme la sinistre basse opiniâtre d'un morceau de musique apparemment glorieux, entraînant, épique, exalté –, on n'arrête plus de se demander qui, parmi les rescapés de *L'Utile*, voulut porter à la connaissance des autorités, avec un tel acharnement, les dessous du dossier Lafargue. Et pour quels avouables – ou inavouables – motifs.

Au bout de quelques lectures, toutefois, et si habile soit-il à se dissimuler, l'inspirateur de ce texte se démasque. À plusieurs reprises, on voit son regard s'attarder sur les souffrances physiques des rescapés et les symptômes des maux qui les assaillent. À tous les coups, c'est le chirurgien de bord, Philippe-Jacob Herga, natif de Thionville, parfois surnommé « Herga Le Jeune » au motif que son père, avant lui, s'était illustré dans la même profession.

*

* *

Le second récit a été déposé à Lorient, aux archives de la Compagnie des Indes. Ce document manuscrit est tout aussi anonyme mais, contrairement au premier, on identifie très vite son auteur : Keraudic.

La main qui a noirci ce parchemin n'est pourtant pas la sienne. Le manuscrit n'est qu'un recopiage d'un original qui a disparu. Cependant, dès le deuxième paragraphe, le scripteur prend sans s'en rendre compte un énorme risque : il se met à parler à la première personne. Puis il cite quantité de noms. Sauf le sien. Enfin il manifeste une déférence extrême, voisine de l'obséquiosité, à l'endroit des officiers qui composent l'état-major. Il les appelle « ces messieurs », indiquant par là même qu'il est d'un rang inférieur. Il appartient donc nécessairement au trio qui, au sein de ce petit groupe de dix personnes, ne jouissait pas du statut d'officier : l'écrivain de bord, le chirurgien et l'aumônier. Comme Philippe Herga est l'inspirateur de l'autre récit et qu'il est fort douteux que le révérend père Augustin Bory (qui avait vraisemblablement, lui aussi, acheté quelques esclaves) se soit risqué à relater le naufrage et les événements qui se sont déroulés sur l'île, l'auteur de ces pages se désigne lui-même : c'est l'homme qui, sur le rôle d'équipage, s'est fait enregistrer sous le nom d'Hilarion du Buisson de Keraudic – titre tout aussi fantaisiste que la noblesse dont s'était paré le capitaine Lafargue.

Comme d'habitude, et même s'il en dit plus long qu'Herga, la position de Keraudic reste obscure. Il semble déchiré entre la volonté de lâcher tout ce qu'il sait et son obligation de ménager la Compagnie – il est père d'une famille nombreuse et semble tirer le diable par la queue. Et cependant, obsession du détail, goût des chiffres, précision comptable, il se trahit à toutes les lignes. Lors du naufrage, il avait réussi à sauver son matériel d'écrivain et ensuite, sur l'île, il avait poursuivi tant bien que mal son journal de bord. Une fois rentré en France, il s'en est servi pour rédiger ce petit mémoire, parfois très structuré, parfois très paresseux – au bout de quelques pages, il se contente de recopier mot pour mot des fragments de son journal. Des notes dont il n'avait nul besoin pour retrouver ce qu'il avait vécu sur l'île. Au bout de ses cinquante-sept jours là-bas, sa mémoire, jusque-là son plus fidèle secours, était devenue sa pire ennemie. Des réminiscences, jour et nuit, n'arrêtaient plus de l'assaillir, souvent à l'improviste, et le tourmentaient avec la même insistance, la même violence que les vagues qu'il avait vues, cinquante-sept jours durant, s'acharner contre le bloc de corail. Donc pas moyen de le croire quand il jure, au beau milieu de ce petit récit, qu'il le dédie aux membres de sa famille, qu'il ne l'a écrit qu'à leur seule intention et ne l'a farci de détails que pour le seul bonheur de pouvoir répondre à leur insatiable curiosité. Outre que son manuscrit s'est retrouvé sur le bureau d'un directeur de la Compagnie des Indes, il le proclame un peu trop fort et du même coup, ses intentions ne s'en dévoilent que mieux : il a voulu contraindre son esprit à cesser de lui redérouler la houle indéfinie de ses souvenirs, en les fixant une bonne fois pour toutes sur le papier.

À sa façon à lui, horlogère. Et exactement comme il avait vécu les événements : en parfait écrivain de bord, rompu à tout enregistrer, à chaque instant. Ainsi, dès le début du drame, Keraudic avait noté les noms de ses principaux acteurs, leurs répliques, les parties du navire où ils se déplaçaient, leurs hésitations, leurs décisions, leurs lâchetés, leurs turpitudes, leurs mouvements d'héroïsme. Et ses propres sentiments. À croire qu'à la première minute du naufrage, il avait pressenti qu'il aurait un jour à répondre de ce qu'il voyait. Sinon devant des juges, du moins face au tribunal de sa conscience, jusqu'à sa mort.

8

En ce siècle où les montres demeurent des objets rarissimes, Keraudic navigue dans le temps comme dans l'espace : les yeux fermés. Il a non seulement le sens de l'heure, mais aussi celui de la minute. Il est de ces hommes dont on dit qu'ils ont une pendule dans le ventre. Un sablier vivant.

C'est donc lui qui, avec sa précision coutumière, donne l'heure de la catastrophe, l'instant où la coque de *L'Utile* talonne pour la première fois sur le platier de corail qui entoure l'île : vingt-deux heures vingt. À ce moment-là, tout comme Castellan, il est réveillé. Mais lui ne s'est pas couché. Il est resté sur le pont près de l'homme de barre à discuter avec les officiers de quart. Par inquiétude, ou simplement pour retarder le moment de retrouver le minuscule réduit qu'il occupe dans l'infection de l'entrepont.

Peut-être continue-t-il à disserter avec ses compagnons sur l'incroyable veine de Lafargue. Peut-être, une fois de plus, évoque-t-il avec eux la question des oiseaux et des cartes, et les dessous des trafics où leur capitaine les a entraînés. Puis, comme *L'Utile* continue à fendre la nuit sans encombre, il se lasse de bavarder et décide d'aller dormir.

Non sans avoir respecté sa petite routine. Il vérifie donc le cap – toujours droit à l'est – et note l'heure. Après un dernier coup d'œil au sablier de l'homme de barre, et en fonction de la dernière fois où il a entendu la cloche de *L'Utile* piquer le quart, il l'estime à vingt-deux heures vingt. Et il s'engouffre dans l'escalier qui mène à l'entrepont. C'est là, à bâbord, le long de l'endroit où l'on entrepose la poudre, qu'il a son petit galetas.

Le canonnier Louis Taillefer a sa propre chambrette de l'autre côté. En cas d'attaque d'un corsaire pendant la nuit, il a ainsi un accès direct à la soute à poudre et se trouve prêt à bourrer les canons. Taillefer, comme tous les matelots, a vu et entendu les officiers se disputer au sujet des cartes ; il a parfaitement remarqué, lui aussi, les nuages d'oiseaux. Mais il est, comme la plupart des marins du bord, profondément fataliste. Du haut de l'escalier, on l'entend ronfler comme un sonneur.

En dépit de l'obscurité, Keraudic dégringole très vite les marches : à trente-six ans passés, il reste d'une surprenante agilité. Atout supplémentaire pour qui veut tout surveiller sur un bateau. Parvenu en bas de l'escalier, c'est donc avec la même virtuosité qu'il amorce dans le noir le subtil mouvement de rotation qui va lui permettre d'accéder à sa minuscule cabine sans se cogner. Un geste mécanique, qu'il connaît par cœur et qu'il sait exécuter au millimètre près : à bord, où il faut souvent se déplacer dans l'obscurité, son métier, c'est aussi de connaître le navire dans ses moindres recoins ; et Keraudic, dès les premières heures de son embarquement, il y a cinq semaines, est devenu aussi familier de *L'Utile* que si c'était son propre corps.

Or précisément, en cet instant où il pose le pied sur le dernier degré de l'escalier, il croit percevoir une anomalie dans la façon dont le navire se déplace. Comme un discret tressautement.

Il s'immobilise. *L'Utile* saute bel et bien. Puis il a l'impression que le bateau freine. S'il était allongé, il ne s'apercevrait de rien. Mais dans la position et à l'endroit où il s'est immobilisé, sur la dernière marche de l'escalier, tous les muscles à l'écoute du vaisseau, il perçoit parfaitement ces légers bonds. Il ne fait alors ni une ni deux : il se réengouffre dans l'escalier et bondit sur le pont. Mais il n'a pas rejoint l'homme de barre et les officiers de quart que *L'Utile* se remet à sauter. Puis à freiner et talonner. Cette fois, le navire ne se contente plus de riper discrètement. Il cogne. Et la mer le pousse vers l'avant avec une violence extrême. En redoublant encore de brutalité : elle le soulève, avant de le faire retomber. Une gigantesque gerbe d'écume balaie le pont. On dirait que le bateau vient d'être pris dans les mâchoires d'un monstre sous-marin.

L'instant d'avant, l'homme placé à la proue pour surveiller la mer n'a sûrement pas manqué de hurler « Brisant droit devant ! ». Mais au moment où il a vu les vagues jaillir de la nuit noire, c'en était déjà fait. Et le temps qu'il coure prévenir les autres, le chaos régnait déjà sur le pont.

Keraudic se fige. Abasourdi par les lames qui montent à l'assaut de *L'Utile* autant que par le visage que lui opposent les officiers. Eux aussi sont pétrifiés. Et ils n'arrivent à murmurer qu'une phrase : « Qu'est-ce que c'est ? »

*
* *

À partir de ce moment, l'écrivain se dédouble. Une partie de lui-même reste sur le pont, à faire corps, comme d'habitude, avec *L'Utile*, à se mettre à l'écoute de sa peine, de sa charpente qui vibre, frémit, grince de partout. À sentir aussi son sang se geler face à la montagne d'écume qui s'abat sur le pont. Son souffle se couper, sa bouche s'assécher. Et comme tous les officiers et les marins qui sont à ses côtés, il n'arrive pas à esquisser le moindre geste.

Mais comme sous l'effet d'un déclic invisible, sa petite machinerie intérieure, celle qui veut tout enregistrer, s'est enclenchée. Elle fixe aussitôt la première séquence du naufrage : *L'Utile* qui se laisse happer par les lames tandis qu'autour de la barre les officiers de quart, bouche bée, muscles identiquement paralysés par l'effroi, ne parviennent pas à croire à cette catastrophe qu'ils avaient pourtant prévue.

Puis, émergeant de la lueur mouvante des fanaux, de plus en plus incertaine à mesure que les secousses se multiplient, surgit la pyrénéenne stature de Castellan. À ces officiers figés comme statues de sel, il hurle le seul ordre qui s'impose : « Brassez à culer ! »

Aussitôt, tout ce qu'il y a sur le pont de matelots court border les voiles à contre. Mais là encore, c'est trop tard. Ils ont beau s'échiner sur les cordages, au bout de dix minutes, ils doivent se rendre à l'évidence : ils s'acharnent pour rien. Les vagues sont monstrueuses et se succèdent sans interruption. Cerné par des geysers d'eau de mer et de gigantesques pyramides d'écume, le navire ne parvient pas à faire marche arrière.

Et inutile de se demander où on est, de chercher à savoir si on est en vue d'une terre ou si on vient de heurter un haut-fond égaré en pleine mer. Les secousses n'arrêtent plus. Au contraire, elles s'amplifient. Le bateau ne cesse plus de rouler. Il s'est manifestement coincé dans des rochers.

*
* *

De tous les escaliers, de la moindre échelle, émergent maintenant des hommes hagards et encore bouffis de sommeil. Dans les premiers instants, comme les officiers, ils se glacent de terreur. Puis, toujours comme eux, ils sortent subitement de leur effroi. Et se mettent à hurler.

Aussitôt, de nouveaux matelots déboulent de l'entrepont. Après le même long moment de stupeur, ils se joignent au chœur. Chaque lame qui s'abat sur le pont s'accompagne d'un concert de cris.

Dans cette lugubre sérénade, tout se confond. Les prières, les ululements de frayeur, les vociférations, les jurons. Et les langues les plus diverses. Si étrangères les unes aux autres que, à mesure que *L'Utile* faiblit devant les vagues, l'équipage dévoile peu à peu sa véritable face : tout sauf des hommes soudés. Un assemblage disparate de Bretons, Occitans, Béarnais, Catalans, Gascons, Alsaciens, Basques, des marins ou supposés tels qui n'ont jamais compris comment ni pourquoi, en dehors de la faim qui leur torture les tripes, ils se sont retrouvés sur ce bateau en partance pour le bout du monde.

Au cœur de cette masse vociférante, jusqu'à deux Canadiens, deux Hollandais et un Italien. Aussi vite que leurs compagnons, ils se ruent vers les trois chaloupes que le groupe des matelots les plus résolus à fuir vient de dégager les unes des autres. Dès qu'ils ont saisi des cordages pour les mettre à l'eau, c'en est fait des sévères hiérarchies qui, jusque-là, maintenaient l'ordre au sein de ces marins de fortune. Le mousse bouscule le bosco, le novice profite de sa jeunesse pour écraser le vieux calfat, le tanneur piétine le boulanger, le tonnelier, le boucher. En un rien de temps, les chaloupes sont pleines à craquer. Jusqu'à la petite yole qui est chargée à couler bas. Les cordages sont à poste, on attend l'ordre du capitaine. Mais Lafargue n'est pas là. Il n'est nulle part, d'ailleurs. Personne ne l'a vu.

Des matelots se mettent à hurler son nom. Peine perdue : il demeure invisible. Du côté des officiers, pas un mot. L'un d'entre eux, tout de même, se risque à ouvrir la bouche. Mais pas pour parler de lui. Il pointe, par-dessus le bastingage, le déchaînement des déferlantes : est-il vraiment prudent de mettre les chaloupes à l'eau ? Elles vont verser à la première vague, et les marins avec. Pure folie.

Non, mise à l'eau immédiate ! oppose un autre officier. Choix stupide, maintient le premier. La dispute s'envenime. Dans la lueur fatiguée des fanaux, chacun cherche un arbitre. Et comme Lafargue ne se montre toujours pas, Castellan sort de l'ombre et tranche : « Tout le monde hors des chaloupes. On coupe les mâts ! »

*

* *

À en croire Keraudic et Herga, le calme est revenu sur-le-champ. Pour contraindre les matelots à quitter les chaloupes, Castellan et les officiers ont-ils brandi leurs pistolets ? Là-dessus, pas une phrase de Keraudic. Herga non plus n'en souffle mot. L'un et l'autre ne parlent que de la chute du grand mât. Comme si son effondrement avait scellé le moment où eux-mêmes ont basculé dans la tragédie.

Les marins l'attaquent à la hache. Mais il est si épais – un bon mètre de circonférence – qu'il leur résiste de toutes ses forces, de toute sa dureté de chêne des Pyrénées. Une bonne demi-heure pour en venir à bout. Enfin il cède. Et d'un seul coup, s'écroule dans la mer, à tribord, du côté du large, sous le vent, en faisant jaillir une gigantesque gerbe d'eau. Si haute que, pour une fois, les vagues en paraissent ridicules.

Les matelots, aussitôt, courent s'attaquer au mât de misaine. Il tombe quelques minutes plus tard. Le mât d'artimon subit le même sort. Lui se renverse à bâbord. Comme les deux précédents, il soulève une immense gerbe d'eau ; et dans les minutes qui suivent, comme l'a prévu Castellan, le navire recouvre un semblant d'équilibre. Mais à l'instant même où il se croit sauvé, comme sous l'effet d'une force d'une perversité inouïe, l'effroyable roulis reprend. Et le navire recommence à talonner. Pis encore : il se met à pencher. À tribord, du côté du large. Il va verser.

Castellan reste étonnamment impavide. Il se contente de multiplier les ordres. Il les dévide de façon méthodique, presque automatique. Il commence par demander qu'on rassemble tout ce qu'il y a de plus précieux dans la chambre du conseil, les piastres, la boussole, le compas, la longue-vue, le porte-voix, les pièces d'argenterie ; et qu'on les entasse dans des coffres et des sacs. Puis, comme le vaisseau penche de plus en plus dangereusement, il commande qu'on jette les canons à la mer.

Mais il a beau offrir l'apparence du plus grand sang-froid, la panique saisit à nouveau les marins. Ils se remettent à voir leur mort venue. Au lieu de descendre dans l'entrepont, là où sont alignés les canons, ils préfèrent rester à l'air libre, prostrés sur les planches, et se laisser aller au gré du roulis comme des chiens crevés. Il est vrai qu'une bonne partie d'entre eux, pour s'éviter une agonie dans l'eau, a refusé d'apprendre à nager.

Castellan reste toujours aussi calme. Une fois de plus, comme s'il était simplement à conduire une parade navale bien à l'abri d'un port, il se tourne vers ses officiers. Puis leur ordonne de contraindre tous les marins de venir à la manœuvre. Il leur laisse le choix de la méthode, force ou persuasion.

Comme la première fois, les officiers lui obéissent immédiatement. Est-ce le ton qu'il a eu ? Son égalité d'humeur, sa froide détermination ? La façon dont il se tient, l'impression qu'il donne, à tout instant, de maîtriser toutes choses ? Cette fois, en tout cas, avant de lui obéir, aucun officier ne cherche derrière la sienne la silhouette de Lafargue. Il semble acquis que c'est lui, le nouveau capitaine. Ils se rallient à lui dans la seconde. Tous : Célestin Monier, Pierre Benazet du Temple, Gabriel La Mure, Antoine-Renaud L'Épinay. Soudés au plus étroit comme à midi, au moment où ils ont tenté de briser l'obstination de Lafargue. Et tandis que le navire, à chaque lame, tangue et roule avec des mouvements de plus en plus incohérents, ils se partagent le pont puis, chacun sur le territoire qu'il s'est vu attribuer, ils tâchent de convaincre les matelots de se relever.

Pistolet braqué sur leur tempe ou avalanche de belles promesses, ils y parviennent. Quelques minutes plus tard, un groupe de matelots redégringole l'escalier qui mène à l'entrepont et commence à jeter les canons à la mer. Ils sont au nombre de vingt-huit et pèsent plusieurs tonnes. Les marins n'en ont pas fini avant minuit. C'est seulement à ce moment-là que le navire, une seconde fois, retrouve un semblant d'équilibre.

*
* *

À ce point des deux récits, dans la brochure d'Herga comme dans le manuscrit de Keraudic, pas une phrase pour évoquer, ni même suggérer ce qui se passe dans la cale. Pas un mot sur les esclaves. Ils ne sont pas plus mentionnés que les bœufs, vaches et cochons vivants qui bêlent et meuglent dans un coin de l'entrepont.

Dès les premières secousses, pourtant, ils ont bien dû crier, eux aussi, ces cent soixante hommes, femmes et enfants. Supplier, hurler comme les matelots, à s'en déchirer les poumons. Et sûrement encore plus fort : sous les panneaux cloués, ils n'ont pas la moindre idée de ce qui arrive au bateau. D'autant qu'eux, ce n'est pas l'écume qui vient leur gifler la face, ce sont leurs déjections.

Enfin ils sont jeunes, ils veulent vivre. Donc c'est couru : de toutes leurs forces, ils tapent, battent, cognent, martèlent les panneaux. Même dans le chaos général – le fracas des vagues qui frappent et refrappent le vaisseau, sa charpente qui gémit, les animaux qui hurlent à la mort, les hommes qui se bousculent dans l'escalier pour aller sauver leurs quelques hardes ou ahanent en soulevant les canons –, on a bien dû les entendre. Mais personne ne s'inquiète de leur sort ni ne descend les délivrer. Ou si on songe à eux, c'est comme à une menace de plus. *L'Utile* tient toujours mais la loi du naufrage s'applique déjà : chacun pour soi. Sauve qui peut.

Quant à Lafargue, il ne réapparaît toujours pas. Et sur le pont, tout le monde s'en fout. Les coups de talon, en se multipliant, viennent d'enclencher une nouvelle catastrophe : la barre d'arcasse s'est cassée, les barreaux qui soutiennent la chambre du conseil viennent d'exploser. L'arrière du bateau est à moitié pulvérisé.

Castellan, une fois de plus, est le premier – et le seul – à voir clair : le gouvernail, à force de taper contre la roche, a remonté, a porté sur le timon. Qui a lui-même remonté et cassé les barreaux. Il ne fait donc ni une ni deux : il s'empare de la première scie venue et se précipite dans l'escalier qui mène à l'entrepont.

Il le traverse en courant au milieu des bêtes qui continuent à meugler et bêler tout ce qu'elles savent ; et, tandis qu'autour de lui, le navire craque de plus belle, il accomplit un geste définitif : il coupe le timon. À partir de cet instant, *L'Utile* est ingouvernable. Mais c'est aussi la seule façon d'épargner ce qui reste du bateau. Et donc de permettre que des hommes s'y accrochent. Puis il remonte et, sans s'attarder aux yeux qui le dévisagent, il se fixe immédiatement un nouvel objectif : sauver le maximum de vies. Avec un peu de chance, on peut rêver de toucher terre. Seulement, quelle terre ? On ne le saura qu'avec l'aube. Et il n'est qu'une heure du matin. Avant le lever du soleil, il faut encore tenir cinq heures et demie.

9

Près de trois heures maintenant que Keraudic, sur la dernière marche de l'escalier qui menait à sa cabine, a senti le premier coup de talon. Malgré la violence des vagues qui continuent à passer par-dessus le bastingage, il demeure habité par sa manie de tout chiffrer. Il estime leur hauteur à un mètre soixante-dix.

Castellan, de son côté, se félicite d'avoir pris la bonne décision : *L'Utile* résiste. Une heure que la charpente tient. Cependant chacun a compris que le navire est perdu. Sur toutes les lèvres, la prière est la même : que sa charpente ne se brise pas avant le lever du jour.

Pendant cette petite heure, on a peut-être pensé à Lafargue. Mais si c'est arrivé, ce fut sûrement pour souhaiter qu'il ne réapparaisse pas. Pour rêver qu'au moment où le bateau a valdingué en l'air pour la première fois, il ait eu une attaque. Et qu'il soit passé par-dessus bord.

Ou alors on n'a rien imaginé du tout. Chacun s'est contenté de s'accrocher comme il pouvait à une corde, un anneau, un montant de porte, tout ce qu'il avait de solide à portée de main. En priant pour son salut chaque fois qu'une lame balayait le pont. Mais on en ressortait, à chaque fois. Alors on respirait un coup, on se reprenait à espérer, on s'accrochait de plus belle à son anneau ou à son bout. Puis une nouvelle lame s'élevait par-dessus le bastingage et on recommençait à prier. À force, comme Keraudic, on se disait que c'était déjà l'enfer, et on se bornait à attendre la vague suivante. En se demandant si la nuit allait finir.

Subitement, vers quatre heures du matin, les barreaux qui soutiennent le pont éclatent. Ils se brisent l'un après l'autre.

Dans le noir, on passe alors une demi-heure à les écouter se soulever. Puis les uns après les autres, tout aussi fatalement, ils éclatent. Incapables de résister, eux aussi, à la force implacable et perverse qui veut la mort de *L'Utile*. Enfin les derniers cèdent et, dans un fracas atroce, une grande partie du pont s'effondre. Il reste encore deux heures et demie à tenir.

Mouvement instinctif des matelots : sauver la chaloupe. Course éperdue pour la retenir.

Mais au même moment – là encore, même sensation que le navire est maudit – les lames redoublent de violence. Le canot disparaît dans les cales et entraîne avec lui les marins qui s'y étaient accrochés. Puis l'avant du navire se sépare de l'arrière, ce qui reste du pont se détache de la coque, enfin ses côtés s'écartent. On dirait un crabe artistement décortiqué par un monstre invisible et pressé de s'en régaler.

*
* *

On s'est avisé après le naufrage que, durant ces quelques heures, on n'a pas vu les malades. Ils étaient une petite dizaine, pour la plupart matelots, qui avaient chopé on ne sait trop quoi, une fièvre ou une diarrhée, et étaient consignés dans l'entrepont, au fond de misérables couchettes de toile montées sur des châssis de bois. Philippe Herga a supposé qu'ils n'ont pas eu la force d'en sortir ni de se hisser sur le pont, et qu'ils ont été noyés au moment où les vagues ont disloqué *L'Utile*. Pure conjecture. Là encore, tout ce qui s'est passé en dehors du pont lui a échappé, comme à Keraudic. Et à plus forte raison, le drame qui s'est déroulé dans la cale. Sur le sort des esclaves, pas la moindre hypothèse. Silence absolu.

Et pourtant, impossible que l'écrivain et lui n'y aient pas pensé au moment de l'effondrement de la partie arrière du pont. Impossible qu'ils ne se soient pas souvenus que les Noirs n'étaient pas enchaînés. Et que tous ne seraient pas assommés et broyés par les solives qui s'écroulaient, ni emportés par la mer qui commençait à tout envahir. L'escalier était encore là. Ils pouvaient monter sur ce qui restait du pont.

C'est d'ailleurs ce qui est arrivé, comme le suggère une phrase embarrassée du texte d'Herga : « *On se sauve des soutes.* » Façon voilée d'évoquer les esclaves. Mais une fois de plus, rien sur ce qui se passe au moment où ceux-ci se retrouvent à l'air libre. Les repousse-t-on, les jette-t-on à la mer ? Ou se perdent-ils dans la masse des matelots et dans la débandade générale ? Là encore, comme Keraudic, Philippe Herga reste muet.

Sur ce point, toutefois, tous deux ont une excuse : dans les minutes qui suivent, une vague encore plus furieuse vient bousculer *L'Utile*. Et des fonds où on la croyait à jamais engloutie, la chaloupe ressurgit.

Du même bond, les marins se ruent sur elle et se mettent à nouveau en tête de la mettre à l'eau. Une, deux, trois fois, ils tâchent de l'arrimer à des cordages. Malheureusement, comme cinq heures plus tôt, ils échouent.

Cependant ils s'acharnent. Mais la mystérieuse force résolue à la perte de *L'Utile* s'entête aussi ; et ils sont au plus ardu de leur manœuvre quand une déferlante plus sèche que les autres s'abat sur le navire en voie de dislocation. Du haut du château arrière où Herga s'est réfugié, il voit la chaloupe repartir par le fond avec les hommes qui y sont embarqués. Et comme si l'enfer, décidément, ne devait jamais avoir de fin, immédiatement après, ce qui reste du pont se fracasse. Herga copie Keraudic : il en dénombre les morceaux. Six avec celui où il tente, vaille que vaille, de tenir debout. La mer les entraîne déjà. Puis très vite, les disperse. Sur chacun d'entre eux, des hommes que, depuis neuf mois, il a soignés.

Une émotion l'étreint alors, qu'il n'a jamais ressentie. L'impression d'être soudé à toutes ces silhouettes égarées, quelles qu'elles soient, qui s'éloignent à la merci des flots. Un sentiment aigu d'appartenance à la même communauté, celle des vivants, la claire conscience de son extrême fragilité. Et la certitude d'offrir à ses semblables, en cet instant, la même face désespérée, avant de se faire engloutir par l'obscurité.

Puis, au pied du château arrière, Herga voit soudain surnager des dizaines de Noirs.

Leurs corps aussi, il les connaît. Beaucoup mieux que ceux des hommes d'équipage. C'est lui qui, à Foulpointe, pour voir s'ils feraient de bons reproducteurs, a soupesé leurs testicules ou inspecté leur ventre. Écarté leurs mâchoires de force pour juger de l'état de leurs dents. Marqué leurs épaules au fer.

Et lui encore, Herga, qui depuis huit jours guette chaque matin, sous l'œil inquiet et soupçonneux de Lafargue, la vermine dans leurs plis. Jusqu'à aller inspecter, quand l'autre le lui ordonnait, les femmes qui avaient leurs règles.

Corps désormais livrés aux déferlantes et aux courants. Comme le sera le sien d'une heure à l'autre. Mais la mort qui s'approche, loin de tout rendre égal, semble vouloir respecter les imbéciles hiérarchies de la vie, sa cruauté, sa violence, son irrémédiable injustice. Herga, avec le reste de l'état-major, se retrouve à dériver sur la partie noble du navire, le château arrière, dont la charpente et les membrures, en dépit des vagues, demeurent quasi intactes. Tandis que les Noirs, eux, n'ont réussi à se hisser que sur des bouts de poutres, des portes, de misérables planches – autant de fétus de paille, que les montagnes d'écume aspirent à la première occasion. Ils s'y accrochent de toutes leurs forces en hurlant à la mort. Même au chevet des mutilés, Herga n'a jamais entendu pareils cris.

« Inimaginable », lâche-t-il sobrement à l'éditeur qui se proposait de publier son témoignage. Puis il ajoutera : comment le faire partager à qui n'est pas passé par là, se faire épargner et voir les autres tomber, sans savoir pourquoi ? On se dit nécessairement : pourquoi eux, pas moi ? Inexprimable.

Il fallait cependant l'exprimer, dut lui suggérer l'éditeur. S'arranger pour que le lecteur imagine l'Inimaginable. Faute de mieux, alors, pour décrire ce qu'il avait éprouvé devant les Noirs qui se noyaient, Herga risqua un mot étonnant, pour un homme qui, derrière la palissade pourrie du comptoir de Foulpointe avait si méthodiquement procédé à la sélection des cent soixante Noirs de Lafargue. Il en appela au sentiment d'*humanité*.

10

Keraudic s'est réfugié lui aussi sur le château arrière. Lafargue n'a toujours pas réapparu. L'écrivain est entouré des huit autres officiers ainsi que du jeune Léon Castellan, qui, bien entendu, n'a pas quitté son frère de tout le naufrage. Il s'estimerait ravi de cette compagnie si cet aristocratique fragment du navire était un peu plus stable. Mais en dépit de sa taille imposante, la mer ne l'épargne pas. Les lames qui attaquent ses élégantes boiseries sont désormais si rapprochées qu'entre chaque assaut, Keraudic en a la respiration coupée. Comme les Noirs qui flottent par en dessous et les marins qui tentent de s'accrocher aux cinq autres épaves, il croit sa fin venue.

De ces heures interminables, pour une fois, il ne se souviendra pas. Il se rappellera seulement la façon dont le château arrière, sans cesse, plongeait puis rebondissait. Et de sa respiration qui s'arrêtait chaque fois que la vague l'entraînait au sommet d'une déferlante, avant de replonger dans l'abîme à une vitesse inouïe pour le pousser à nouveau en haut d'une montagne d'eau.

Quand la nuit se met à pâlir, il croit échapper à l'enfer. Au même moment malheureusement, le château arrière commence à donner de sérieux signes de faiblesse. À plusieurs reprises, sa charpente s'ouvre, puis se referme. À chaque fois, telles des mâchoires, elle vient broyer des marins et des esclaves qui surnageaient. En montant, l'aube découvre à Keraudic des torses à la dérive sur les traînes d'écume. Ou des jambes, des têtes arrachées.

Et soudain, comme si la vie, désormais, ne devait plus jamais lui offrir un seul répit, un cri étrange jaillit. Il vient de très loin. Pour une fois, cependant, ce n'est pas un hurlement de détresse.

Il se redresse. Et se fige à nouveau. C'est un cri de joie qu'il vient d'entendre. Il pense à une hallucination.

*

* *

Le cri se répète. Les officiers se concertent. Tous sont de l'avis de Keraudic : c'est un mirage. Leur cervelle qui sonne sous le tampon des lames. Leurs tympans qui leur renvoient l'écho de la folie où l'océan, avant même de les noyer, commence à les engloutir.

Mais le cri insiste. Et soudain Keraudic reconnaît la voix de l'homme qui hurle : celle de Jean-Louis Catalot, le commis de frégate. Un marin solide, qui n'a pas l'habitude de fabuler ni de prendre des vessies pour des lanternes. Et maintenant que Catalot se sait reconnu, sa voix porte aussi loin que sa joie. Plus il crie « Terre ! » plus les ténèbres se dissipent. À croire qu'il est doué du pouvoir de chasser la nuit. Au même moment, d'ailleurs, Keraudic s'aperçoit que sous le château arrière, l'eau est du plus limpide turquoise, comme toujours à l'approche d'un rivage. Il plisse donc les yeux, tente de repérer où est la « terre » annoncée par Catalot. Et dans le jour levant, finit par distinguer une longue bande sablonneuse. Elle est distante d'une centaine de mètres[1] – un naufrage aussi près d'un rivage, incroyable. Et quelques formes s'y

1. Par souci de clarté, les mesures d'époque (pieds, toises, etc.) ont été le plus souvent converties en système métrique.

agitent. Des formes humaines. Non seulement il s'agit d'une terre mais elle est habitée. Et si proche que des matelots agrippés à des morceaux d'épave et chargés de cordes tentent déjà de rejoindre ces formes en glissant de vague en vague – ils veulent sans doute établir un va-et-vient entre la plage et ce qui reste de *L'Utile*. Pour l'instant, ils n'ont toujours pas réussi à franchir les lignes de déferlantes.

Keraudic n'hésite pas une seconde : il est excellent nageur et sera là-bas avant eux. Et, de tout l'état-major, le premier à toucher terre. Il s'avance donc au bord du château arrière, lève les bras, s'étire, prend une longue inspiration et plonge tête la première dans les lames, au milieu des centaines de débris et des dizaines de corps, intacts ou broyés, qui continuent d'aller de-ci, de-là, au gré de la houle et du ressac.

Il n'est pas à la mer que Célestin Monier, le second lieutenant, plonge à son tour. D'autres marins l'imitent, depuis d'autres débris du navire. Ils sont eux-mêmes suivis de Noirs, sans doute d'anciens pêcheurs. Tous, indifféremment, disparaissent au cœur des lames. Mais seul Monier semble avoir bien prémédité son geste. Il a plongé dans la vague au moment où elle courait vers la plage. Il parvient donc à se maintenir en haut de sa crête et en un rien de temps, se retrouve au rivage. Juste au moment où la vague se brise, cependant, il est précipité sur des concrétions de coraux d'une extrême dureté. Il parvient malgré tout à se relever avant l'arrivée d'une nouvelle déferlante.

Il se hisse sur le sable en titubant. Si contusionné qu'il n'en remarque pas l'éblouissante blancheur. Il le voit seulement boire son sang.

Puis il cherche Keraudic. En vain. L'écrivain n'est ni sur la plage, ni dans le chaos des déferlantes. Tout ce qu'il distingue, dans le matin levant, ce sont des Noirs accrochés chacun à un fragment d'épave. Et qui, à bout de forces, le lâchent avant de couler à pic. Il comprend alors que Keraudic, tout à son envie d'épater la galerie, n'a pas calculé son affaire. Il s'est retrouvé dans l'eau en plein ressac, le reflux l'a emporté vers le large. À la seule vue des geysers qui assaillent de plus belle les restes de *L'Utile*, Monier le pense noyé.

C'est aussi le diagnostic des officiers et des quelques matelots qui demeurent postés sur le château arrière. À force de fouiller la mer, ils comprennent qu'ils n'ont devant eux qu'une alternative. Ou ils plongent tout de suite, en s'arrimant, comme les Noirs, à des fragments d'épave. Ou ils attendent que ce soit la mer qui décide de leur sort à l'instant – sûrement assez proche – où elle fera voler en éclats ce qui reste du château arrière. Mais dans les deux cas, leur destin va leur échapper. À partir de maintenant, tout se joue à la grâce de Dieu.

*
* *

Cette analyse, longtemps que Castellan l'a faite. Et qu'il a refusé de s'y attarder. Depuis que l'aube est là, accroché d'une main à un montant de bois, il tente comme il peut de scruter la mer de sa longue-vue.

Du large où il vient de vainement chercher la trace de Keraudic, il revient au rivage. Le jour est encore faible, il n'y voit pas très clair. Il règle l'appareil, le fait aller et venir plusieurs fois, puis l'abaisse, définitivement accablé. Moins par ce qu'il vient d'apercevoir au fond de son optique que par les visages de ses officiers. On dirait qu'ils sont déjà à terre, loin de ce morceau d'épave et des déferlantes qui continuent, inlassables, à le harceler. La face extatique et comme subitement indifférents aux innombrables dangers qui les menacent, ils fixent l'île. Ils n'ont pas encore compris que les hommes qui s'agitent sur la grève arrivent tous du navire. Ils sont toujours persuadés que ces quelques arpents de sable sont habités.

Il ne perd pas son temps à les détromper. Il se contente de leur passer la longue-vue. Et c'est bientôt Philippe Herga qui, dans son fond vitreux, découvre, en fait de terre, une longue plaque de corail ourlée d'une plage qui se transforme, vers le sud, en bande de galets grisâtres. Pour le reste, des arbustes bas et des amas de broussailles. Pas un palmier, pas même l'ombre d'un filao. Cette terre n'est qu'un caillou aride perdu au cœur de l'océan. Si par miracle ils ne sont pas, comme Keraudic, emportés par les vagues avant d'atteindre les sables, la fin qui les attend sera pire que la noyade. Ils vont mourir de soif.

Les matelots qui sont sur l'île, eux, l'ont déjà compris. Quand Castellan reprend sa longue-vue pour recommencer à inspecter la côte, il ne voit que des hommes pétrifiés d'accablement.

Pourtant il va bien falloir aborder. Et abandonner ce morceau d'épave que les lames, d'ici une petite heure, peut-être moins, auront achevé de disloquer.

Une fois de plus, Castellan garde son sang-froid. Comme d'habitude, grâce à son jeune frère Léon. Il ne le sait pas encore mais c'est pour lui qu'il tient, enchaîne les ordres, prend les bonnes décisions. Sans lui, il n'aurait pas la force d'avoir la force. Ni l'énergie de demander une dernière fois en cet instant où il voit bien qu'il faut quitter l'épave : « Où est le capitaine ? » Car c'est la loi : seul Lafargue peut donner l'ordre d'abandonner le navire. Au bout de neuf heures de naufrage, il faut tout de même savoir une bonne fois pour toutes s'il est mort ou vivant.

Mais les officiers restent unanimes : depuis hier soir, à l'heure où il est allé se coucher, personne ne l'a croisé. Quand on a coupé les mâts, il n'a pas paru sur le pont. Au moment où il a fallu jeter les canons à la mer non plus. Et pas plus de Lafargue à l'horizon quand Castellan a couru couper le timon, ni quand les barreaux du pont ont volé en l'air. Il n'était même pas du nombre de ceux qui écrasaient les autres marins pour monter dans les chaloupes. Une seule conclusion s'impose : il doit être mort. Quand ? Personne ne sait. Et puisque tout le monde s'est rué sur le pont dès les premiers coups de talon, si Lafargue a passé l'arme à gauche, c'est obligatoirement avant le début du naufrage. En ce cas, il est raide mort dans son lit. Ou alors il s'est arsouillé à l'eau-de-vie tout seul dans sa couchette, et il cuve. Ce qui ne tient pas davantage debout.

Quoi qu'il en soit, avant de quitter l'épave, il faut en avoir le cœur net. Mais avec le château arrière qui menace à tout moment de partir en morceaux, personne n'est très chaud pour aller s'aventurer jusqu'à la chambre du capitaine. On se contente donc de l'appeler. Et on n'a pas besoin de les hurler longtemps, ces « Capitaine Lafargue ! ». Dès les premiers appels, on voit son torse s'encadrer dans une fenêtre, celle de la bouteille. Ou, selon l'expression en vigueur chez ceux qui ne connaissent que le plancher des vaches, les lieux d'aisances. Pour parler clair, Lafargue a passé la nuit enfermé dans ses chiottes.

Il s'était bouclé à double tour. Et maintenant, malgré le sourire béat qu'il a eu à la vue de l'île (stupéfiant, chez un homme qui jurait la veille dur comme fer que sur la route qu'il avait choisie, l'océan serait vide), il est incapable de déverrouiller la porte. Il faut aller la fracasser.

Au premier regard qu'il pose sur Lafargue, Herga comprend qu'il ne tourne pas rond : il a les yeux vides et fixes. Sauf quand ils se posent sur l'île. Son regard alors s'illumine. Mais de la gaieté qu'on voit aux vieillards gâteux. Avec, de temps à autre, les mêmes brefs éclairs de surexcitation. Enfin sa démarche est lente, ses mouvements sont gourds et mécaniques. A-t-il seulement saisi qu'il est à bord d'une épave, et non sur le pont de *L'Utile* du temps de sa splendeur ? Voilà qu'il se remet à jouer au capitaine et à distribuer des ordres aux officiers. Voix sèche, phrases cassantes, exactement comme douze heures plus tôt. Mais cette fois, phrases incohérentes. Puis il s'arrête face au soleil qui monte, comme s'il ne savait plus ce que sont les jours et les nuits. Peut-être aussi ignore-t-il qui il est.

Une fois encore, Castellan tranche : « Le capitaine est incommodé ! » Et c'est ainsi qu'il prend sa suite, sans un mot de plus. Intimant par là même à ses compagnons de l'imiter, d'abandonner leur capitaine au chaos de son cerveau.

*
* *

Désormais, une seule urgence : l'évacuation des hommes encore accrochés à chacun des six fragments.

Castellan est certain de ce qu'il a observé dans sa longue-vue : à très courte distance du rivage, des débris du navire sont fichés entre les coraux. Il suffit que les hommes parvenus à terre y arriment des cordages, les lancent aux marins toujours présents sur leur bout d'épave et que ceux-ci, un à un, s'y attachent, pour que chacun rejoigne la terre en toute sécurité.

Les officiers commencent à discuter de la manœuvre. L'un d'entre eux s'est emparé du porte-voix et crie des ordres aux hommes qui s'agitent sur la plage. Lafargue, c'est désormais acquis, n'a pas voix au chapitre. Et de toute façon, il ne souffle plus mot. Ses lèvres, ses yeux, les muscles de sa face sont figés. Un gel intense beaucoup plus profond que, la veille, le glacis de son entêtement. Il est désormais vidé de toute volonté. Et de sa substance la plus intime, l'appât du gain : quand des Noirs à demi noyés ressurgissent d'une déferlante qui reflue et les entraîne vers le large, comme Keraudic, ses yeux ne cillent pas. Pourtant il n'est pas devenu aveugle. C'est pire : quelque chose lui interdit de voir. Une nuit de l'esprit.

Elle a dû lui tomber dessus au deuxième coup de talon, au plus tard au troisième, quand il s'est réveillé et qu'il a compris dans la seconde, en vieux loup de mer qu'il est, que la chance n'était plus son amie. Et qu'à deux doigts de la victoire, il venait de perdre son pari, sa cargaison, ses rêves de fortune et de revanche, sa seule raison de vivre, sa vie même. Vérité impossible à affronter. De façon sans doute déjà automatique, à l'aveuglette et en dépit des secousses, il a gagné alors ces « lieux d'aisances » si justement nommés, l'unique endroit où, à terre et plus encore sur mer, il se soit jamais senti parfaitement à son aise. Et tandis que son navire se soulevait, se fendait, gémissait, explosait, se fracassait de partout, et que ses cent soixante esclaves, au fond de la cale, ne cessaient plus de hurler à la mort, il s'en est allé rejoindre, lui, son paradis d'enfance, la jouissive contemplation de la fortune la plus chère à son vieux cœur d'avare : le trésor de ses étrons.

11

Pour gagner le rivage, Léon Castellan est l'un des premiers à expérimenter la manœuvre arrêtée par son frère aîné. Il parvient sans encombre à s'emparer du cordage arrimé au morceau d'épave proche des sables. Il s'y attache, se jette à l'eau, glisse aisément jusqu'à cette salvatrice plage. Il se relève alors, se hisse sur le débris de *L'Utile* et va pour relancer la corde quand, sans que personne n'ait eu le temps de la voir se dessiner, une vague gonfle soudain jusqu'à former une pyramide et arrache le morceau de bois aux coraux où il s'était fiché. Le jeune homme réussit tout de même à s'y agripper. Mais il est pris dans la violence des remous. Il le lâche. Et, comme Keraudic, le ressac l'entraîne vers le large.

Comme il fallait s'y attendre, il cherche alors son frère, toujours debout sur ce qui reste du château arrière de *L'Utile*. Il tente de le rejoindre à la nage et, de brasse en brasse, parvient à s'en approcher. Castellan se penche, lui tend les bras. Peine perdue : à l'instant où il va le toucher, un torrent d'eau l'engloutit.

Mais comment renoncer à confondre leurs ombres ? Castellan en oublie qu'il ne sait pas nager, esquisse un plongeon. Il n'a pas le temps d'achever son geste : les matelots se ruent sur lui, le plaquent aux planches de l'épave. Il se débat : « Ou je sauve mon frère, ou je meurs ! » Les autres le terrassent.

Et l'empêchent de voir le jeune nageur sombrer dans la violence du ressac.

Herga lui aussi détourne la tête. Il recommence à fixer la plage. Les marins, très vite, découvrent un nouveau morceau d'épave où arrimer la corde. Et quand la manœuvre de va-et-vient reprend, sans davantage regarder Castellan ni les autres officiers, il plonge.

Comme Léon Castellan et avant lui Monier, il gagne très vite la plage. Il nage un moment sous l'eau et remarque le courant très violent qui parcourt le platier de corail, ainsi que les étranges tunnels dont il est tavelé. Des vergetures si profondes qu'il n'en voit pas le fond.

Une fois arrivé au rivage, il se redresse et se retourne du côté du large. À sa grande surprise, Castellan est revenu à la raison : loin de vouloir mourir, il vient à son tour de s'arrimer au cordage. Quelques minutes plus tard, il est là. Mais il n'a pas fait un pas qu'il s'écroule dans l'eau, soudain vidé de ses forces. Et aussitôt, comme son frère, il est pris dans le ressac. Herga se précipite, parvient à le rejoindre, à l'agripper, à le traîner, à l'arracher à la mer et à le hisser jusqu'aux sables. Où comme les autres, sanglants et les os rompus, ils se laissent tomber ensemble.

Puis, encore du même mouvement, et comme s'ils n'arrivaient toujours pas à croire qu'ils ont quitté le navire, ils se retournent vers la mer. Pas de trace de Léon. À sa place, c'est Benazet du Temple qui surnage des lames, soutenu par deux Noirs qui l'arrachent au ressac. Puis les marins, par petites grappes, les rejoignent. Et soudain, au milieu de ces petits groupes qui, comme les précédents, viennent un à un s'effondrer sur la plage en pissant le sang, ils reconnaissent Keraudic.

Exténué, mais triomphant. Agile comme il est, il a réussi, entre deux lames, à attraper une longue planche de sapin. Et, avec la même dextérité, à la faire dériver jusqu'au sommet d'une vague, puis d'une deuxième, d'une troisième ; et glissant ainsi de crête en crête, à gagner la plage. En chemin, un Noir à bout de forces a voulu s'agripper à sa planche. À son habitude, l'écrivain n'a pas hésité : deux bons coups de pied, et l'autre était assommé. Il a tout de suite coulé à pic. Et un peu plus tard, quand un matelot, visage en sang, à deux doigts de se noyer, l'a à son tour appelé à l'aide, il l'a, lui, héroïquement sauvé. Il lui a même abandonné sa planche, tellement il était lourd. Keraudic s'est alors retrouvé face à une barrique qui fonçait sur lui mais à deux reprises, excellent plongeur comme il est, il a réussi à l'éviter.

Fort de ce double exploit, au moment de gravir à son tour la plage, en dépit de son épuisement et de sa peau trouée, lacérée et écorchée, il trouve encore la force de jeter un coup d'œil au soleil et d'estimer qu'il doit être quelque chose comme huit heures ou huit heures et demie. Et c'est seulement là que, de fatigue, de soulagement et de la fierté d'avoir réussi à faire respecter, au cœur même du chaos, l'ordre des choses, il s'écroule sur le sable avec les autres. Tellement à bout de forces qu'il ne remarque pas les dizaines de tortues tout juste écloses qui viennent de le croiser. Aussi affolées, dans leur course éperdue vers la mer, aussi épuisées que les naufragés. À ceci près qu'elles vont dans l'autre sens. Ce qu'elles courent chercher dans les vagues, elles, c'est la vie. L'île, elles la fuient comme la mort.

IV

L'ÎLE FLOTTANTE

12

Saisissement. C'est l'île. Le vent. Le blanc du roc au sommet de la plage. La frappe indéfinie des lames. L'assommoir du soleil.

Les yeux s'écarquillent puis s'enfoncent, les jambes flageolent, l'échine lâche. Un à un, les corps s'écroulent. Noirs ou blancs, ils réclament à la terre le répit qu'elle a toujours su leur offrir. L'accueil, le refuge, la matrice.

Quelques minutes plus tard, l'évidence s'abat : ils ne les trouveront pas. La nuque s'affaisse, le souffle manque, un petit cri déchire les bronches, on renonce. En condamné, on se livre à la massue du soleil.

Quelquefois des têtes se relèvent. Un œil cherche, de droite et de gauche, un autre œil. Pour y découvrir le néant. Une fois de plus, on s'effondre. En lâchant, incontrôlable, le petit cri.

Parfois aussi, par extraordinaire, le regard parvient à s'enfuir du côté de la mer. Il bute aussitôt sur le rempart des lames. Impossible de voir au-delà de la première déferlante, là où est allée se ficher l'ancre du navire, à une vingtaine de mètres de la plage.

L'œil, par réflexe, revient alors du côté des sables, tente de mesurer l'étendue de l'île. Et nouvel écrasement : si *L'Utile* avait fait voile un peu plus au sud, il ne serait jamais parti par le fond. Il continuerait à tracer sa route, comme il le faisait depuis huit jours, bien peinard, plein est et au plus près du vent.

On n'aurait même jamais su qu'on avait croisé l'île. Comme Morphey. Comme D'Après. Quant à Lafargue, il se serait réveillé comme il était allé se coucher : persuadé qu'elle n'existait pas. Blindé à jamais dans sa cuirasse de veinard et d'homme qui a toujours raison.

Au lieu de quoi, le voici à l'image de son navire : une épave. Dépenaillé, à demi nu, meurtri de bleus de la tête aux pieds, pareil à chacun sur cette plage, lacéré d'écorchures, griffé de partout. Mais le seul à n'en rien sentir.

Bien le seul aussi à vouloir arpenter les sables comme hier soir encore le pont de son navire : mollet sec, menton haut. Tous les deux pas, il trébuche sur des corps ou s'en va rouler dans les cratères fouaillés dans la plage par les tortues. Il persiste cependant à contempler l'île d'un air béat.

*

* *

Comme la plupart des naufragés, Herga s'est prostré. Lui aussi, dès que sa peau a rencontré la chaleur du sable, s'est laissé gagner par une léthargie profonde, parfois coupée par de brèves trouées de conscience.

Pendant l'une de ces éclaircies, il voit deux Noirs arracher Benazet du Temple à une déferlante, l'empoigner de toutes leurs forces et le hisser à quelques mètres de lui. Dans une autre échappée, il peut suivre le sauvetage de Célestin Monier. Au moment où le courant l'emporte vers le large, des matelots lui lancent un cordage qu'il agrippe avant d'aller s'échouer, lui aussi, sur la plage.

Herga assiste à ces deux séquences en étranger. Convaincu que tout ce qu'il voit est vrai, mais interdit de gestes, de mots, du premier début de pensée. Et il n'a aucune idée de l'heure. Il a perdu toute notion du temps.

Sur son bout de plage, il est aussi comme sourd. Les déferlantes continuent de se briser à une petite dizaine de mètres mais il ne les entend pas.

Dans les rares instants où il prend conscience de l'étrangeté de ce phénomène, il n'a pas la force de s'en étonner. Tout ce qui le surprend, quand il réussit à coulisser un œil vers les autres naufragés, c'est qu'ils soient muets, comme lui. Le silence de la plage, dans ces moments-là, lui semble exagérément profond. Et il se demande qui sont ses voisins, ce qu'ils font là.

Mais pas de réponse. Il se réengouffre alors dans son puits de silence.

Quelque temps après – quand ? pas davantage d'idée – il saisit à l'arraché un nouveau pan de réalité. Et sent se dessiner en lui un début de pensée. Il se dit que le soleil monte. Et qu'il fait décidément trop chaud.

Puis des questions plus précises l'assaillent. Il se demande pourquoi il tremble. Par quel mystère ses mains, ses jambes sont si froides, alors qu'il a la peau de plus en plus brûlante. Il s'étonne aussi de sa respiration qui se bloque. Et de cet inconnu, à côté de lui, au visage qui enfle. Il redevient médecin, en somme. Ses oreilles bourdonnent, il s'entend murmurer : « Hydropisie. Donner à boire. » Mais l'instant d'après, le silence revient l'assommer. Et, à nouveau affalé sur le sable, il s'abandonne au siphon du néant.

Lors d'une de ces trouées où la réalité réussit à le houspiller, Herga trouve la force de s'asseoir. Le soleil vitrifie les sables d'une lumière ultra blanche. Il reste un long moment ébloui. Puis les lignes parallèles des vagues finissent par se dessiner au fond de ce magma luminescent et la mer surgit dans la toute-puissance de ses couleurs. Turquoise au ras des sables. Et au-delà, bleu profond.

Il a les yeux qui brûlent. Il s'oblige pourtant à scruter les vagues. Et, à force d'insister, s'aperçoit qu'autour de la carcasse du navire, les lames charrient toutes sortes de tonneaux, tonnelets, barils et barriques. Tantôt solitaires, tantôt étirés en longues files dociles qui s'abandonnent, comme le reste, au flux et au reflux des montagnes d'écume. Et finissent par s'égailler au milieu des cadavres d'animaux et des autres débris que les déferlantes continuent de soulever, cordages, lambeaux de voilures, poutres, planches, coffres, madriers.

Il se sent alors rattaché à quelque chose de familier. À quoi, il l'ignore encore. Tout ce qu'il sait, c'est qu'il n'appartient pas seulement à la minute présente. Au fond de son gouffre intérieur, il perçoit comme une parenté entre le sac de peau à vif à quoi se résume la perception qu'il a de lui-même, et ces tonneaux qui s'échappent gentiment de la carcasse du bateau. Et à nouveau il s'entend parler : « Le vent faiblit. La mer va se calmer. » Puis il sent une sorte de fissure lui déchirer la cervelle par le milieu et, à sa grande stupeur, son regard, enfin, parvient à embrasser la plage en son entier.

Elle n'a plus rien d'un cimetière de morts vivants. Des hommes rampent sur les sables. Ils se traînent vers la mer.

Ils ont dû boire, se dit Herga. Mettre la main, déjà, sur des tonneaux. Il se redresse, cherche à voir si des barriques se sont échouées sur la plage. Il croit en apercevoir deux ou trois, mais il n'en est pas sûr. Puis il sent, encore une fois, des syllabes se former dans sa bouche. Les noms des hommes qu'il voit ramper vers les vagues. Jean-Augustin Femille. David Lassalle. Joseph Etcheverria. Carlos Guadalorria. Pietr Lamse. Anselmo Canora. Thomas Guillou. Vital Sarran.

Et un fragment de passé lui revient. Ces hommes qu'il a reconnus cherchent la mer avec la même énergie désespérée, la même fièvre aveugle que les bébés tortues qu'il a croisés ce matin, quand il est sorti des lames. Et de la même façon, quand la vague abat sur eux ses tourbillons d'écume, loin de les écraser, elle les ranime. Ils s'ébrouent, retrouvent instantanément agilité et audace : lorsqu'une autre déferlante, quelques secondes plus tard, dresse devant eux son monstrueux rempart d'eau, au lieu de s'enfuir, ils plongent puis ressurgissent sains et saufs de l'autre côté. Le ressac les entraîne déjà jusqu'à la vague suivante. Où ils replongent encore, pour à nouveau ressusciter.

Ils en sont déjà à affronter la troisième lame. Elle est bien plus haute que les précédentes. Mais rien ne les arrête, ils plongent toujours. Et ressurgissent. Il défient maintenant la quatrième déferlante.

Celle qui fut fatale au navire, se souvient Herga. Et de fait, cette fois, les plongeurs s'évanouissent dans l'écume.

La scène achève de le réveiller. Il tente de se lever, se hisse sur ses avant-bras, parvient à soulever ses épaules et sa nuque. Autour de lui, d'autres hommes se traînent. Des Blancs, des Noirs. Certains visent la mer, comme les plongeurs, les autres s'en vont vers l'île. Le sable leur mange la peau, on dirait des serpents qui cherchent leur trou. Ce sont ceux-là qu'Herga choisit de suivre.

Aucune prise sur rien, une fois de plus. Le sable ne cesse de s'enfuir sous ses poussées. Et cependant, plus il monte, plus il a l'impression de creuser sa propre tombe. À chaque effort, le sable s'infiltre dans ses écorchures, les râpe, les racle, se colle à leur suint. Il s'obstine pourtant. Avec un si bel acharnement qu'il finit par se retrouver face à un mur d'arbustes. Et le silence, brutalement, se fend. Quelqu'un hurle.

Il relève la nuque. Pour découvrir, à deux pas de lui, un poitrail carré, celui d'un homme qui a réussi à se mettre debout. Comme tout à l'heure, un nom lui revient : Saubat Bidegaraÿ. Et un surnom : l'Enclume. Herga se rappelle aussi – c'est peut-être la façon dont rocaille la voix – qu'il est de Bayonne.

L'Enclume titube – on dirait qu'il est soûl. Mais miracle : il parle. Et, nouveau miracle, Herga comprend ce qu'il dit : « Une île flottante ! On est tombés sur une île flottante ! »

*

* *

Les arbres sont très bas. Ils lui arrivent au torse, et encore. Cette fois, c'est le souvenir d'un livre qui lui revient. Gulliver à Lilliput. Il avait fait naufrage, lui aussi. Et il était comme lui chirurgien de marine.

Il interroge le ciel. Le soleil continue d'aller de droite, de gauche, puis de droite encore, et de gauche, indéfiniment. Et il s'entête à l'assommer de sa lumière trop blanche. Herga renonce à avancer. Il préfère se laisser tomber sur le sable et s'y abandonner au lent et lourd siphon qui conduit aux ténèbres.

Il y revoit les mêmes images que sur la plage, lors de sa prostration : le pont qui s'ouvre, les chaloupes qui partent par le fond, le jeune Léon soulevé au sommet d'une lame, Castellan plaqué par les matelots sur les planches du château arrière. Séquences tourbillonnantes, enchaînées à une vitesse elle-même vertigineuse et qui se déroulent plusieurs fois dans le même ordre, jusqu'à ce que soudain, de façon tout aussi inexplicable, il se retrouve au cœur de l'instant présent, face au mur d'arbustes, à suer toute son eau sous le cagnard.

Comment il s'est remis debout, pas la moindre idée. Tout ce qu'il voit, c'est qu'il marche. Un pas, puis deux, puis quatre, cœur vacillant, souffle hésitant, il réussit à fendre le rempart de feuilles. Et il parle : « Île flottante, île flottante… » Mots chancelants, mais mots tout de même. C'est donc qu'il est vivant.

Et soudain, comme sous la pression d'un écrou invisible, le ciel se visse. Il voit tout de suite ce qui le remet d'aplomb : les deux clous noirs, brillants et fixes qui lui font face. Des yeux.

Ils sont cernés de bleu, suspendus au-dessus d'un bec turquoise et entourés d'une cagoule de duvet blanc. Des yeux d'oiseaux.

Ils sont des dizaines, des centaines à nicher dans les arbustes. Ou à même le sable. Là, juste au-dessous de son pied qui vient de manquer de les écraser, des dizaines d'autres nids et de paires d'yeux qui le fixent – ceux-là sont cernés d'un large masque noir.

Mais le temps d'esquisser un geste de recul, les volatiles passent à l'attaque. Cinq ou six becs fouaillent ses cheveux, s'enfoncent dans ses plaies, les piquent, les repiquent. Herga se débat, s'étouffe, se perd dans un nuage de plumes où tout s'emmêle, les bras, les ailes, les palmes, les mains, les hurlements, les piaillements. Il s'entend hurler : « Mes yeux ! »

Puis tout aussi brutalement, fin des piaillements et des coups de bec. Au-dessus de lui, rien qu'une voix éraillée – l'Enclume. « Savent pas se défendre ! Savent pas voler ! »

Derrière le rempart de ses bras, Herga hasarde un œil. « Savent pas voler ! » ricane toujours l'Enclume. Puis, dans un bruit flapi, un oiseau mort vient s'écraser sur son ventre.

De l'animal, il n'aperçoit d'abord que le cou brisé. Puis il se hisse sur ses coudes, découvre son bec, ses solides palmes écarlates. Il est pris d'un haut-le-cœur, il le repousse.

La bête gît maintenant dans une petite mare de glaires et de coquilles brisées que commence à remonter un convoi d'énormes bernard-l'hermite.

Tout à côté, un chaos de plumes et de nids piétinés. Plus quelques plaques d'écaille aux mouchetures ternies, à côté d'ossements. Leur dessin aplati évoque la tête d'un reptile. Le vent n'a pas eu le temps de le blanchir, il est encore strié de longues lignes brunâtres. De part et d'autre, des vertèbres et des côtes. Elles portent les mêmes stries brunes, ainsi que de minuscules lambeaux de chair racornie. Un squelette de tortue.

L'Enclume se remet à fendre la jungle d'arbustes. D'autres marins l'ont rejoint. Ils s'égosillent comme lui : « Savent pas se défendre ! Savent pas voler ! »

Au-dessus de leurs têtes, nouveaux piqués, nouveaux piaillements. Des sternes, on dirait, cette fois-ci. Il suffit qu'un oiseau attaque pour que, dans la seconde, les autres se mettent de la partie. Ils n'ont sûrement jamais rencontré d'humains : aux gifles de l'Enclume et de ses compagnons, ils n'arrivent à opposer que de longs et furieux froissements d'ailes, sans jamais pouvoir prendre leur essor vers le ciel. Trois ou quatre taloches et ils s'affalent dans le sable, dans un choc sourd de mauvais paquet. Quand Herga parvient enfin à se mettre debout et qu'il se remet à marcher, son pied bute sur un amas d'oiseaux morts.

*

* *

Maintenant que les yeux des oiseaux sont devenus vitreux, le monde recommence à valdinguer de partout. Il choisit de rebrousser chemin. En rampant, comme à l'aller.

Mais il voit beaucoup plus clair. Il distingue désormais très nettement les hommes qui le suivent ou le précèdent. Il s'entend à nouveau égrener des noms, comme tout à l'heure, lorsqu'il a observé les plongeurs. Et le passé semble vraiment décidé à se retailler une place dans sa vie, car il se souvient aussi du poste qu'ils occupaient à bord. Bernard Sanguinet, maître charpentier. Joseph Duval, maître armurier. Vincent Andressy, matelot. Jean Martinet, mousse. Pierre Lartigue, mousse lui aussi. Martial Gaudron, boucher. Jean Fourquet, boulanger. Amant Mandemant, troisième chirurgien. Puis il tombe sur un Noir. Et là, pas de nom. Il détourne les yeux.

À la sortie de la petite jungle d'arbustes, l'Enclume le dépasse. Il tient toujours sur ses jambes et traîne derrière lui quelques cadavres d'oiseaux. Mais il a présumé de ses forces. Il n'a pas atteint la plage qu'il s'écroule dans le sable les bras en croix, masse de chair rouge offerte à l'irradiation du zénith, avec les oiseaux morts qu'il vient de lâcher.

D'un bout à l'autre des sables, d'ailleurs, c'est l'arasement général. Quand on n'est pas prostré, on rampe. L'île est plate, les hommes aussi.

Et comme l'Enclume, au premier effort pour marcher, on s'évanouit. La syncope ne fait pas le détail. Vieux ou jeunes, mousses ou officiers, Noirs ou Blancs, chacun, tôt ou tard, finit par aller rouler dans le sable ; et quand on se remet à ramper et qu'on tente de regagner la mer ou l'intérieur de l'île, on n'arrive à progresser qu'avec une prodigieuse lenteur, à mouvements lourds et gourds. Comme les légions de bernard-l'hermite qui, à l'orée de la petite jungle d'arbustes, commencent à s'attaquer aux cadavres des oiseaux.

*

* *

Marée basse, plus un poil de vent. Les déferlantes font place à d'inoffensives petites vagues. Où dérivent gentiment les plongeurs. Ils n'ont pas sombré. Allongés sur des planches ou des restes de portes,

Blancs et Noirs se confondent et ont les mêmes gestes : ils se laissent aller et venir autour des barriques, s'emparent de cordages à la dérive et unissent leurs efforts pour y attacher les futailles.

Où trouvent-ils toute cette énergie, blessés et meurtris comme ils sont ? Avant de plonger, ils ont sûrement bu, se répète Herga. Même s'ils peinent à tirer les fûts, ils se rapprochent assez vite du rivage et réussissent, malgré leurs bleus et leurs écorchures, à se mettre debout sur le platier de corail où le ressac a été fatal à tant de naufragés. Solidement arrimés à la roche qu'ils ont sous les pieds, sûrs de leurs muscles, tous, Noirs comme Blancs, étrangers au flottement universel, et si fiers de ces tonneaux qu'ils commencent à hisser sur la plage – oui, ils ont sûrement bu.

13

La suite est extrêmement confuse. Les plongeurs ne sont pas sortis de la mer qu'ils mettent un premier tonneau en perce. Un cri parcourt les sables : « C'est de l'eau-de-vie ! » Plus personne ne rampe. On se rue. Hurlements, coups de poings. Aucun officier ne pense à prévenir les hommes que l'ingestion d'alcool va décupler leur soif. Pas la force. Même pas chez Castellan : depuis qu'il a émergé de sa prostration, il n'arrête pas de promener sa longue-vue sur la mer, dans l'espoir fou d'y voir ressurgir son frère. Rien ne le touche de ce qui se passe sur la plage, même quand les hommes entament une ronde autour des tonneaux, chantent et sanglotent tout ensemble, se mettent nus, insultent la mer, crient leur colère au soleil et pour finir, se mettent à japper comme des chiens. Et, comme des chiens encore, à lancer d'immenses gerbes de sable contre les Noirs.

Ont-ils pris peur, quand ils les ont vus s'approcher en masse des tonneaux ? Ont-ils confondu, dans leur ivresse, cette plage et le pont de *L'Utile* au moment où Lafargue faisait remonter ses esclaves des cales et où tout le monde, du capitaine au mousse, tremblait à l'idée d'une révolte ? En tout cas ils les chassent. Et les Noirs se laissent faire, vont se chercher un coin à eux sur l'île, tout en ramassant, à mesure qu'ils s'en vont, tous les vivres qu'ils peuvent trouver. Dont trois petites barriques échouées là on ne sait pourquoi. À leur forme, même de loin, les marins saisissent tout de suite qu'elles contiennent de l'eau. Ils laissent pourtant faire : l'essentiel, c'est que les Noirs aient décampé. Loin de l'alcool, hors de leur vue. Et la bacchanale reprend.

On n'a pas fait que boire, sur la plage. On a aussi mangé ; et à des années de distance, Herga en a gardé un souvenir très précis : ces oiseaux au regard fixe qui avaient été attrapés et tués avec une si déconcertante facilité. Avec la même netteté, il s'est rappelé la façon dont les volatiles ont été cuits : à l'étouffée, sous un lit de braises, arrosés à intervalles réguliers de longues rasades d'eau-de-vie. Le moment où il a enfoncé ses dents dans la chair des bêtes qui s'en étaient prises à lui l'a vraisemblablement traversé d'un orgasme gustatif hors du commun.

En revanche, son récit ne mentionne pas comment a été fabriqué le brasero, ni qui s'est chargé de la cuisine. Sa mémoire n'a retenu que le chaud fumet d'alcool et de cendres exhalé par son oiseau de mer. Et il reste si habité par cette jouissance qu'il en oublie d'expliquer comment les naufragés ont si vite réussi à faire du feu.

C'est sans doute que l'affaire n'a présenté aucune difficulté. Des bois morts constellaient le haut de la plage ; et aux premières heures du matin, à l'arrivée de Castellan sur l'île, on avait récupéré le coffre où il avait pris soin de mettre à l'abri, dès le début du naufrage, les instruments de navigation, les papiers du bord, le matériel d'écriture de Keraudic, et surtout les armes et la poudre. Cette énorme malle était faite d'un cuir très épais, et par surcroît bardée d'acier. La poudre était donc parfaitement sèche, et le moyen de faire un feu tout trouvé : quelques brindilles dans le barillet d'un fusil, on le charge, on tire, la brindille s'enflamme, le tour est joué.

*
* *

Castellan dédaigne la viande qui fait les délices de Philippe Herga. Plutôt que manger, il préfère continuer de promener sa longue-vue sur la mer pour y chercher son frère.

Et soudain, il l'immobilise. Ce n'est pas Léon, pourtant, qu'il vient de découvrir au fond de son optique. Mais une nouvelle file de barriques. Il en est de grandes, de moyennes, de petites. À leur forme, comme les marins au moment où les Noirs sont partis avec leurs trois tonnelets échoués sur le sable, il les identifie sur-le-champ : ce sont des futailles d'eau.

Il s'aperçoit du même coup qu'il a une soif atroce. Et presque en même temps, il reprend pied dans le réel. Il abaisse sa longue-vue, oublie Léon, cherche ses officiers. Moins de cinq minutes plus tard, il a regroupé son état-major autour de lui.

Ou plutôt autour du coffre où sont entreposés la poudre, les fusils et les pistolets. C'est désormais le tabernacle de son pouvoir. Et, en même temps que la seule assise de son autorité, l'unique espoir d'assurer sur cette île la survie d'une tribu de plus de deux cents humains.

D'autres que lui, toutefois, viennent de repérer les futailles d'eau. Ils sont déjà dans la mer, à nager pour les attraper. Des Blancs. Les Noirs demeurent invisibles.

Les vagues sont décidément calmes : ils arriment les futailles presque aussi facilement que les barriques d'alcool et les halent avec la même aisance jusqu'au platier de corail. Comme leurs compagnons une heure plus tôt, ils y prennent pied sans se faire bousculer par les vagues et, de la même façon, entreprennent de tirer leur butin au sec. Sur la plage, instantanément, fin de la gueule de bois. Et nouvelle ruée. Une meute.

Mais un petit groupe d'hommes l'a devancée : les officiers. Fusils pointés, les uns vers la plage, les autres du côté des plongeurs. Dès l'apparition des futailles d'eau autour de l'ancre, chacun des membres de l'état-major a su, d'instinct, ce qu'il avait à faire. Comme Castellan. Et sans avoir eu besoin d'échanger un seul mot avec les autres.

Un long moment, face aux canons des fusils et des épées qui étincellent sous le soleil, l'œil des plongeurs reste rond et fixe, comme celui des oiseaux quand on les avait débusqués dans les arbustes. Peut-être ont-ils envie d'attaquer, eux aussi.

Mais subitement, en eux, quelque chose renonce. Et tout lâche, le dos, la nuque, les bras. La corde qui arrime les futailles les unes aux autres tombe aux pieds de Castellan. Il la ramasse immédiatement.

De l'autre côté, la meute ne bronche pas. Elle pourrait pourtant se révolter : de très loin, elle a l'avantage du nombre. Mais elle aussi plie l'échine. Fatalisme, fatigue, habitude. Et puis de toute façon, vaisseau de la Compagnie ou île flottante, quelle différence ? Il faut bien un capitaine. Cet officier vient de les sauver. Il l'a fait une fois, il le fera bien deux. Il suffit d'y croire. Et comme à bord, de plier.

Voici donc Castellan maître de l'île. À demi nu, constellé d'écorchures, tenant à peine debout. Et aussi incapable que ses hommes d'aligner plus de trois phrases.

Il se fait donc économe de ses ordres. Il s'adresse à ses officiers, leur demande de se rassembler autour des futailles d'eau, de ne plus se séparer de leurs armes et d'avoir en permanence assez de poudre sur eux pour faire feu à la première alerte. Puis il se retourne vers ses hommes. Et remarque que leurs corps, comme le sien, sont couverts de coups de soleil. Qu'ils grelottent, eux aussi. Que leurs yeux sont bouffis, leurs joues enflées. Qu'en somme ils s'en vont tout doucement vers la mort de soif. Il choisit alors de leur désigner l'île. Et feint de maîtriser la situation. On va se réfugier derrière le mur d'arbustes, dit-il. Trouver une clairière à l'abri du vent, y stocker les futailles.

Tout le monde y croit. Docilement, on le suit. Mais lorsqu'il trouve sa clairière, un quart d'heure plus tard, il est incapable de proférer un nouvel ordre. Il reste muet.

Une seule volonté l'habite, aussi têtue qu'obscure : retourner à la plage. Pour recommencer à balayer la mer de sa longue-vue dans l'espoir d'en voir ressusciter Léon. C'est un désir irrésistible et c'est aussi une faute, il le sait.

De toutes ses forces, alors, il tente de s'arrimer à la minute présente – cette clairière abritée du vent, ces hommes en armes qui commencent à se regrouper autour des barriques, cette masse assoiffée qui quémande à boire, enfin ce jeune mousse qui déboule devant lui pour lui annoncer qu'il vient de trouver, à l'endroit où la plage se transforme en mur de galets, la bonnette et le grand pavois. « De quoi faire une tente ! » s'exclame Monier. Castellan ne répond pas. Quelque chose de lui s'est absenté de la clairière, pour retourner sur le navire, très précisément en haut du château arrière de *L'Utile*, où il se remet, comme ce matin, à tendre le bras à Léon. Le gamin lui hurle – est-ce qu'il l'a vraiment fait ? : « Pourquoi moi ? » Et Castellan s'entend lui crier, ressac de la mémoire, plus impitoyable encore que celui des lames : « Attrape-moi ! Accroche-toi ! »

Et maintenant ce cri, qui s'est formé au fond de ses tripes, lui remonte à la cervelle, jusqu'au tréfonds, en déchirant tout sur son passage, ses poumons, son estomac, sa gorge. Rien à faire, c'est animal. Si animal, d'ailleurs, que c'en devient insoutenable. Il s'évanouit.

*
* *

Sortie des ténèbres. Le ciel a pâli. Rosi.

Soir ? Matin ? Où se trouve le gouvernail ? Comment sont bordées les voiles ? Qui est de quart ? Et pourquoi ce roulis ? Un coup de vent ?

Non, c'est l'île flottante. Le naufrage sur ce roc maudit. Léon qui ne reviendra jamais.

Mais alors qu'est-ce que vient faire, en plein milieu du ciel, cette auréole de cheveux blonds décolorés par le sel ? Toi, Léon ?

Oui, c'est toi. Tes yeux si bleus, si naïfs, si transparents. Et toute la solide jeunesse de ton bras.

Oui, je t'attrape, oui, tire, je m'agrippe à toi, je te sauve de la mer. Et tu vas recommencer à vivre dans mon ombre, puisque je ne te lâcherai plus jamais.

Mais non, ce n'est pas Léon, ce poignet est trop frêle. C'est le bras du mousse qui a trouvé la bonnette et le grand pavois, le petit Pierre Lartigue, de Bayonne. Blond comme Léon, et le regard aussi limpide. Le même âge aussi, vingt ans à tout casser. Léon est mort et lui s'en est sorti.

Pourtant ce poignet, continuer de s'y agripper. Et au lieu de hurler à Léon de revenir, crier à ce gamin : « Le mousse, tu restes ici ! Et à partir de maintenant, tu me suis partout ! »

Le petit Lartigue, nouvelle ombre du chef. Qui ne saurait être chef s'il n'a pas d'ombre.

Castellan, en quelques instants, redevient l'homme qu'il a toujours été. Pensée reconstituée, perspectives nettes, ordres clairs. Il recommence à savoir où il va. Il jette un coup d'œil au ciel puis, aussi froid et déterminé que face aux lames qui déferlaient sur le pont de *L'Utile*, annonce : « On va construire une tente. Trouvez des branches mortes sur la plage. Pressons, le soleil va se coucher. On boira après. »

Il a déjà repéré les naufragés qui tiennent le plus solidement sur leurs jambes. Dans la foulée, il les réunit. Retour sur la plage, leur commande-t-il. Jusqu'à ce que la nuit soit là, récupération systématique de tous les vivres qui auraient pu s'y échouer. Si on tombe sur des toiles, ou des fragments de voile, comme le petit Lartigue, on les prend aussi. Pendant ce temps-là, devant la tente, les autres feront un feu. Quant aux officiers, qu'ils réfléchissent aux moyens d'organiser la distribution d'eau.

Il n'a jamais été aussi laconique. Mais plus il parle, moins les hommes titubent. En plus de l'autorité, il semble doué du pouvoir d'empêcher l'île de flotter.

*
* *

Le temps que le peloton revienne de la plage, il sort des bosquets d'arbustes. Et se retrouve face à un petit désert de pierres.

Il le scrute dans sa longue-vue. Mais il l'abaisse très vite : à l'exception, en son milieu, d'une large tache verdâtre, puis d'une cuvette de la même couleur qui s'étire jusqu'à la pointe sud, il n'a découvert qu'un semis de gros et vieux madrépores grisâtres qui semblent égarés là comme des météorites.

Il choisit alors d'observer l'île à l'œil nu. Où qu'il se tourne, il voit la mer. Un grain de sable et de corail perdu au cœur de l'océan. Quel avenir s'y inventer ?

La tête basse, il rebrousse chemin vers la clairière. Et contemple un moment les têtes qui dépassent des arbres. Ses hommes. À la tâche, déjà, malgré la soif qui les tourmente. Ils dressent des piquets pour la tente. Ils ont commencé, grâce à ses ordres, à s'imaginer un lendemain. Le malheur, c'est qu'il n'a pas la moindre idée de ce qu'il va pouvoir leur ordonner dès qu'ils en auront fini avec les tentes. Donc c'est plus fort que lui : il se retourne, cherche Léon.

Et tombe sur le petit Lartigue. Qui lui sourit de toute sa blondeur, de toute sa jeunesse. Et de toute sa docilité : il l'a suivi à la trace, aveuglément. Un chien couchant. Tout le contraire de Léon, pour le coup. Lui, Léon n'avait pas besoin d'ordres pour être là. Il était là.

Au fond des tripes, alors, le cri qui se reforme. Et à nouveau, l'envie irrésistible de regagner la plage, de rentrer dans les lames, de se laisser entraîner là où Léon a disparu, dans le bleu profond, là-bas, par-derrière la quatrième déferlante.

Mais non, rester. S'accrocher à ce petit Lartigue à la face d'ange qui ne comprend rien à rien. S'arrimer à ses vingt ans. À son espoir. À son désir d'y croire.

14

Comme prévu, une fois la tente dressée, la distribution d'eau commence. Keraudic, à son habitude, a réussi à se placer en première ligne. Il surveille de si près le contenu de chaque gobelet qu'il finit par ressembler à Lafargue. Herga, lui, avec La Mure et Monier de Nantes, se contente de remonter et descendre, pistolet au poing, la file qui s'étire devant les barriques.

La nuit est tombée. En même temps que les voiles, on a découvert sur la plage des barils de suif. Les officiers, en plus de leurs armes, promènent donc des torches sur les faces épuisées de leurs compagnons d'infortune, en essayant de sonder leurs intentions. Mais comme tout à l'heure, sur la plage, personne ne bronche. Les marins attendent patiemment leur ration d'eau, puis, quand ils l'ont reçue, s'attardent quelques instants devant la flambée qui crépite devant la tente, histoire de calmer leurs frissons. Le vent s'est levé, ils n'y parviennent pas. Et comme la tente loge tout juste les futailles et les officiers, ils réclament des torches, eux aussi, et s'en retournent vers le haut de la plage, où ils vont se blottir, épaules basses, dans les petites grottes que la mer a fouaillées dans la carapace de vieux corail.

*

* *

Herga, quand il relate ce premier soir sur l'île, ne parle jamais de l'eau. Ce mot si commun, si banal, il va jusqu'à éviter de l'écrire, comme s'il était chargé de maléfice. Et puisque c'est une réalité, tout de même, impossible à passer sous silence, il se réfugie dans des périphrases embarrassées, se contente d'évoquer de « précieux restes » seuls susceptibles, dit-il, de calmer la soif des naufragés. *Eau*, pourtant, où est le mal ? Quel terme plus simple, quelle réalité plus naturelle ? Et quel lecteur songerait à contester la mainmise de Castellan sur les précieuses futailles ? S'il n'avait pas pris cette décision, le pire, à coup sûr, se serait produit. À commencer par la mise en perce incontrôlée des barriques, comme au moment de l'arrivée sur la plage des tonnelets d'alcool. Et il n'a sûrement pas attribué à l'état-major une ration supérieure à celle de l'équipage : tout au long du séjour des Blancs sur l'île, d'un avis unanime, son sens de l'équité n'a jamais faibli. C'est donc qu'il s'est passé autre chose.

Mais tel précisément un tonneau mal fichu, la mauvaise conscience d'Herga fuit par tous les silences de son texte. Un remords qui, pour lui tomber dessus, a dû sûrement attendre qu'il ait quitté l'île et se soit installé dans la certitude d'avoir définitivement réchappé de l'enfer – lors de son retour en France, sans doute ; un jour peut-être où, le gosier sec, il a tendu la main vers une carafe d'eau fraîche et, dans la seconde, étanché sa soif. À ce moment-là, il s'est soudain retrouvé sur l'île. Et a enfin mesuré le crime qui s'est perpétré lors de sa première nuit là-bas : personne n'a prévenu les Noirs de la distribution d'eau. On n'est pas allé les chercher, on les a laissés où ils étaient partis, au bout de la plage. Ça s'est fait tout seul, on les a oubliés le plus spontanément du monde, on s'en est tenu à la dernière image qu'on avait d'eux, le moment où ils avaient disparu en roulant devant eux les trois petites barriques providentiellement échouées sur leur chemin ; et chacun n'a plus songé –

encore une fois sans le moindre état d'âme – qu'à sa propre survie.

Et lui, Philippe Herga, il a fait comme les autres : les Noirs, il n'y a pas pensé. Engloutie au plus profond de sa mémoire, la planche où il avait vu des esclaves hurler à la mort avant de couler à pic. Effacé, le sauvetage de Benazet du Temple par deux de ces mêmes Noirs. Et complètement dissipée, la stupéfiante évidence de fraternité humaine qui l'avait étreint à la fin du naufrage.

Mais le remords est pervers, il sait prendre son temps. Un jour ou l'autre, la mauvaise conscience perd pied dans les brouillards qu'elle a elle-même créés. Ou quelqu'un finit par parler.

*
* *

Le choc du naufrage, malgré tout, continue de troubler les esprits : lors de cette première nuit sur l'île, personne ne dort. Il faut dire que le vent ne cesse de forcir. Bientôt il mugit. De grotte en grotte, la rumeur finit par se répandre que l'île flottante, tout comme *L'Utile*, est à deux doigts de sombrer. Les syncopes reprennent aussitôt, entrecoupées de longs moments de vertiges, ou de moments qui ressemblent à la conscience mais où chacun se retrouve au cœur de la catastrophe, à l'instant où il s'est vu mourir.

Comme son festin d'oiseaux, Herga relate par le menu cette nuit interminable. Luxe de détails sans doute destiné à compenser son mutisme sur les Noirs et sur l'eau. Il précise ainsi que la vision des rescapés s'altère. À la lueur fumeuse des torches, ils se prennent les uns les autres pour des spectres. Et comme le vent hurle de plus en plus fort, ils finissent par se croire à nouveau sur le pont de *L'Utile* et revoient, tout aussi impuissants que la veille, l'effondrement des mâts, les chaloupes qui s'en vont par le fond, le pont du navire qui s'ouvre et se referme comme une mâchoire, les cadavres décapités et emportés par le ressac. « *Le bloc de corail paraissait aussi agité que les débris mêmes qu'on avait quittés* », se souvient Herga. « *La plupart des hommes pensaient être entraînés à chaque instant au gré des vagues.* »

Il comprend d'autant mieux ses compagnons qu'il est assailli des mêmes malaises, à commencer par ces éclairs qui le transportent subitement vingt-quatre heures en arrière, aux pires moments du naufrage. Il tente d'y résister à sa manière : en allant, de grotte en grotte, écouter les plaintes des uns et des autres. Mais il ne va pas visiter les Noirs. Une fois encore, au plus profond de lui, une herse vient barrer l'essor de sa curiosité – ou le sursaut de sa conscience de médecin. Et si d'aventure, au hasard de ses pérégrinations sur la plage, sa torche fait surgir des ténèbres le visage d'un esclave, il préfère le prendre pour un revenant et s'enfuir. De peur de se faire entraîner dans un cauchemar plus effroyable que le sien. Il préfère son enfer de Blanc.

V

LE PUITS

15

Retourner sur la plage. L'inspecter de bout en bout. Ramasser tout baril ou futaille qui aurait pu s'échouer. Même à la pointe sud, là où commencent les galets.

Et avoir l'œil à tout. Passer le sable au crible. Collecter le plus petit morceau de bois, fragment de voile ou de métal, le moindre débris. Les restes de coffres, les bouts de cuir, les vis, les clous. N'avoir désormais qu'une devise : tout peut servir à tout.

Mais tous n'iront pas sur la plage. Dès que l'aumônier aura dit la messe et qu'on aura distribué une nouvelle ration d'eau, on va se diviser en équipes. La première, la plus nombreuse, va explorer les sables, mais un deuxième peloton, autour de François Bernet, le cuistot du bord, et de Jacques Darieux, son second, va se consacrer à la chasse et à la cuisson des oiseaux – une chance qu'il y en ait tellement sur l'île, on n'aura jamais le ventre vide. Un troisième groupe va profiter de la marée basse pour inspecter la partie rocheuse qui sépare la plage et l'épave, un long platier fait, semble-t-il, de très vieux corail. C'est jouable, le vent vient de faiblir. Enfin une quatrième équipe formée de tous les hommes qui savent plonger va explorer la carcasse du navire pour y récupérer les coffres à outils. Pourquoi ces coffres-là, avant tous les autres ? demande sottement Keraudic. Parce qu'ils sont remplis de haches, marteaux, scies, pelles, pieds-de-biche et barres à mine, rétorque

Castellan, avant d'ajouter qu'il ne sera pas bien sorcier de les dénicher. Depuis hier soir, en dépit de la tempête de la nuit, l'épave n'a pas bougé.

Et on va s'en sortir, de ce roc de malheur. À condition de se donner deux règles : ne prendre aucun risque inutile et croire en son salut. C'est-à-dire en la force d'un groupe soudé par l'ardeur à la tâche et le respect de chacun. En foi de quoi, en ce matin du 2 août de l'an de grâce 1761, toutes les énergies des hommes présents sur l'île doivent converger vers un seul but…

Castellan se surprend. C'est la première fois de sa vie qu'il fait un discours. Même à Madras, avec son régiment de matelots, il a réussi à y couper. C'est un genre qu'il a en horreur.

Combien il a pu en lire, pourtant, de ces harangues, du temps qu'il moisissait au collège. Elles étaient en latin et il passait d'interminables journées à les traduire. Il n'avait jamais de bonnes notes et, quand il n'était pas fouetté, il devait les apprendre par cœur. De sa vie, il ne s'est jamais autant ennuyé.

Mais encore plus que ce discours, Castellan s'étonne d'avoir soudain autant d'ordres à distribuer. Il y a une demi-heure, quand le jour s'est levé, il était comme tous ses hommes, il allait encore de vertiges en hallucinations. Pour se remettre, il a décidé d'aller marcher sur la plage. Sans trop d'illusions. Et cependant, au bout de quelques minutes – est-ce la présence derrière lui, toujours aussi fidèle, du petit Lartigue, ou l'effet de son inconscience de jeune chiot –, il a soudain vu clair. Tout lui a paru limpide, la géographie de l'île comme la situation actuelle des naufragés. Elle s'est présentée en chiffres : au jugé, à peu près deux cents humains affamés et assoiffés sur une île sans eau qui ne doit pas faire plus de huit cents mètres de large sur treize cents de long. Et de cette équation a aussitôt découlé, il ne sait trop comment, ce collier de consignes qu'il dévide en s'émerveillant à chaque mot de son aisance à les distribuer. Et de leur brute simplicité.

Ses visions, pourtant, le poursuivent toujours. Tout en parlant, il continue de distinguer, en filigrane des sables, la face désespérée de Léon. Mais plus il avance dans son discours, plus elle se laisse recouvrir par une autre image. La plus saugrenue qui soit sur cette île déserte : la gravure qui ornait la première page du recueil de versions latines qui lui a valu tant de coups de fouet. Un buste de César.

Une vision de plus. Mais celle-ci le soutient. L'aide à se redresser là où il s'est posté pour haranguer ses hommes, en haut de la plage, à mi-chemin du camp et de la mer. Lui souffle ses phrases. Même langue simple et économe, même chapelet d'ordres brefs. Et la voix, comme lui, qui ne force jamais, César l'habite. Il est César.

Pas le vainqueur des Gaules, pas le vieux dictateur qui s'effondra sous le poignard de Brutus. Mais celui qui fut pris en traître lors du siège d'Alexandrie, l'hiver fameux où il faillit tout perdre. À la veille de mourir de soif, lui aussi, à cause d'un poison jeté dans les citernes de la ville.

Pourquoi cette histoire ? Castellan ne sait pas. Il se contente de se laisser porter par elle, presque mot pour mot. Il leur peint, derrière le rempart d'Alexandrie, les ennemis de César qui se réjouissaient déjà à la perspective de dépecer son cadavre, de le saler puis de le présenter à Cléopâtre dans une collection de jarres, comme ils l'avaient fait pour le corps de Pompée. Puis il leur décrit la froide grandeur de l'Imperator, qui ne s'estime pas vaincu. Qui réunit ses hommes, leur jure qu'il va trouver une source. « Tous les rivages recèlent naturellement des nappes d'eau douce, répète-t-il après l'Imperator, il n'est pas un endroit au monde où on ne puisse forer un puits. » Et de fait, conclut-il, à force de s'escrimer sur le sol aride d'Alexandrie, les soldats de César, vingt-quatre heures plus tard, tombent sur une nappe souterraine. Et lui qu'on donnait perdu gagne la bataille et s'empare de l'Égypte.

« On va faire comme lui, répète-t-il. Creuser un puits. Et nous aussi, on va s'en sortir. On va commencer par fouiller l'épave, y retrouver les coffres où étaient entreposés les marteaux, les pieds-de-biche, les pelles, les barres à mine. Et cette putain d'île, on va la forcer à pisser l'eau. »

Ces derniers mots, Castellan sait qu'ils n'étaient pas dans sa version latine. Et il s'en fout. C'est seulement histoire de ne plus voir revenir, par-dessus le visage de César, celui de Léon. Et d'étouffer le sale petit cri d'animal.

*

* *

Les hommes se redressent. Plus de vertiges, on dirait. Ou s'ils vacillent encore sur leurs jambes, ils n'y pensent plus. Comme Castellan, ils sont raidis par l'envie d'agir.

Bernet et Darieux, par exemple, les deux culstots : leur regard s'enfuit déjà du côté du mur d'arbustes, là où depuis leurs nids, comme la veille, les oiseaux s'entêtent à les observer de leur œil rond et fixe. Philippe Herga, lui, au lieu de promener sur l'île un regard désabusé, comme il y a un quart d'heure encore, se remet, vigilant et précis ainsi qu'il l'a toujours été, à scruter les visages et les corps des hommes qui l'entourent. À sa droite, l'aumônier lui-même, dans sa chemise raide de crasse et sa culotte en lambeaux, s'est mis à trépigner. Il n'arrête plus de froncer et refroncer le nez, comme chaque fois qu'il grille de retrouver le premier rôle. À l'évidence, il est déjà tout au sermon qu'il va prononcer, au cœur du théâtre de bénédictions et prières dont il va l'entourer. Quant à Taillefer, impossible d'imaginer qu'il a passé la nuit à se bourrer les côtes de coups de poing pour se punir d'avoir jeté ses canons à la mer. À l'idée de pouvoir recommencer à manier de l'acier et de la fonte, jouer de ses mains-battoirs et faire ahaner, à chaque effort, ses poumons de lutteur, il se revisse l'échine, élargit le poitrail. À croire qu'il s'est trouvé, avec l'île, un ennemi à écraser. Il en oublie ses canons.

Enfin Keraudic. Au premier rang, comme toujours. Hochant la tête à tout bout de champ – approbation onctueuse et mécanique, on dirait qu'il est dans un bureau de la Compagnie, à boire les belles paroles d'un directeur. Lui, aucune idée de ce qu'il a pu trafiquer depuis qu'il a si miraculeusement émergé des déferlantes. Castellan se souvient de l'avoir aperçu sous un arbuste, dans les heures qui ont suivi le naufrage, roulé en boule, la tête entre les genoux, et aussi raide qu'une vieille souche. Par quel prodige, au moment du coup de force pour la mainmise sur les barriques d'eau, a-t-il réussi à se retrouver à ses côtés, frais comme un gardon et pistolet braqué sur les plongeurs ? Aussi miraculeux que la façon dont il est ressorti des vagues. Il ne changera jamais. À preuve : maintenant qu'il a entendu parler de César, voilà qu'il se compose, dans sa chemise pendouillante et sa culotte déchirée, une dignité d'Imperator. Sa plume doit le démanger, il recommence à frétiller de tout ce qu'il a de doigts. Il ne va pas tarder à installer sur l'île sa petite tyrannie bureaucrate. Lui aussi, l'écrivain, on va pouvoir compter sur lui.

Reste maintenant, pour Castellan, à conclure en beauté. À réussir à articuler le mot le mot le plus difficile à prononcer depuis que le jeune Léon s'est noyé et que les mâchoires de *L'Utile* se sont refermées sur des dizaines d'innocents alors que Lafargue, lui, s'en est sorti : Dieu.

Pas moyen. Il lâche alors : « La Providence. » Et tout coule de source, les phrases s'enchaînent sans la moindre difficulté, comme lorsqu'il était César. La Providence qui ne saurait nous abandonner, qui va nous sauver, qui a tout calculé, de toute éternité.

Des sternes tournoient au-dessus de la plage, comme avant-hier au-dessus des vergues de *L'Utile*. Elles semblent prêtes à attaquer. Devant le soleil, procession de nuages. Le ciel s'obscurcit, puis à nouveau s'éclaire. Les hommes restent silencieux. Pas un mot, pas une prière. Impossible d'en rester là. Castellan, pour une fois, se met à hurler : « Mais autant vous le dire tout de suite : personne ne va venir nous chercher ! Et rester, c'est mourir ! On va trouver de l'eau, oui ! Mais tout de suite après, il va falloir se construire un bateau ! Et là non plus, personne pour nous aider ! Donc d'abord, le puits ! L'eau, vous avez compris ? »

Cette fois, tout au long du cercle d'hommes qui lui font face, long frisson. Puis des voix reprennent ce qu'il vient de dire. Des bouts de phrases. « Construire un bateau ». « Rester, c'est mourir ». Ou tout simplement « Oui, un puits ».

Seul Lafargue se tait. Mais il a perdu son air béat. Il hoche la tête, lui aussi. Pour une fois, il a saisi ce qui s'est dit.

Et plus personne ne vacille sur ses jambes. L'île a définitivement cessé de flotter. Castellan respire. Toujours ça de pris.

16

Assis en tailleur devant une écritoire de fortune, Keraudic se remet à décompter les bâtonnets qu'il ajoute à sa liste chaque fois qu'un homme lui rapporte des vivres. Il n'escomptait pas une aussi belle récolte. La marée a fait s'échouer sur les sables des dizaines de barils. Beaucoup de farine, un peu de cidre, de l'eau-de-vie, du bœuf salé, il y a de tout. Mais avec l'après-midi qui s'avance, les arrivages se font irréguliers. On dirait que *L'Utile* a fini de dégorger sa cargaison.

Après l'étrange éclipse qu'il a traversée hier – jusqu'à l'arrivée des tonneaux d'eau-de-vie, il ne se souvient de rien –, il a retrouvé la pleine maîtrise de ses talents chronométriques. Ainsi, rien qu'à regarder la flaque de lumière jaunissante qui s'élargit à l'entrée de la tente, il sait qu'il est quinze heures. À cette latitude, plus que deux heures et demie avant le coucher du soleil.

Comme au moment où il a commencé à décompter ses bâtonnets, il se remet à l'écoute du sourd concert de massues qui vient s'ajouter à la frappe continue des vagues contre la plage, depuis qu'on a réussi à extirper les coffres à outils de la carcasse de *L'Utile*. Et il se demande une fois de plus si la large tache verdâtre que Castellan a repérée à trois cents mètres du camp tient ses promesses, si la carapace de l'île s'est enfin fendue sur une nappe d'eau.

Mais on continue, par-delà les arbustes, de taper et retaper en cadence, de frapper, de marteler le corail presque aussi indéfiniment que les vagues. L'écrivain secoue alors la tête d'un air accablé, comme s'il répondait à un interlocuteur invisible. Castellan n'est pas encore tombé sur sa nappe d'eau.

*
* *

Toujours personne à l'entrée de la tente. Keraudic décide de clore sa liste. Puis, sur une nouvelle feuille, entreprend de rédiger, avec le même soin que s'il était à bord, une copie officielle de ce récapitulatif.

Il approche son encrier, s'empare d'une nouvelle plume. Voilà au moins un matériel qu'il n'a pas à économiser, avec tous les oiseaux qui l'entourent. Malgré tout, il s'agace : il a toujours des vertiges. Et mal installé comme il est, assis en tailleur à même le sable, il ne parvient pas à retrouver sa belle calligraphie. Enfin son écritoire est branlante. À tout bout de champ, sa main se met à tracer des lettrages démesurés. Elle casse dans leur élan de magnifiques déliés, quand elle ne laisse pas sa plume cracher un gros pâté.

Il soupire, cesse d'écrire pendant quelques instants, retrouve son calme. Et se dit qu'il n'est pas à plaindre. Alors que presque tout l'équipage est à peiner sous le cagnard, il reste ici, assis, entre sa plume et son encre, sans jamais quitter l'ombre de la tente. Mieux encore : dès que les deux officiers postés de part et d'autre des barriques, La Mure et L'Épinay, commencent à piquer du nez, et que les cuistots sont occupés à fourgonner dans leurs braseros, il a tout loisir d'aller se tirer en douce une lichette d'eau ou de vin. Sans le moindre état d'âme : ce sont ces discrets petits larcins, il en est persuadé, qui l'ont restitué à sa vraie nature, l'homme qui voit tout, calcule tout et se souvient de tout.

Dans cette jauge intérieure, toutefois, un mécanisme reste grippé : chaque fois qu'il cherche à estimer, au regard de son inventaire des vivres sauvés, combien de temps on va pouvoir tenir, au dernier moment tout s'enraye. C'est aussi dans ces moments-là qu'il va se servir, pas vu pas pris, une petite goulée d'eau ou de vin.

Au-dessus des arbustes, quelques oiseaux s'envolent. Leurs ailes sont lourdes, comme d'habitude, maladroites. Des hommes sont sans doute repartis les chasser. Ou fourragent dans les nids. Un matelot, tout à l'heure, apprenant qu'on venait de retrouver une poêle, a voulu se confectionner une omelette. En quinze minutes à peine, il a récolté soixante œufs de sterne qu'il a soigneusement battus avec une petite branche avant de les faire frire et de repartir tabasser la caillasse avec Taillefer.

Rien qu'à repenser à cette omelette, Keraudic est pris de nausées. Et ses vertiges reprennent. Pourtant, l'île flottante, il n'y croit pas. Il ne voit donc qu'une explication à ces instants où, subitement, il a l'impression de se retrouver sur le pont de *L'Utile* : cette tablette branlante qu'à sa demande, Sanguinet, le maître charpentier du bord, vient de lui fabriquer. Contre une longue rasade de vin, elle aussi soutirée en cachette, il a accepté d'aller lui glaner sur la plage des clous et des planches, puis, moyennant une seconde goulée clandestine, a bien voulu les lui scier et les lui assembler. Mal lui en a pris : Sanguinet a œuvré à gestes grossiers, expéditifs. À croire qu'il n'a jamais travaillé le bois. Et maintenant, plus Keraudic avance dans ses écritures, plus sa tablette se déglingue. Il voit le moment où elle va partir en morceaux.

Mais aucune importance, le récapitulatif des vivres sauvés est terminé. Et comme de part et d'autre des barriques, La Mure et L'Épinay recommencent à piquer du nez, l'écrivain abandonne sa liste, quitte son siège branlant, se glisse vers les tonneaux, tend les mains vers la bonde. Même gestes d'elfe qu'à bord de *L'Utile*, plus un seul vertige. Dès qu'il s'agit de ses menus plaisirs, c'est prodigieux, il retrouve instantanément ses moyens.

*
* *

La flaque de lumière jaune qui, tout à l'heure encore, se contentait de s'élargir au pied de son écritoire vient d'atteindre les futailles. Et une ombre s'y dessine, une carrure frêle, une tête tout auréolée de boucles. Le temps de sursauter, Keraudic se retrouve en face du jeune Lartigue.

Puis de Castellan. Celui-ci est en nage. Et le fixe quelques instants d'un œil très dur, avant de pointer la barrique. Comme d'habitude, il est économe de ses mots : « Pour Taillefer et ses hommes. Ils sont quinze. »

Le premier lieutenant n'a pas forcé la voix, cependant La Mure et L'Épinay se réveillent. Ils s'ébrouent, l'air penaud. Castellan promène sur eux le même œil sec. Puis répète : « De l'eau pour quinze. »

Devant la tente, en même temps que la poêle qui a servi à l'omelette, on a abandonné quelques récipients retrouvés dans l'épave. Keraudic se précipite. Il hésite un moment entre une bouteille et une grande calebasse. Puis, comme Castellan recommence à marteler « Pour quinze ! », il opte pour la calebasse et court la placer sous la bonde de la barrique.

Est-ce la peur ou la soif, il se retrouve à son tour en sueur. Sous la tente, on n'entend plus que la frappe, au loin, des pelles et des masses contre la carapace du corail. Il se concentre sur le filet d'eau qui s'écoule de la futaille puis tente une diversion : « Cet après-midi… » Et il entreprend de raconter à

Castellan ce qui s'est passé il y a à peine une heure : un des sept boscos embarqués sur *L'Utile*, Jean Baptiste Philip, de Saint-Tropez, a été récupéré sur un morceau du pont où il dérivait depuis le naufrage. Le courant, après l'avoir emporté au large de l'île, l'a soudain ramené vers la plage. Il a une jambe cassée, Herga a dû lui faire une attelle. Mais il est sain et sauf, là, au fond de la tente, où il dort. Si jamais Léon, comme lui…

Castellan reste silencieux. Keraudic se retourne. Et découvre qu'il ne l'écoute pas : il est plongé dans le récapitulatif des vivres. Qu'il scrute ligne à ligne, l'œil encore plus méchant qu'à son entrée sous la tente.

Dimanche 2 août 1761

Vivres sauvés

22 barils de farine
8 barriques de vin rouge
2 tonneaux d'eau-de-vie plus 12 barriques
1 barriquette de cidre (assez mauvais)
1 petit baril de beurre
Beaucoup de suif
200 livres de morceaux de lard et bœuf
Un baril d'huile plus plusieurs bouteilles
Même quantité de liqueurs diverses
5 jambons

Plus il avance dans sa lecture, plus les mains de Castellan frémissent. Il ne cesse de se mordiller la lèvre inférieure. Et il finit par lâcher : « Et les futailles d'eau ? »

Keraudic grimace : « Pas eu le temps », puis présente la calebasse au petit Lartigue. L'eau frémit et miroite sous le soleil avant de lui échapper, il manque de la renverser. Lartigue, lui, reçoit le récipient avec la précaution qu'il aurait pour un blessé.

Et Castellan attend qu'il l'ait bien en main avant de mitrailler Keraudic d'une grêle de petites phrases : « Et la liste des morts ? Toujours pas dressée, elle non plus ? Impossible de savoir combien de temps on peut tenir, si on ne sait pas combien on est ! »

Dans sa colère, il a failli renverser l'écritoire. Puis il ressort et rejoint le grisailleux désert de caillasses. La fureur, on dirait, écarte devant lui les arbustes, déblaie son chemin.

17

De se voir contraint d'abandonner l'ombre de la tente, courir par toute l'île pour faire décliner aux uns et aux autres leurs noms et qualités puis les griffonner sur ses paperasses sous le soleil et en plein vent, Keraudic a failli en pleurer. L'équipage s'était éparpillé sur toute la surface de l'île. Il a tout de suite compris qu'il en aurait jusqu'à la nuit.

Mais – et c'est à croire qu'il avait hérité de la prodigieuse veine de Lafargue – les événements sont aussitôt venus à son secours. À peine arrivé en haut de la plage, il s'est fait bousculer par une colonne de marins. Ils hurlaient que Taillefer et ses hommes avaient eu droit à une pleine barrique d'eau. Et ils en réclamaient autant.

C'est aussi à cet instant-là que, pour la première fois, l'écrivain a mesuré l'exiguïté de l'île. Castellan, il en était sûr, ne l'avait pas quitté depuis plus d'un quart d'heure. Et pourtant tous les naufragés étaient déjà au fait de l'histoire de la calebasse. Rien qu'un galet perdu au cœur de l'océan, ce bloc de corail. Et aucune différence avec *L'Utile*. Comme à bord, la nouvelle, en un rien de temps, avait fait le tour de l'île, les marins arrivaient de partout, des sables du naufrage, au nord-ouest, de la pointe sud, des plages de galets – certains arguaient, pour avoir droit à une nouvelle ration, qu'ils venaient d'y découvrir le reste de la voilure. Ou alors ils sortaient des petites grottes creusées dans le corail où ils étaient allés s'offrir en douce un bon roupillon. Et ils criaient, vociféraient.

Ils ont fait un tel tapage qu'au centre de l'île, en dépit des pelles et des massues qui lui abrutissait les oreilles, Castellan les a entendus. Sans plus attendre, il est retourné sur ses pas, a zigzagué du plus vite qu'il a pu entre les caillasses et les charognes de tortues. Le front plus que jamais coulé dans la colère, manifestement décidé à faire respecter les ordres qu'il avait donnés après le repas : pas de nouvelle distribution d'eau avant la nuit.

Mais dès qu'il a atteint la clairière où avait été montée la tente, il a su que c'était peine perdue. Au premier mot qu'il a prononcé, les hommes ont hurlé : « Mais puisqu'on aura un puits avant la nuit ! »

Il n'a pas cherché à les contredire. Il a hoché la tête et a tout de suite lâché : « La distribution d'eau est avancée. »

Puis il a longuement scruté le désert de pierrailles comme s'il en connaissait, de longue date, tous les secrets. Et il est reparti zigzaguer sous le cagnard. Il n'était plus qu'une volonté sans regard. Une énergie désespérément opposée au soleil, à la carapace du corail, au vent.

Dans la seconde qui a suivi le contrordre de Castellan, Keraudic a repéré l'endroit stratégique : le centre de la rangée de barriques. C'est donc là qu'on le retrouve, cinq minutes plus tard, accroupi au milieu de tout son petit attirail d'écrivain, encre, plumes, papier, écritoire vacillante. D'où il décrète que personne n'aura accès à sa ration sans avoir préalablement décliné ses nom, origine et qualités, puis déclaré ceux des compagnons qu'il pense avoir perdus dans le naufrage.

Chacun est mort de soif, Keraudic obtient tout ce qu'il veut. Une fois la distribution terminée, il compare cette première paperasse au rôle d'équipage qu'il a extrait du coffre du bord et en un rien de temps, dresse l'état des morts réclamé par Castellan.

Bien sûr, il fait vite, il estropie des noms. Les marins étaient si assoiffés qu'il a abrégé ses questions et laissé traîner des imprécisions qu'en temps ordinaire il ne se serait jamais pardonnées. Mais le compte est bon. Embarqués, 143. Noyés dans le naufrage, 21. Rescapés, 122. Si peu d'hommes perdus que Castellan, qui rentre justement de son puits, va sûrement revenir à de meilleurs sentiments.

Dimanche 2 août 1761
Gens noyés dans le naufrage

Estienne Roque, second contremaître
François Pilet, de Saint Servan, bosco
Michel Lhermite, bosco, de Saint-Malo
Simon Ray, de Bayonne, maître calfat
Nicolas Ménage, troisième pilote, de Barfleur
Jean Miniac, bosco, de Dinan
Laurent Dubourdieux, maître tonnelier
Louis Baloud, de Pau, capitaine d'armes
François Poupon, de Saint-Malo, matelot
Jean Fromentin, de Cherbourg
Pierre Terrasson, de Peyrehorade
Bernard Renaud, Gascon de Tarnos
Pedro de Martina, de Lequeito en Espagne
Jean Lalanne, novice promu matelot, Gascon de Tarnos.
Monsieur Ollivier, officier de côste, personne ne se souvient de son prénom ni d'où il vient
Francisco Félix, de Carthagène, Espagne
Castellan cadet, volontaire
François Nayet, de Pluvigné en Bretagne.
François (ou Guillaume ?) Lecoq, de Pluvigné, en Bretagne, tonnelier
Pedro Martino, matelot d'Espagne
Un Noir, tanneur de la Compagnie, j'ai demandé, mais personne ne sait comment il s'appelait.

En même temps que Castellan, un petit mousse s'est présenté sous la tente. Il est porteur d'une mauvaise nouvelle. On vient encore de voir trois futailles d'eau s'échapper de la carcasse du navire, mais on n'a pas pu les intercepter. Elles ont été emportées vers le large, balbutie le mousse, les courants n'arrêtent pas de changer.

Castellan ne répond pas. Il fixe la liste d'un œil blême et creux, comme s'il était devenu aveugle.

Keraudic ne saisit pas ce qui peut l'arrêter dans sa lecture. Il a eu la délicatesse de ne pas mentionner sur la liste le prénom de son frère. Au lieu de *Léon*, il a écrit : *Castellan cadet*. C'est donc qu'à une ligne quelconque de la liste, il a déclaré mort un survivant. Ou l'inverse.

Impossible, Castellan lui aurait déjà pointé son erreur. Comme il le fait toujours : sans émotion. Il n'aurait donc pas cet œil-là. Le même qu'hier soir, quand il n'avait pas encore pris le petit Lartigue dans son ombre.

Et tout soudain, il comprend : la frappe de la mort est tellement plus sèche, noir sur blanc.

*

* *

Devant son écritoire, l'écrivain traverse alors un moment de malaise. Il n'est pas dû à sa tablette qui se déglingue. C'est lui qui, d'un seul coup, ne sait plus que faire de lui-même.

Pour se donner une contenance, il se lève. Mais une fois debout, il ne sait pas davantage où se mettre. Faute de mieux, il fixe le sol.

À ses pieds, la flaque de soleil jaune a terni. D'ici une heure, la nuit sera là. Et Castellan n'a pas toujours pas parlé du puits. Il n'a pas dû trouver d'eau.

Il voudrait bien en savoir plus. Comme à bord, quand il cherchait à tirer les vers du nez à quelqu'un, il commence donc à fourrager ses paperolles. Puis, histoire d'amorcer les confidences, il grommelle : « Le puits… »

Castellan mord à l'hameçon, repose la liste sur l'écritoire, retrouve son regard habituel, droit et précis. Et consent enfin à lui lâcher quelques mots. Les derniers auxquels Keraudic s'attendait : « L'eau, oui. Il est temps de savoir combien il reste de Noirs. »

Et d'un petit coup de menton, il lui désigne la direction du sud-ouest. Façon de parler, sans en parler, du bout de la plage. Hier, quand il était à balayer la mer de sa longue-vue à la recherche de son frère, il a donc bien vu, lui aussi, les esclaves se faire chasser. Et s'en aller le plus loin possible des Blancs, en roulant devant eux leurs trois petites barriques.

18

Dans les papiers de l'écrivain, cette fois, aucun nom. Rien qu'un chiffre global : 88. Sur les cent soixante esclaves qui étaient enfermés dans la cale de *L'Utile*, un peu plus de la moitié s'en sont sortis. Hommes, femmes, enfants, on ne saura jamais. On n'a pas voulu.

On n'a peut-être jamais su. Face à l'horreur, si souvent, la raison, la mémoire se paralysent.

*
* *

On venait de retrouver sur la plage la quasi-totalité de la voilure. On avait donc décidé de construire deux camps supplémentaires. Le premier, le camp des Blancs, autour de la tente des officiers. Et le second à bonne distance. Dès qu'on a achevé de le monter, on l'a tout aussi spontanément baptisé : « camp des Noirs ».

On a établi que les tentes de l'équipage et des esclaves seraient beaucoup plus petites que l'abri des officiers : les voiles qu'on avait retrouvées étaient déchirées, ou de trop petite taille pour rivaliser avec lui. Mais, comme dans un camp militaire, Castellan a voulu qu'elles soient parfaitement alignées. Un peloton d'hommes armés, a-t-il aussi arrêté, surveillerait en permanence le camp des Noirs. Mais dans l'état où ils étaient, nus, hébétés, assoiffés, épuisés, poursuivis par les images d'horreur qu'ils avaient vécues dans la cale et lorsqu'ils avaient cherché à se sauver des lames, où les esclaves auraient-ils trouvé la force de se révolter ?

*
* *

Puis on est allé les chercher. Pas très rassurant, malgré les fusils, les épées et les pistolets. D'autant que la nuit tombait. On s'y est donc pris à la hussarde, allons, allons, pressons, pressons. Et d'emblée, on a su qu'on ne dirait rien à personne de ce qu'on voyait et de ce qu'on faisait.

On n'a pas eu à se passer la consigne, ça tombait sous le sens. Comme il a semblé évident que la meilleure façon de se débarrasser au plus vite de ce très sale boulot, c'était de ne pas se regarder. Au moment où on a encerclé et pointé les armes sur les petites grottes où les Noirs, eux aussi, s'étaient réfugiés, on a su tout de suite qu'on devait s'ignorer les uns les autres. Et s'arranger, comme aurait dit l'aumônier, pour que la main droite oublie ce que faisait la main gauche.

Ça a parfaitement marché. Donc, comment Monier a réussi à mettre debout les dizaines d'hommes et de femmes qui déliraient de fièvre, de faim, de soif, ou déliraient tout court, par quel tour de force Benazet du Temple a étouffé les gémissements des malades et les hurlements des fortes têtes, comment L'Épinay a réussi à former la longue file qui, dans le soleil couchant, a fini par s'ébranler vers le camp des Noirs, aucune idée. Le crépuscule a été bref, ça a fortement aidé. Et ensuite, nuit sans lune. On ne s'est même jamais souvenu si les mourants ont été transportés jusqu'au camp ou abandonnés là où ils agonisaient. Enfin l'angoisse de la soif a achevé d'enténébrer les esprits. Taillefer et ses hommes s'étaient acharnés à fendre le corail jusqu'au dernier rai de lumière. Mais la nuit venue, ils avaient dû se résigner : là où Castellan avait choisi de creuser un trou, sous la petite tache verte du centre de l'île, pas une goutte d'eau. Dès lors, pas besoin d'avoir les talents spéculatifs de Keraudic pour voir clair dans la situation : si, dans les vingt-quatre heures, on ne mettait pas au jour une nappe souterraine, on allait rapidement finir comme les tortues, quand elles perdent le sens de l'orientation et n'arrivent pas à regagner la mer : des squelettes éparpillés entre les caillasses, que le vent blanchirait en un rien de temps.

Et malgré tout, ce soir-là, quand les Noirs ont été parqués sous leurs tentes et que Keraudic a regagné le camp des Blancs, il s'est entêté à espérer. Sur cette île où nul humain, jamais, n'avait sans doute abordé, et où il était tout aussi douteux que quiconque vienne un jour poser le pied, il s'est raccroché à ce qui, selon lui, continuait de démontrer la grandeur de son espèce : l'écriture. Il a installé son petit attirail au fond de la tente, derrière la rangée de futailles. Puis, à la lueur d'un lumignon qu'il s'était confectionné en remplissant un gobelet de suif, il a repris la plume. Sa vision se troublait, sa tablette était de plus en plus bringuebalante, sa main dessinait des lettrages de plus en plus incohérents, enfin une colle bizarre commençait à lui empoisser la langue, le palais, la gorge, les dents. Et cependant il a rouvert son journal de bord, sans avoir reçu d'ordre de Castellan. À la page où il l'avait laissé le 31 juillet au soir, sous la phrase qui mentionne que Lafargue, une dernière fois, commande de courir cap à l'est, il a ajouté deux lignes où il s'est déchargé de sa mauvaise conscience face au spectacle des esclaves torturés par la soif. Tout en suggérant, en des mots elliptiques et flous, sa terreur de mourir dans les mêmes souffrances – amorce d'un sentiment de fraternité.

Rien que deux lignes, à l'adresse d'un lecteur qui ne le lirait peut-être jamais. Mais qu'il devait pourtant s'inventer pour tenir. En qui il devait à toutes fins espérer s'il voulait affronter la nuit : « *Nous commençons très fort à sentir le besoin d'eau. Plusieurs Noirs meurent, ne leur donnant rien.* »

19

Au matin du troisième jour sur l'île, en plus de la soif, c'est le chaos qui vient menacer les naufragés. Castellan en prend conscience juste avant l'aube, à l'instant où débute la distribution d'eau. Keraudic, comme la veille, a voulu s'en charger. Au moment où il s'accroupit devant la barrique pour servir le premier marin de la file, il jette un coup d'œil machinal aux vivres qui sont entreposés derrière la rangée de futailles. Et s'aperçoit de la disparition de plusieurs jambons.

Au lieu de se taire, alors, comme il l'aurait fait à bord, au lieu de mener discrètement sa petite enquête, de se mêler mine de rien aux matelots pour les cuisiner en douceur, puis de choisir le meilleur moment pour dénoncer les coupables, l'écrivain abat sur les rescapés un déluge d'injures et de cris. Une vraie crise de nerfs.

Dans la file qui s'est formée devant les barriques, ce subit accès éruptif, loin de semer la terreur, soulève une déferlante de rires. Puis deux marins, d'une même voix, claironnent le nom du voleur. C'est l'homme qui, à bord de *L'Utile*, était chargé de la discipline, l'un des plus sûrs compères de Lafargue, et comme lui, un vieux loup de mer de Port-Louis : Lange Steppon.

Même front osseux et bas, du reste, même face ravagée de sel et de vice. Et, comme Lafargue, des orbites creuses. À cause de son nom gallois et, plus encore, de son nez fendu par le milieu, la rumeur veut qu'avant d'entrer au service de la Compagnie, il ait été pirate à la solde des Anglais. Steppon, lui, a toujours juré qu'il devait sa blessure à un banal coup de sabre reçu dans une taverne pour une histoire de fille. Keraudic, bien entendu, a d'emblée donné une autre version de l'affaire. Depuis le jour de son embarquement, il n'a pas cessé de glousser que, lors de la rixe qui lui a valu ce nez massacré, Steppon ne se battait pas pour une femme, mais pour un novice qui l'a d'ailleurs fidèlement suivi à bord de *L'Utile*. Le jeune et beau Vincent Saint-André, son giton.

Donc si tout le monde ricane, ce matin, devant l'explosion incontrôlée de Keraudic, c'est que chacun sait que Steppon, avec ce vol de jambons, vient enfin de lui rendre le chien de sa chienne. Et qu'il y est parvenu au-delà de ce qu'il espérait.

Keraudic accuse le coup. Il manque d'en lâcher sa torche et le gobelet qu'il a sorti du coffre du bord pour la distribution d'eau. Mais il se reprend et commence à la verser avec la même parcimonie que la veille. Il n'est pas au bout de ses peines : dès le troisième gobelet, il se prend une gifle sur le nez. Un peu molle : c'est une tranche de jambon. Lancée par Steppon. Qui semble décidé à régler ses comptes au grand jour : il sort de la file, se plante devant l'écrivain, lui rafle son récipient, et, sans désemparer, s'arroge la distribution d'eau. Keraudic ne demande pas son reste. Il s'enfuit au fond de la tente, là où se trouve toujours son écritoire et, tremblant de tous ses membres, enfonce sa torche dans le sable, reprend sa plume, son encrier et son journal et entreprend d'y dresser, à l'intention de son invisible et plus qu'improbable lecteur, l'entier catalogue des ignominies de Steppon.

Castellan, de toute la scène, n'a pipé mot. Keraudic – qui, autant que lui, a le sens du pouvoir et une conscience aiguë de la façon dont on le conquiert et on le perd – ne le comprendra que bien plus tard : c'est du calcul, autant que de la fatigue. À l'instant où il l'a vu exploser, le premier lieutenant a saisi que l'île a réveillé une violence hors du commun chez la plupart des rescapés.

En cette aube du 3 août, il vient donc d'ouvrir une partie décisive : trouver de l'eau par tous les moyens. Et briser simultanément, plus pervers encore que l'enfermement du bateau, l'infernal huis clos de l'île. Faute de quoi, au coucher du soleil, de la plage à ces tentes, au désert de caillasses et jusqu'au camp des Noirs, l'île ne sera plus qu'un champ semé de cadavres.

*

* *

Dès qu'il recouvre ses esprits, Keraudic se demande où est passé Castellan. Il ne le voit nulle part au camp des Blancs. Il file à la plage. Toujours pas de premier lieutenant. Il retourne sur ses pas, fend les veloutiers en direction du petit désert de caillasses et, bientôt, l'aperçoit. Il est suivi du fidèle petit Lartigue et flanqué de Taillefer, qui lui parle à grands gestes passionnés. À l'évidence, ils partent explorer la cuvette qui précède la pointe sud de l'île.

Fidèle à ses habitudes, Keraudic les espionne. Il les voit inspecter à pas comptés la petite dépression puis s'arrêter à la lisière d'un minuscule cercle verdâtre de dimensions beaucoup plus réduites que celui que Castellan avait choisi pour ses sondages de la veille ; il est aussi d'une teinte beaucoup plus soutenue. Taillefer recommence à s'agiter. Castellan l'écoute un moment avant de tourner les talons et de repartir sur la plage, toujours suivi du petit mousse. Taillefer, lui, reste près du cercle vert et, décidément infatigable, s'empare aussitôt de sa masse et entreprend de tabasser la carapace de corail.

Sans vergogne, Keraudic décide de rejoindre Castellan et son désormais chien fidèle, le petit Lartigue. Il s'y prend si habilement qu'il parvient à émerger des arbustes en même temps qu'eux, avec un si grand naturel que leur rencontre passe sans difficulté pour le fruit du hasard. Faisant fi de l'incident de la tente, il se met à marcher à leurs côtés comme si rien ne s'était passé. Mais le premier lieutenant demeure obstinément muet ; il feint de ne pas le voir et se borne à scruter les sables.

La marée, très forte aujourd'hui, renvoie au rivage deux à trois fois plus de débris qu'hier. Quantité de planches, de madriers, des boiseries, des coffres, enfin de nouveaux fûts et barriques. Au bout d'une vingtaine de pas, avec son habituelle rapidité d'analyse, Castellan semble estimer qu'il en a vu assez : il fait demi-tour et regagne le camp des Blancs. Il a les mâchoires toujours aussi cadenassées.

C'est là que l'écrivain, pour la première fois de la journée, soupçonne qu'il a un plan en tête. Lequel, il ne voit pas. Et les quelques mots que Castellan adresse à ses hommes à son retour au camp ne le renseignent pas davantage : il se contente de les réunir pour une brève et sèche proclamation de l'ordre du jour. Le même qu'hier : ratissage du sable, exploration de l'épave, deuxième tentative de creusement d'un puits. Seules changent les règles du jeu : les hommes qui casseront la caillasse seront tous volontaires et se verront attribuer d'office une triple ration d'eau.

Pas davantage que les précédents, cet arrêt de Castellan n'est contesté par qui que ce soit. L'équipe que Taillefer a rassemblée la veille se reconstitue aussitôt et le rejoint au bout de l'île. Le Lorientais est toujours aussi increvable. Fort de l'appui du Noir Joseph, l'ex-domestique de Lafargue – un colosse, comme lui – et de son attirail de pelles, pioches, barres, massues, plus, cette fois, bouteilles et calebasses d'eau, le canonnier semble certain de triompher de la carapace de l'île.

Keraudic va l'épier un petit moment. Mais le spectacle lui paraît très vite monotone et il préfère revenir au camp pour y réinstaller les emblèmes de son petit pouvoir – plumes, paperasses, encre, écritoire – à l'entrée de la tente des officiers, juste devant le rempart de futailles : c'est aussi le seul moyen de garder les yeux sur ce qui se passe, tout en continuant à avoir accès à quelques subreptices lichettes de liquide. Malheureusement, Castellan est toujours là et, dès qu'il le voit s'asseoir, l'apostrophe. Pas d'inventaire, décrète-t-il, tant qu'on n'aura pas trouvé d'eau. Les nouveaux vivres découverts sur la plage seront entreposés en vrac derrière les fûts à mesure de leur arrivée, sous la garde d'Herga et de trois officiers mariniers de toute confiance, Martin Lafourcade, André Fleury et le voilier Jean-Louis Leroy. C'est seulement ce soir, conclut-il, quand tout le monde sera enfin désaltéré, qu'on pourra songer aux tâches administratives.

Keraudic manque à nouveau d'exploser. Mais la perplexité étouffe presque aussitôt sa colère : d'où Castellan tire-t-il sa conviction de disposer d'un puits d'eau fraîche avant la nuit ?

Histoire de tenter d'éclaircir ce qu'il mijote, et de recommencer à épier ce qui se trame ici et là, il décide alors d'amorcer un souple et subtil mouvement de retraite. Mais décidément, le premier lieutenant est aux aguets : il le rattrape au vol. Et lui fourre une pioche entre les mains, avant de lui désigner, entre les arbustes, la trouée qui débouche sur le petit désert gris. En lui lâchant, pour tout commentaire : « Là-bas, triple ration d'eau. »

*
* *

Jusqu'au repas et à la deuxième distribution d'eau, une demi-heure avant midi, cette troisième et cruciale journée se déroule sans le moindre accroc. Au moment où la pause se termine, cependant, Castellan voit une dizaine de marins s'écarter des tentes pour un long conciliabule ; puis, à l'instant précis où il s'apprête à repartir au bout de l'île, ils se décident à l'aborder comme ils se jetteraient à l'eau et, sans préambule, lui débondent d'un seul trait ce qu'ils ont sur le cœur : pendant la matinée, à plusieurs reprises, des groupes de naufragés ont fait main basse sur des vivres échoués sur le sable. Et, au lieu de les rapporter à la tente des officiers, ils se sont égaillés avec leurs prises au bout de la plage, où ils les ont sûrement stockées.

Le mot « vol » n'est pas encore prononcé. Le premier lieutenant réunit sur-le-champ ses officiers au fond de la tente. Herga, Monier, La Mure, Lafourcade, Fleury et Leroy sont formels : au regard de ce que dégorgeait la mer au lever du soleil, leur moisson de vivres est dérisoire. Il se pourrait bien, en effet, que des naufragés volent.

S'ensuit une petite messe basse. Une décision est rapidement prise, qui fait l'unanimité, mais Castellan a le plus grand mal à maintenir Keraudic au diapason des chuchotements : sa fureur contre Steppon l'a repris, il veut lui redébobiner le catalogue des calomnies et griefs qu'il nourrit à son endroit ; et comme le premier lieutenant tente de le faire taire, des éclats de voix lui échappent, voire des traits d'insolence – il va jusqu'à lui lâcher qu'il a perdu la tête, comme Lafargue.

Castellan choisit d'ignorer sa sortie, comme s'il savait parfaitement où il allait ; et, en manière de flagrant démenti à cette théorie de la folie, sort de la tente avec la plus grande froideur, avant de se retourner vers Monier et Fleury pour leur demander, sur le ton neutre et posé qu'il conserve dans les pires circonstances, de convoquer tous les rescapés en haut de la plage dans le quart d'heure qui suit, à l'endroit même où, la veille, il a tenu sa harangue.

La hauteur glaciale que Castellan a opposée à Keraudic l'a un moment abasourdi. Puis sa curiosité est la plus forte et, dans son impatience à voir l'effet sur l'équipage de la décision du conseil des officiers, il se précipite sur la plage, afin de se ménager la meilleure place pour en juger. Mais au moment où, neutre et calme comme jamais, Castellan laisse tomber sur la centaine de rescapés qui lui fait face l'arrêt qui vient d'être pris – tout homme pris en flagrant délit de vol de vivres ou de boisson sera désormais puni de mort –, la mine de l'écrivain s'allonge. Comme il est au premier rang, la transformation de ses traits n'échappe pas à Castellan. Et malgré la solennité de l'instant, un mince sourire d'ironie lui échappe. C'est que Keraudic n'a toujours pas mesuré la gravité de la situation. Toujours prisonnier de son misérable arsenal de formes, phrases, tournures et mises en scène, il était venu chercher ici, posté au premier rang, son content de grandiloquence, trémolos et grands gestes. Il est frustré de théâtre. Il n'a pas encore compris que la tragédie, il la vit.

*

* *

Les autres naufragés, si. Ainsi qu'au matin du naufrage, le silence s'étire sur la plage. Les yeux se troublent, les dos se cassent.

Et certains marins s'écrouleraient, peut-être, resteraient prostrés, recommenceraient à s'abandonner aux sables et à leur désespoir, si l'aumônier, subitement, ne se précipitait sur l'une des petites grottes qui avaient servi d'abri aux naufragés pendant la première nuit sur l'île. Patauds et fiévreux, deux hommes s'y recroquevillent. Avec beaucoup de mal, coincés comme ils sont entre deux tonnelets, cinq barils de farine, et deux jambons.

De façon stupéfiante – mais il doit être, lui aussi, à bout de nerfs – c'est Bory, l'aumônier, qui les déloge de leur cache. Ils en sortent en tremblant des pieds à la tête, à croire qu'ils vont se prendre un coup de fusil dans la seconde qui suit. Le premier des voleurs est l'amant de Steppon, Vincent Saint-André ; le second, Yves Bounellec, un voilier de Lorient. Et par alliance, un cousin de Keraudic.

Les deux hommes, déjà, commencent à s'étriper. C'est bien entendu l'autre qui a volé. Lui, il était simplement là, dans la grotte, à se reposer un peu, quand il a été dérangé et que…

Les voix de Bounellec et de Saint-André se recouvrent, ils vont en venir aux mains. Et pour le coup, de façon très inattendue, la scène prend une tournure exagérément théâtrale. Castellan ne fait ni une ni deux, se retourne vers les marins et tranche : « Trouvez-moi des dés ! Seul le perdant sera fusillé ! »

D'une voix mal très mal assurée, cette fois. Comme s'il voulait cacher qu'il commence à improviser, sans trop savoir où il va. Cette partie de dés, par exemple. Il ne serait pas allé la chercher, tout bêtement, dans une chanson de marins ?

*

* *

Lafargue, décidément, a des moments où il revient au monde. C'est lui qui, le premier, sort du rang. La catastrophe ne l'a pas tout à fait anéanti : d'une poche de sa culotte en lambeaux, il extrait deux magnifiques dés d'ivoire.

C'est sans doute le seul bien qui lui reste, tout ce qu'il a eu l'idée de sauver du naufrage, au fond de la stupeur qui a gelé son esprit à l'instant où *L'Utile* a ripé sur de la roche.

Ou alors il a retrouvé ces dés sur le rivage – depuis le discours de Castellan, hier matin, il arpente les sables de long en large, les fouille d'un regard illuminé, tombe en arrêt, on ne sait pourquoi, devant des planches ou des poutres, les ramasse aussitôt en guettant, de droite et de gauche, un ennemi invisible. Puis il remonte les entasser ici même, en haut de la plage, où il les ajoute à une pyramide dont il ne laisse approcher personne. On dirait qu'il est habité par la chimère de reconstituer *L'Utile*. Un rêve qui le hante tellement qu'au moment des repas ou à la nuit, on doit le ramener de force au camp.

C'est aussi dans cet amas de débris hétéroclites que Lafargue déniche, sans qu'on lui ait rien demandé, une planche assez lisse pour faire rouler les dés. Il la dégage de son inextricable amas avec une dextérité prodigieuse, puis la contemple avec une tendresse qu'on ne lui a jamais vue. Avant de lâcher, d'une voix enrouée, son premier mot depuis le naufrage : « Je l'avais bien dit. »

Tout au long des sables, nouveau silence. Chacun suspend son souffle. La perplexité, plus que la peur. Où est la folie ? Chez l'ex-capitaine qui se croit toujours sur le pont de *L'Utile* à jouer à quitte ou double ses hommes et sa cargaison ? Ou chez ce premier lieutenant qu'on pensait jusqu'ici de bon sens, mais qui vient d'arrêter que, sur un coup de dés, un homme va vivre et l'autre mourir ?

À moins que cette partie de dés ne soit qu'une mascarade – il était si facile d'appliquer la sentence de mort dans sa brutale simplicité.

Et puis, quel intérêt à épargner des vies ? Deux hommes de moins sur l'île, c'est autant d'eau en plus pour le reste des naufragés. Or, nouvelle incohérence, le premier lieutenant, par une très subtile manœuvre, empêche maintenant ses marins d'encercler les coupables. À petits gestes de la main, il les repousse insensiblement vers le haut de la plage. Pas seulement les mousses et les matelots, les officiers aussi. Donc du côté de l'océan, champ libre. Et chacun laisse faire : tous les yeux sont désormais fichés sur la planchette que Lafargue a déposée sur le sable.

Et voilà que les dés parlent : Bounellec sort le cinq, et le beau Saint-André, le un.

Mais celui-ci, loin de se laisser abattre, et de tout ce qu'il a de jambes, s'est déjà engouffré dans l'issue que Castellan vient de lui ouvrir : la mer. Avant même qu'on ait pris conscience de la décision des dés, il est dans l'eau jusqu'à la taille. Et plonge dans les lames.

Deux mousses veulent se lancer à sa poursuite. Castellan s'interpose et les arrête. Toujours la même voix atone : « Pas de bagarre. On a tous mieux à faire. Il verra par lui-même qu'il vaut mieux mourir face à la gueule des fusils que sous les mâchoires des requins. »

Puis, tandis que Saint-André passe la deuxième, la troisième, puis la quatrième déferlante, Castellan, dans la masse des marins toujours figés devant lui, cherche le regard de Steppon. Et quand il l'a enfin découvert, il lance cette proclamation qui semble ne s'adresser qu'à lui seul :

— En attendant, il faut trouver de l'eau. L'exécution est reportée à cinq heures !

*
* *

Castellan a l'air de plus en plus sûr de son fait. Pourtant, pas de nouvelles du puits. Keraudic n'en finit plus d'interroger son regard. Mais il ne change pas. Toujours aussi clairs, les beaux yeux gris du premier lieutenant, toujours aussi transparents.

Alors qu'il joue, c'est flagrant, alors qu'il parie, comme les joueurs de dés. Et qu'il rêve, c'est tout aussi manifeste, de rafler la mise : le pouvoir. Devenir roi de l'île contre de l'eau.

Brutalement, alors, pour la première fois depuis le naufrage, Keraudic se surprend à désespérer. Cependant, très vite, comme chaque fois qu'il touche le fond, il trouve la parade. Il s'en remet, faute de mieux, à sa manie chronométrique. Et consulte le ciel. Plus que quatre heures et demie avant l'exécution, lui répond le soleil.

20

Nouvelle marche sous le cagnard. La chaleur assomme comme jamais. Et on doit avancer contre le vent.

Dans la file qui retraverse le désert grêlé de vieux madrépores, ondoyant comme ses compagnons entre les charognes de tortues, l'écrivain est bon dernier. L'île, en même temps qu'elle lui incendie le gosier, infiltre sa musculature d'un plomb mortel. Et plus il y pense, plus il est effaré du pari de Castellan. Ou il trouve de l'eau avant la nuit et tout le monde survit. Ou le trou que l'équipe de Taillefer va recommencer à creuser reste sec, comme celui d'hier, et tout le monde y passe. Trucidé, exécuté, mort de soif ou de désespoir, peu importe, personne ne survivra.

Suis-je le seul à l'avoir compris ? se demande anxieusement Keraudic, tout en luttant contre le vent. Et pourquoi Taillefer et ses compagnons ont-ils suivi le pari de Castellan ? Y aurait-il dans l'équipe un de ces sourciers comme on en rencontre si souvent dans les campagnes françaises et qui lui aurait juré qu'avant la nuit, il aurait découvert une nappe souterraine ? Mais alors, qui ? Et pourquoi, en ce cas, l'avoir tenu à l'écart, lui, l'écrivain du bord ?

À force de tourner et retourner toutes ces questions, Keraudic traînaille de plus en plus ; et c'est une bonne demi-heure après les autres qu'il se retrouve pioche en main, face au cratère qui a fait place à la petite tache verte.

La carapace de corail commence à s'effriter, il est bien possible que l'eau soit proche. Donc il racle, casse et creuse avec la même ardeur que Castellan, le Noir Joseph, le petit Lartigue et presque comme Taillefer – le Lorientais, le plus dur à la tâche, et aussi le plus impavide de toute la bande. Il s'acharne, l'écrivain, comme les autres, coup de pioche après coup de pioche, pelletée après pelletée. Sans plus se poser de questions sur ce qui l'attend, la mort ou le salut. Aiguillonné par un élan, au fond de lui, qui ignore pour une fois la pensée et le calcul. Une force qui veut vivre, à tout prix. Qui veut boire.

*
* *

Dans la quinzaine d'hommes qui s'évertuent au fond du cratère, le petit Lartigue s'épuise beaucoup plus vite que les autres. À tout bout de champ, Castellan lui demande de retraverser l'île pour aller voir ce qui se passe sur la plage et dans les deux camps.

Lors de son premier retour au cratère, le jeune mousse annonce que les Noirs commencent à tomber comme des mouches. Pour le reste, sur la plage comme au camp des Blancs, l'ordre règne. Et sous la tente des officiers, la réserve de vivres grossit à toute allure.

Castellan reçoit les nouvelles sans lever les yeux des caillasses. Et c'est de la même façon, les yeux rivés à son trou, qu'il commande au petit Lartigue de retraverser l'île et d'aller demander à Herga de superviser le creusement d'une fosse commune à l'endroit de la plage le plus éloigné des deux camps. Les Noirs, dit-il, seront enterrés à la nuit tombée. Il lui semble aller de soi que d'ici là, on aura trouvé de l'eau. Et que Saint-André sera exécuté.

Le petit Lartigue retraverse docilement le désert de pierres. Mais à son retour, trois quarts d'heure plus tard, il tourne de l'œil. Comme il aurait fait pour

Léon, Castellan ne laisse à personne le soin de le ranimer. Il sacrifie sa ration d'eau pour lui en asperger le visage. Le jeune mousse finit par reprendre ses esprits et aussitôt, entre deux mauvaises respirations, lui sert ce qu'il vient d'apprendre.

*

* *

Son récit est mécanique, il relate les faits comme il court d'un bout à l'autre de l'île, sans chercher à démêler le pourquoi du comment. Mais au moins, il est clair, et il débite ce qu'il sait dans l'ordre où il l'a appris. Ainsi, dès qu'il est arrivé sur la plage, on lui a relaté que Saint-André, après s'être réfugié sur une porte à la dérive, et une petite heure passée à glisser de la crête d'une vague à une autre, s'est enfin résolu à sortir de l'eau. Comme Castellan l'avait prévu, il n'en pouvait plus de fatigue et de soif. Du coup, Joseph Duval, le maître armurier, qui le guettait depuis le début de sa fuite, n'a eu aucune peine à le prendre au lasso dès qu'il s'est résigné à regagner le platier de corail. L'aumônier passait justement par là, tout à la joie d'avoir découvert, échoué sur le sable, le coffre qui contenait sa chapelle portative. Lui aussi était épuisé. Mais ces deux prises providentielles l'ont instantanément ranimé, il a aussitôt couru prêter main-forte à Duval pour ligoter le voleur. Et il était si heureux d'avoir retrouvé presque simultanément son condamné et les instruments de son culte qu'il a voulu faire passer Saint-André à confesse pour le conduire au salut éternel. Là, cependant, l'affaire a mal tourné. Le beau novice a farouchement refusé de se repentir. Le prêtre, depuis, n'arrête plus de l'abrutir de ses sermons ; et Saint-André, de l'injurier.

Ça a fini, d'après le petit Lartigue, par taper sur les nerfs de Joseph Duval. Il a préféré quitter la plage pour s'occuper de préparer sa fusillade. Avec Louis

Balous, le capitaine d'armes, il est parti sur la côte sud de l'île afin de choisir, parmi les bois flottés, un bon gros tronc de bambou qui puisse faire office de poteau d'exécution. Il a fini par en dégoter un à sa main, qu'il vient de dresser devant le lieu qu'il a jugé le plus propice à la cérémonie : au camp des Blancs, au centre de la petite bande de sable qui s'allonge devant la tente des officiers.

Castellan, une fois encore, laisse le gamin dévider son rapport sans l'interrompre. Puis il frotte du pied la croûte humide du corail et lâche à l'adresse de la quinzaine d'hommes qui continuent à fouailler le cratère : « Personne ne bouge d'ici tant qu'on n'a pas trouvé la nappe. »

Une fois encore, Keraudic sonde en vain son regard. Toujours pas d'indice qui lui permette de percer ce qu'il a en tête. Il se remet donc à piocher le corail comme s'il creusait sa propre tombe. À gestes si découragés que, un peu plus tard, il remarque à peine que la pioche de Jean Fourquet, un Canadien presque aussi increvable que Taillefer, va soudain se perdre dans un trou d'eau. Mais les autres lâchent un grand cri qui l'arrache à son hébétude. Il arrondit l'œil, incrédule : devant lui, rien de la source cristalline et glacée qu'il s'était plu à imaginer pour trouver la force de continuer à tabasser la roche, seulement une sorte de liqueur tiède tout épaissie de poudre de corail en suspension. Elle est un peu salée, grommelle Taillefer, qui vient de la goûter. De quoi étancher la soif, malgré tout. Et plus on élargit le cratère, plus il se remplit. Un vrai puits.

Castellan a gagné son pari. Il est d'ailleurs le premier à se coucher au bord du trou et à se plonger la tête dans l'eau. En lâchant, pour une fois, ses belles manières de chef. Et quand il relève la nuque et que le liquide blanc lui ruisselle sur le visage, il se met à le laper, telle une bête à l'abreuvoir. Puis il étend la main vers l'épaule massive de Taillefer et la tapote à l'aveuglette, tout en continuant à lécher l'eau qui dégoutte de son front : « Bon canonnier, Taillefer, et en plus, bon sourcier... »

*

* *

On approche de cinq heures. Keraudic l'a noté depuis le premier soir : à ce moment-là, l'île se métamorphose. En quelques minutes, son blanc immaculé se met à tirer sur le jaune pâle, puis le rose. Durant quelques instants, sa teinte semble se fixer. Un flux de gris, cependant, déferle presque aussitôt depuis le sud. Mais lui-même s'altère très rapidement. Comme le corps d'un nouveau-né qui s'étouffe, l'île vire alors au violet. Face à la tente des officiers, l'énorme bambou que Duval a enfoncé dans le sable pour faire office de poteau d'exécution en a perdu lui-même sa belle teinte jade. Il tourne au vert-de-gris. Comme la face du beau Saint-André. Et celle de Steppon. Il y a de quoi : en bon maître armurier qu'il est, Joseph Duval, avant de charger son mousquet, en vérifie la gâchette et le barillet.

Castellan, Taillefer et toute l'équipe du puits viennent de rentrer au camp. Avant de quitter le désert de pierre, le premier lieutenant leur a soufflé sa consigne : se taire sur la découverte du puits. Et au ton méchant qu'il a pris, à sa tension, à la dureté qu'il y avait, pour une fois, au fond de sa voix, Keraudic a compris qu'il pourrait bien se retrouver sous le feu de Joseph Duval, lui aussi, s'il ne s'exécutait pas. Mais il ne comprend toujours pas pourquoi.

Et il en est là, à griller d'impatience et à se perdre dans un écheveau de questions, quand il voit Taillefer se précipiter sur Duval, précisément, qui est toujours absorbé par la vérification de son mousquet. Pour lui agiter sous le nez, avec les gestes exagérés d'un histrion, une bouteille remplie de la liqueur blanchâtre qu'il vient de puiser. Et avant même que Keraudic n'ait pu songé à protester, le canonnier la fourre dans le gosier de Duval en vociférant : « De l'eau ! On a trouvé de l'eau ! Remercions Dieu ! Graciez le condamné ! »

Faveur que bien entendu, dans la seconde, Castellan lui accorde. L'exécution est annulée.

La mise en scène est parfaite. Et c'est à ce moment-là que Keraudic la comprend : Castellan a monté sa prise de pouvoir comme une pièce de théâtre ! Un vrai coup d'État !

Keraudic en reste comme deux ronds de flan. Estomaqué, littéralement. Et dès lors, c'est comme anéanti, la lippe pendante, qu'il laisse la scène se dérouler jusqu'à son terme. Même s'il a saisi que c'est la conclusion d'un complot, il est impuissant à l'analyser, comme il l'aurait fait d'ordinaire. Il n'arrive qu'à en enregistrer passivement les séquences : l'aumônier, comme soudain touché par la grâce, commence par gesticuler, puis court déballer son crucifix de sa chapelle portative, le brandit au-dessus de lui, exige de libérer Saint-André de ses mains, enfin entonne un *Te Deum* enflammé, tout en désignant le sud de l'île.

Est-il dans le coup, lui aussi, le curé, ou se contente-t-il de suivre, d'instinct, la logique des événements ? Impossible de savoir. Et de toute façon, à quoi bon se creuser les méninges : les rescapés viennent de comprendre qu'ils vont pouvoir enfin étancher leur soif et, dans l'instant, se mettent en file derrière lui. Tandis que Castellan court arracher aux tentes les quelques pavois qu'on y avait accrochés, les arrime à des branches mortes, les leur tend en guise de bannières et leur désigne le bout du désert de pierres. Avec un si grand naturel que la procession, comme si on était à des lieues de là, en France, au pied d'une grotte miraculeuse ou aux abords d'une cathédrale, s'ébranle aussitôt pour rejoindre la source.

*
* *

Voici donc Castellan roi de l'île. Et même si son règne s'ouvre sur ce pauvre cortège d'hommes épuisés, dépenaillés, couverts de blessures et de bleus, et sous des bannières de fortune, il a parfaitement orchestré son sacre. Il savait qu'on trouverait de l'eau – Taillefer et ses dons de sourcier –, il n'allait pas entacher cette victoire par une exécution. Même délivrés de la soif, les rescapés peuvent encore se révolter, s'entretuer, mettre en péril la survie sur l'île. Mais on n'en est pas là ; et comme tout souverain, sa prise de pouvoir doit commencer sur un instant arraché au cours du temps, quelques minutes en suspens, un moment de grâce. Dans la lumière violette du couchant, Keraudic s'agrège donc, toujours aussi abasourdi, au long convoi d'hommes en loques qui commence à fendre les bosquets de veloutiers. Et tandis qu'il gagne le petit désert de pierres en suivant aussi docilement que les autres le crucifix de l'aumônier, il entonne à pleine voix, comme les autres, la gloire du Grand Deus Sabaoth, des chérubins, des séraphins, des prophètes, des apôtres, du Père, du Fils, du Saint-Esprit ; et comme tous les autres encore, une fois que le cortège est au puits, se penche pour boire, alors qu'il n'a plus du tout soif, et s'abreuve à grandes goulées.

Sa petite comédie passe inaperçue. Sauf de Castellan. Qui l'ignore. En chef de l'île qu'il est désormais, souverainement.

*
* *

Tout le temps qu'a duré la procession, personne ne s'est retourné. Même quand, sur l'ordre du premier lieutenant, les esclaves, à leur tour, ont été lâchés vers le puits.

Ils n'y comprennent rien, eux non plus, au miracle de l'eau. Ils se contentent de se traîner de tout ce qui leur reste de forces vers ce sud où les attend la vie. Rendus tellement fous par la soif qu'ils ne savent même pas que derrière eux, d'autres Noirs s'écroulent, vont rouler dans les rocailles, meurent en chemin.

VI

LA PRAME

21

L'Homme-qui-Tisse-les-Histoires n'en tisse plus. Il est mort aux mots. Il se contente maintenant d'écouter les gens. Ou de regarder l'île.

Il est si grand que, lorsqu'il se hisse sur la pointe des pieds, il peut la contempler en son entier. Il lui trouve une ressemblance avec une écaille de poisson qui dériverait sur le dos de la mer. Ou avec un pont de bateau. Ce serait alors un pont tout plat, tout blanc.

Et à ce moment là, à chaque fois, le même rêve vient le traverser : il voudrait que des voiles et un mât lui poussent, à cette île. Et que, fuittt ! comme un bon catamaran, elle s'en aille rejoindre le lit du vent. Puis, fuittt encore ! qu'elle file droit sur la Terre des Ancêtres.

Mais il a beau la scruter, chaque matin, quand il émerge de sa nuit hachurée de cauchemars, rien ne sort jamais de ses pierres ni de son sable. Pas une voile, pas un mât. Un miracle qu'on y ait trouvé de l'eau.

Si tard, par malheur. Après tant de morts.

Toutes ces filles et ces garçons qui se sont écroulés avant que les pioches des Blancs n'aient ouvert la carapace de l'île sur la nappe souterraine. Et tous les autres, presque aussi nombreux, qui sont tombés ensuite pour avoir trop bu, trop vite – sur le chemin du retour, lorsqu'ils sont allés rouler dans le sable, on aurait dit des outres trop pleines qui crevaient.

On n'est plus que soixante. Soixante corps amaigris dont les Blancs n'ont plus l'air de savoir que faire, sauf les expédier deux fois par jour à l'autre bout de l'île pour la corvée d'eau, justement. Le reste du temps, rien. Sauf écouter la mer.

*
* *

Au fait, d'où viennent-elles, les vagues, pour être si pressées, si violentes ? Et que cherchent-elles quand, dépassant la langue de sable, elles continuent, furieuses, à courir vers le nord ? Vont-elles interroger les puissances du destin ?

Sous l'une des tentes, il y a un homme qui devrait pouvoir le dire, puisqu'il est devin. Mais depuis que son frère est mort sur le chemin du puits, il ne sait plus rien. Ni les secrets des rêves, ni les mystères des nombres et des couleurs. Il en a même oublié la langue des étoiles. L'autre nuit, quand un ancien guerrier des montagnes a voulu l'interroger, il a refusé de lui répondre. Et c'est dommage, parce que le guerrier était persuadé qu'il allait s'en sortir : de toutes les constellations, au-dessus de l'île, celle du Sagittaire était la plus scintillante, et c'était justement son signe de naissance. Il s'était donc convaincu qu'elle lui adressait des signaux, quelque chose comme : « Je t'ai vu, ne perds pas courage ! Je vais prévenir le destin, il va venir te sauver ! » Mais quand il est allé secouer le devin pour se faire confirmer la bonne nouvelle, l'autre a agité la main devant ses yeux et a grogné qu'il ne voulait jamais plus entendre parler des étoiles : « J'y vois plus clair. Dans le ciel comme sur terre, maintenant, tout est déglingué. »

Il ressemblait à un vieux, le devin, dans son corps de trente ans. Même voix cassée qu'un grand-père ou un arrière-grand-père, même façon d'avoir fait le tour de la vie et de ses chagrins. Et l'air de ne plus rien attendre du lendemain.

Le guerrier des montagnes a malgré tout insisté. Il voulait à tout prix connaître la couleur du futur et il était prêt, pour y parvenir, à le tarabuster jusqu'au matin. Il a donc repris : « Mais qu'est-ce que tu me chantes ! Le monde est d'aplomb, regarde : notre camp est au nord. Si le destin nous a placés là, c'est bien pour nous montrer que nous allons retrouver force et puissance ! Et les Blancs, eux, s'il les a mis au sud, c'est pour les laisser à la merci des esprits ! Et comme ils ne sont pas au courant, les Blancs… »

Il ne pensait pas un mot de ce qu'il disait, c'était seulement histoire de forcer le devin à rouvrir la bouche et à lui sortir, de fil en aiguille, un petit quelque chose sur son avenir. Mais l'autre l'a vu venir – c'était son métier, après tout. Et il lui a aussitôt coupé le sifflet : « Toi, tu ressembles à l'Homme-qui-Tisse-les-Histoires, tu t'inventes tout un monde et tu y crois ! Mais tu es tout seul, mon pauvre vieux, dans ton palais de contes où tu fais ce que tu veux du soleil et de la nuit ! L'avenir, t'as toujours pas compris ? C'est de ce côté-ci des choses qu'il se lit ! Dans la vie ! Et veux-tu me dire où, sur cette île, se trouve la vie ? Dans le puits ! Et qui a découvert le puits, veux-tu me le dire aussi ? Le Blanc-aux-Yeux-Couleur-de-Pluie ! Donc camp au nord ou camp au sud, c'est lui, ce Blanc-là, qui tient notre destin dans son poing. Dans l'état où on est, de toute façon, comment veux-tu qu'on se batte ? Aucune arme, pas même un bout de bois dur pour tailler une sagaie ! Et puis t'as bien vu : pour un guerrier comme toi, qui tiens encore debout, il y en a cinq qui se traînent ! Trop de malheur… Se faire vendre par le marchand d'esclaves, quitter la Terre des Ancêtres, ensuite la cale, le mal de mer, le naufrage, la soif, tous nos frères qui sont morts… »

L'autre a paru accablé : « Les Blancs, alors… qu'est-ce qu'ils vont faire de nous ? » Le devin a voulu le consoler : « Eux aussi, leur destin, c'est l'Homme-aux-Yeux-de-Pluie qui le tient dans son poing. Et tel que je le vois faire, il n'est pas près de la rouvrir, sa main. »

Le guerrier des montagnes ne l'a pas entendu de cette oreille. Il a été déçu. Chagriné, même – des larmes lui ont coulé sur les joues. Surtout au moment où le devin lui a répété : « Et puis laisse-moi tranquille, avec l'avenir. De toute façon, je te l'ai déjà dit : les étoiles et tout le tremblement, j'y vois plus clair. »

Depuis son coin, à l'entrée de la première tente, l'Homme-qui-Tisse-les-Histoires a tout entendu. Et une petite voix, tout au fond de lui, lui a soufflé qu'il faisait bien de ne plus tisser d'histoires pour personne et de rester à l'écart comme il le faisait depuis le naufrage : en regardant le monde et les gens sans dire un mot.

Puis il s'est avisé que lui aussi, depuis qu'il s'est échoué sur cette île, il n'y voit plus clair. Ce n'est pas qu'il devienne aveugle : lorsque la petite Semiavou, la gamine de la cale, celle qui aimait tellement ses histoires, s'approche de lui, tout redevient net, d'un seul coup. Donc ça vient d'ailleurs. Du fond de son cerveau, sûrement. Il a l'impression qu'il s'est fendu en même temps que la cale ; et que l'immense cargaison d'histoires qu'il transportait depuis qu'on avait quitté la Terre des Ancêtres est partie à l'eau avec tout le reste, les barils, les coffres, les cordages et les tonneaux. L'ennui, c'est que ses histoires, elles, ne sont pas ressorties des vagues : il a eu beau chercher, le matin du naufrage, il ne les a pas retrouvées. Et maintenant qu'elles sont perdues, plus moyen de nouer les mots aux choses et les choses aux mots. Tout ce qui lui reste, ce sont des questions. Malheureusement, comme sa langue est gelée, elles ne sortent pas. Elles voudraient bien pourtant, elles insistent. Mais c'est plus fort que tout, sa langue ne veut pas bouger. Donc elles restent où elles sont, à résonner, à répéter sans fin au fond de sa tête : « Pourquoi je suis là, moi, alors que tant de gens sont morts ? Pourquoi, grand échalas que je suis, je me retrouve à baguenauder nez au vent devant la tente, alors que tant d'autres garçons qui étaient assis à côté de moi dans la cale, des types tellement plus solides, bien râblés, bien musclés, capables d'arracher des Blancs aux vagues, sont morts de soif dès qu'on a manqué d'eau ? Et où sont passés tous les gamins qui me réclamaient l'histoire de l'Enfant-Pirogue ? »

De temps en temps, tout de même, les enfants, il a l'impression qu'ils piaillent, au fond de sa brouillasse. Qu'ils rient. Enfin, une vague impression. Il n'est sûr de rien.

C'est comme pour les cadavres de ceux qui sont morts de soif : il n'arrive jamais à se rappeler ce qu'on en a fait. Est-ce que les Blancs l'ont laissé les accompagner jusqu'à leur tombe ? Et où est-elle au juste, cette tombe, si elle existe ? À l'est, comme c'est la règle ? Ou à l'ouest de l'île, au nord ou au sud ? Si c'est le cas, comme le pense le guerrier des montagnes, leurs doubles et leurs esprits ont certainement commencé à ourdir des raids contre les vivants. Mais est-ce qu'on les a seulement enterrés ? Et si les Blancs les avaient jetés à la mer ? Comment savoir ? Il faudrait demander à Semiavou.

Mais non, sa langue est paralysée. Et même s'il parlait, ça n'arrangerait rien, elle se mettrait à piailler, comme le lendemain du naufrage, quand il a voulu la prendre au creux de son épaule, ainsi qu'il l'avait fait dans la cale : « Eh, dégage, là ! Lâche-moi un peu, t'es devenu fou, ou quoi ? » Il vaut mieux continuer à jouir en paix de sa miraculeuse présence et du miracle qui va avec : dès qu'elle apparaît, le monde redevient net.

Et pourtant elle aussi, Semiavou, on dirait bien qu'elle a perdu un morceau de sa vie. Pas sa jeunesse, à quinze ans, qu'est-ce qu'elle a pu connaître ? Elle, c'est son enfance qui l'a quittée. Comme une plume d'oiseau, pffft ! enfuie dans le grand vent de l'île, là où on ne la rattrapera jamais, au pays des Grands Ancêtres Lointains, des âmes errantes, des doubles des vivants. Et rien ne lui fait plus peur, maintenant. Ni les humains, ni les esprits. En moins de temps qu'il ne faut pour le dire, l'oisillon au cœur battant qui réclamait des histoires dans le noir de la cale a fait place à une femme. La plus forte du camp, même si chaque nuit, comme tout le monde, elle se réveille en hurlant. Mais le jour, droite, Semiavou, de partout, des jambes, du dos, du cou. Et jamais elle ne fléchit, jamais elle ne se plaint. Pendant les jours de soif, elle a tout enduré en silence, constante, patiente, économe de tout, de sa force comme de sa salive. Quand elle a pris la parole, ç'a seulement été pour dire aux autres qu'on s'en sortirait. Que le chef des Blancs trouverait de l'eau, que ce type n'était pas du tout comme le précédent, celui qui avait un nez de rat et les avait fait marquer au fer. Le nouveau, a-t-elle juré, celui qui a des yeux gris, il sait ce qu'il fait et où il va.

Où elle était allée chercher ça, mystère. Elle l'avait peut-être espionné, sur la plage, juste après le naufrage. Puis continué de l'avoir à l'œil, quand on s'est retrouvés sous les tentes et qu'il est venu inspecter le camp.

Elle parle d'ailleurs souvent de lui. Et c'est elle qui a trouvé son nom, « Le Blanc-aux-Yeux-Couleur-de-Pluie ». Bien vu : cet homme-là, comme l'averse, est à la fois espoir et tristesse. Et comme la pluie aussi, tous ses gestes tombent droit.

Pour autant, même s'il a trouvé l'eau, il est bien incapable de faire pousser des mâts et des voiles à l'île. Ni retrouver, fuittt ! le chemin de la terre qu'on n'aurait jamais dû quitter – mais qu'est-ce que veut le destin, à la fin, pourquoi, pourquoi ?

Oui, il faudrait parler à Semiavou. Mais rien à faire, avec cette langue qui ne peut plus bouger. Et de toute façon, elle ne veut plus de lui. Ce n'est pas seulement qu'elle ait cessé d'être enfant. Au matin du naufrage, quand elle est sortie de l'eau et qu'elle est montée sur la plage, ruisselante de mer et de sang comme tout le monde, toute griffée, écorchée de la tête aux pieds, au lieu de courir vers lui, elle est allée se précipiter dans les bras de quelqu'un d'autre. Une femme. Et à la façon dont elle l'a serrée dans ses bras, éperdue et sanglotante, il a compris que c'était sa mère.

Jamais il ne s'est senti plus seul. C'est là que sa langue n'a plus voulu bouger. Et le lendemain, quand l'eau a commencé à manquer, il s'est vu mourir de jalousie, autant que de soif.

Hier pourtant, comme ils revenaient du puits et que la file des porteurs de calebasses s'était égaillée dans le petit désert de pierres, se voyant seul aux côtés de Semiavou et constatant que le monde, une fois de plus, grâce à elle, cessait de rester dans le flou, il a senti, miracle, sa langue retrouver un peu de souplesse. Puis, nouveau prodige, il s'est entendu lui demander : « Pourquoi tu ne m'as jamais dit que ta mère était avec toi dans la cale ? Pourquoi tu venais toujours te blottir contre moi comme une pauvre gamine perdue dont personne ne s'occupait ? »

La réplique de Semiavou ne s'est pas fait attendre : « Et toi, pourquoi tu es resté enfermé dans tes histoires, sans jamais te demander si on t'écoutait ? D'ailleurs à la fin, personne n'y croyait, à tes inventions ! »

Puis elle l'a dépassé, droite comme jamais sous sa calebasse. Mais tout de même, au bout de dix pas, elle a dû regretter ce qu'elle lui avait dit, car elle s'est retournée. Et elle lui a lancé une phrase qui, en dépit de sa langue à nouveau paralysée, l'a aussitôt remis sur pied :

— Et de toute façon, qu'est-ce que ça peut bien faire ? Tout ce qui compte, maintenant, c'est de trouver le moyen de sortir de cette île !

Le moyen de sortir de cette île : voilà pourquoi, maintenant, alors qu'il n'est plus qu'un pauvre type tout maigre et qui ne sait plus tisser d'histoires, il ne quitte plus Semiavou. C'est lui, maintenant, qui vit collé à elle. Les gens se moquent de lui mais il s'en fout. Même quand elle le repousse comme elle ferait d'un moustique, avec des petites tapes. Car il est sûr qu'elle va s'y faire, à la longue, à ce qu'il lui colle au train. Aussi certain qu'à force de vivre dans ses pas, il va finir par rejoindre son monde à elle, qui n'a rien à voir avec toutes les histoires qu'il racontait dans la cale. La vie au présent. L'instant.

*
* *

Donc finie, à tout jamais, l'interminable tresse des aventures des dauphins rouges et du Roi des Termites, l'Enfant-Pirogue, les caméléons à dix mille pattes, les tortues qui bravaient les bataillons de requins. Partis rejoindre les Ancêtres Lointains. Noyés avec l'enfance de Semiavou et la jeunesse de tous ceux qui étaient dans la cale. Et puisque ce bout de corail n'est toujours pas décidé à se faire pousser des voiles, plus rien que ces moments de grâce où, dès que Semiavou est là, le monde retrouve ses lignes et ses couleurs. Un seul geste d'elle – n'importe lequel, elle marche, elle puise de l'eau, elle se lave, elle tue un oiseau, elle le plume, elle ranime le brasero, elle retresse ses nattes, elle ramasse des coquillages devant la tente, elle s'en fait un collier – et la vue lui revient, avec quelque chose qui pourrait bien s'appeler de la joie. Car c'est maintenant un bonheur, face à elle, de n'être plus grand-chose. Un merveilleux repos, de n'avoir plus à chercher à briller dans le noir de la cale, un délice, de ne plus se sentir obligé de repeindre les choses aux couleurs de ce qui n'existe pas. Et quelle paix, de se borner à regarder, du matin au soir et jour après jour, ce qui se dit, ce qui se fait.

22

L'événement, aujourd'hui, ç'a été l'arrivée de Joseph, l'interprète, celui que la Tisserande appelle le « Noir des Blancs ». Il a déboulé dans le camp avec une merveilleuse nouvelle. Coup de chance, Semiavou venait d'arriver, le monde était aussi net que s'il sortait d'une source.

Et c'est maintenant à se demander si la petite n'a pas, en plus du reste, le pouvoir de donner forme aux rêves des gens : ce matin, elle a presque réussi à faire pousser des voiles et des mâts à cette île de malheur. Joseph est venu annoncer que le Blanc-aux-Yeux-Couleur-de-Pluie va construire un bateau.

*
* *

Quand il a surgi des veloutiers, pourtant, personne n'a levé le nez : depuis la découverte du puits, il est tout le temps fourré au camp des Noirs. À la première occasion, sans attendre les ordres de ses maîtres, il fend les arbustes et vient s'asseoir ici, pour le seul plaisir de parler sa langue devant les tentes. Exactement comme s'il était sur la place d'un village ou à l'ombre d'un baobab. On dirait qu'il retrouve sa peau de Noir.

Les gardes le laissent faire. Ils n'ont même pas l'air de le voir – tout ce qui compte, pour eux, de toute façon, c'est qu'on ne quitte pas le camp sans une escorte d'hommes armés. Mais aujourd'hui, quand Joseph s'est avancé devant les tentes, coulé comme il était dans un gel d'importance et l'échine aussi sèchement vissée que celle des Blancs, ils se sont parfaitement aperçus qu'il était là. Et ils ont éclaté de rire. Il faut dire qu'il y avait de quoi : en plus de leur raideur, il singeait l'air renfrogné qu'ont toujours les Blancs lorsqu'ils veulent prouver qu'ils transportent avec eux tous les secrets du monde. On aurait dit une statue en marche.

Mais ici, sous les tentes, personne n'a ri. On a tout de suite su qu'il apportait une grande nouvelle. Et on n'a pas été déçus : le dessin du bateau est déjà prêt, a dit Joseph. Et il a ajouté qu'avec tous les marins que le Blanc-aux-Yeux-Couleur-de-Pluie a sous la main, le temps que la lune soit pleine, on sera partis de cette île maudite. Oui, vraiment, avant la prochaine lune, pas plus.

Et ça l'a tellement rendu heureux, Joseph, d'être le messager d'une si bonne nouvelle, qu'il en a cessé d'être le Noir des Blancs. Plus du tout raide, d'un seul coup, plus du tout soufflé par ses airs importants. Il en a même retrouvé les mots, les manières du pays, il s'est mis à frétiller : « On va tous se serrer dedans comme si on était un banc de crevettes ! Et ensuite, fuittt, fuittt ! cap sur la Terre des Ancêtres ! »

Si Semiavou a le pouvoir de donner forme aux rêves des gens, elle a sûrement décidé de bien le cacher : comme tout le monde, elle en est restée bouche bée.

Ce qui, évidemment, a eu le don de regonfler tout de suite le poitrail de Joseph, qui s'est aussitôt remis à faire le Blanc : « Attention, ça ne va pas être si simple ! Déjà le dessin, le temps que ça a pris... » Puis, il a trouvé malin de se taire. Exactement comme les Blancs, il a fallu qu'il joue au Grand Sérieux, au Beau Mystérieux. Et même quand les gens se sont mis à crier « Alors, alors ? » il n'a plus voulu parler.

Mais ça n'a pu durer longtemps, sa langue le démangeait trop, il s'est très vite assis, et réinstallé dans les plis et replis de son gros et grand corps ; et il a raconté sans plus tarder la façon stupéfiante dont, en moins d'une demi-journée, son prodigieux chef le Blanc-aux-Yeux-Couleur-de-Pluie avait réussi à faire sortir de sa non moins phénoménale cervelle le dessin d'un immense, d'un énorme, d'un gigantesque bateau.

Forcément, de temps en temps, il n'a pas pu s'empêcher de recommencer à faire le grave et le sérieux, il a cru bon d'entrecouper ses phrases de « Pas simple, pas simple, vous n'avez pas idée ! » ou de « Très dur, vous n'imaginez pas ! » qui ont considérablement allongé son histoire ; et il s'est souvent perdu dans les détails. Par exemple, qu'est-ce qu'on avait besoin de savoir que c'était le Blanc-des-Écritures, celui qui est vif comme un singe et dont les yeux furètent partout, qui avait donné ses feuilles et son encre à son chef ? Ça tombait sous le sens. Comme il était évident que le Blanc-aux-Yeux-Couleur-de-Pluie, avant de se mettre à l'ouvrage, s'était bâti une table, y avait fixé ses feuilles avec des galets de corail pour qu'elles n'aillent pas se perdre dans le vent, puis, pendant des heures et des heures, avait dessiné, redessiné et re-redessiné son bateau. Ce qui a été palpitant, en revanche, c'est la fin de son récit. Le moment où le Blanc-aux-Yeux-Couleur-de-Pluie, cessant de gâcher du papier, a relevé – enfin ! – la tête de sa table. « Son visage était lavé de sa tristesse », a conclu Joseph. « Et de le voir ainsi, tout joyeux, les autres Blancs, qui le regardaient faire depuis le matin, sont entrés en transe. Et ils font la fête, maintenant, ils n'arrêtent plus. »

« Ils chantent, a-t-il poursuivi, ils dansent et rechantent, et ils pleurent parfois, tout en dansant, comme le jour du naufrage, quand ils avaient mis la main sur les tonnelets d'eau-de-vie. Ou bien ils partent dans de longs fous rires, ils brassent l'air à grands moulinets, comme s'ils voulaient imiter les oiseaux, tandis que d'autres se mettent à genoux, se roulent dans le sable ou entrent dans la mer en hurlant le nom dont le Blanc-aux-Yeux-Couleur-de-Pluie appelle son bateau : "Prame ! Prame !" »

Seul un homme, d'après Joseph, est resté à l'écart de la joie : le maître charpentier. « Et ça se comprend », a-t-il ajouté. Ce dessin, c'était lui qui devait le faire. Seulement voilà, il n'était pas plus charpentier que calfat, cuistot, voilier, tonnelier ou quoi que ce soit. Il avait été embarqué de force, dans son pays, sous la menace du pistolet du premier capitaine, l'Homme-au-Nez-de-Rat, celui qui est devenu fou et passe maintenant son temps à trifouiller dans son tas de bois. Mais le Blanc-aux-Yeux-Couleur-de-Pluie l'ignorait, que c'était un imposteur et qu'il savait tout juste tenir une scie et un rabot. Et ce matin, quand l'autre a bien dû lui avouer qu'il n'avait jamais construit de bateau et qu'il ne connaissait rien à rien, la tronche qu'il a tirée… Comment ça a pu passer à l'as, depuis les mois qu'on navigue ? Aucune idée. En tout cas, ce matin, quand le chef des Blancs l'a mis au pied du mur, il a bien été forcé de lui cracher le morceau, de lui avouer la honteuse façon dont il avait cédé au capitaine au nez de rat. Tellement nez de rat, d'ailleurs, à ce qu'il a dit – et les autres marins ne l'ont pas contredit – que tous les matelots qui se trouvaient là-bas, dans son pays où il fait si froid, se carapataient quand ils le voyaient arriver au bout du quai.

« Le malheur du faux charpentier, c'est qu'il n'a pas couru assez vite. L'Homme-au-Nez-de-Rat lui est tombé dessus – enfin, c'est ce qu'il dit –, lui a fourré dans la main des pièces d'argent, puis il lui a montré son pistolet, en lui disant que s'il sortait de la ville, il était mort. Et comme deux jours avant, on avait fusillé un marin qui avait cherché à s'enfuir, le faux charpentier a compris qu'il n'avait plus le choix. Il a empoché les pièces d'argent et il est monté à bord. Ce qui prouve qu'il existe aussi des Blancs esclaves, dans leur pays où il fait si froid. »

Là, Joseph a recommencé à faire le Grand Sérieux. Mais personne ne s'en est aperçu. On ne pensait plus qu'au bateau. Chacun, d'instinct, s'est tourné du côté de la langue de sable. Comme si on était déjà à bord, que c'était la proue du bateau et qu'on avait pris la route de la Terre des Ancêtres.

Semlavou, bien entendu, a été la première à regarder de ce côté-là. Et maintenant, de toutes les poitrines qui se soulèvent, la sienne est celle qui a le souffle le plus ample, le plus fluide. De ses seins, on dirait, coule le lait de l'espoir.

23

Cet après-midi, en revanche, on n'y croit plus. Joseph est revenu, l'air abattu. La fête est finie, paraît-il, chez les Blancs. Ils se sont disputés. Et le Blanc-aux-Yeux-Couleur-de-Pluie ne sait plus du tout comment il va pouvoir s'y prendre pour construire le bateau.

Ça a commencé hier soir, juste après sa visite ici. La querelle s'est un peu calmée avec la nuit, mais avec l'aube, elle a repris. Là-bas, désormais, c'est un vrai nid de serpents.

À ce que dit Joseph, c'est un discours du Blanc-aux-Yeux-Couleur-de-Pluie qui a tout déclenché. Il n'a pourtant pas demandé grand-chose à ses hommes, seulement d'unir leurs forces pour construire le bateau. Et il leur a parlé comme il fait d'habitude, sans élever la voix. Seulement il n'avait pas prononcé le mot « travail » que des marins, deux ou trois grandes gueules, se sont mis à hurler. Ou pour être clair, à l'insulter. Ils lui ont balancé : « Va te faire foutre ! »

Le chef blanc en est resté estomaqué. Néanmoins, il ne s'est pas énervé. Il leur a répété que rester ici, c'était mourir, mais qu'il ne pouvait pas les obliger à choisir de vivre. Par conséquent, il n'embaucherait que les volontaires. Il leur a donc demandé de lever la main.

Malheureusement, de mains, il n'en a vu se lever que vingt-cinq. Les quatre-vingt-seize autres sont restées baissées. Et les grandes gueules ont recommencé leur sarabande. Ils ont hurlé qu'ils avaient été embarqués de force par ce rat de capitaine, comme le faux charpentier ; et qu'à part hisser des voiles, ils ne savaient rien faire de leurs dix doigts. Puis ils se sont remis à vociférer : « Va te faire foutre, déjà qu'on n'a pas le droit de toucher aux femmes noires ! »

À ce moment-là de son récit, Joseph se met à transpirer tout ce qu'il sait, ce qui n'est pas de très bon augure. Il a une idée en tête, c'est sûr, et il n'arrive pas à la cracher. Et d'ailleurs, comme si elle restait coincée au fond de son gosier, il a toussé cinq ou six fois avant de reprendre, pas du tout l'air dans son assiette :

— Quatre-vingt-seize hommes contre vingt-cinq, vous vous rendez compte ! Qu'est-ce qu'il pouvait faire, mon chef ! Il n'a plus rien osé dire, cette fois-ci, malgré ses copains qui l'entouraient avec leurs fusils et leurs pistolets. Déjà qu'il a dû donner de la voix, avant-hier, quand trois de ses hommes ont voulu violer une fille sur le chemin du puits, et qu'il a promis la mort à quiconque approchera les femmes… Ils vont être obligés de s'arranger entre hommes, les marins. Et comment voulez-vous qu'il s'en sorte, maintenant, mon chef, du grand bateau qu'il veut construire… Par conséquent…

— Par conséquent tu viens nous demander qu'on s'y colle, à son chantier ! coupe alors la Tisserande, du fond de la tente où elle reste prostrée depuis le naufrage – et ça se comprend, elle y a laissé l'enfant qu'elle avait au sein.

Puis elle se lève et vient lui postillonner au nez :

— Alors ton Blanc, Noir des Blancs, aie donc les couilles de lui dire de venir nous parler en face, au lieu de nous bassiner avec tes histoires qui tournicotent dans tous les sens sans que tu nous sortes jamais ce que tu as dans le ventre ! Fous le camp d'ici, tout de suite ! Et si tu as le cran de revenir rôder ici avec ta tête de chien, ramène-nous par la même occasion celle de ton chef !

24

Le Blanc est venu. Ça n'est pas croyable mais c'est vrai. Il n'en menait pas large, cela dit.

N'empêche, il est venu. Et contrairement à Joseph, il est allé droit au but. Il a demandé qu'on construise le bateau avec lui et les quelques Blancs qui lui sont restés fidèles. Il a dit aussi qu'il ramènerait tout le monde à la Terre des Ancêtres. Il n'a pas fait de serment mais c'est tout comme, il y a eu son regard. Plus du tout le même qu'avant. Ça a l'air de l'avoir secoué, l'histoire du puits. Davantage que le naufrage, on dirait bien. Ce n'est pas qu'il ait vieilli, lui, en deux nuits, comme le devin ou la Tisserande ou tant de gens, Noirs ou Blancs qui se sont vidés de leurs forces comme des lampes qui n'ont plus d'huile dans le ventre. Non, lui, même s'il s'est considérablement amaigri, il a gardé sa grande et belle carcasse, sa carrure à porter le monde sur ses épaules. Mais, comme l'a fait remarquer Semiavou – ce qui prouve au passage qu'elle l'a bel et bien pris à la nasse de son œil –, s'il n'a rien de cassé à l'extérieur, il a quelque chose de changé à l'intérieur. Enfin (et ça, Semiavou n'a pas été la seule à le noter, tout le monde l'a vu), il y a ses yeux. Enfoncés dans ses orbites, maintenant. Et qui, au moment où il a demandé qu'on vienne travailler à son bateau, se sont mystérieusement troublés. Un bref instant, ils sont devenus presque aussi laiteux que l'eau qu'on remonte du puits.

Mais Semiavou a passé outre. Elle a pris la parole.

Plus rapide que tout le monde, plus vive que la Tisserande, les guerriers, toutes les filles des montagnes et les autres pêcheurs. Sans consulter personne, pas même sa mère. Elle les a tous doublés, a fiché ses yeux comme une sagaie dans les yeux du Blanc. Puis elle lui a jeté : « Est-ce qu'on a le choix ? »

À son insolence, avant même que Joseph n'ait traduit – tant mieux pour lui, d'ailleurs, pauvre et gros Joseph, il en pissait sur lui, de se retrouver coincé entre son chef et une sœur de race –, le Blanc a compris ce qu'elle lui avait dit.

Ça a encore troublé l'eau de ses yeux. Mais pas davantage que la fois d'avant. Juste le temps de considérer Semiavou comme s'il cherchait, lui aussi, à lui décortiquer la cervelle. Puis il s'est penché vers Joseph pour lui souffler quelque chose. Mais il n'a pas eu le temps de finir sa phrase, la Tisserande, à son tour, a mis les pieds dans le plat. Pas pour s'en prendre à lui, il lui flanquait trop la trouille. C'est sur Joseph, comme la dernière fois, qu'elle a passé ses nerfs.

Et elle lui a lâché les pires injures possibles, cette fois-ci, chien crevé, Blanc de merde, homme sans parents. Elle lui a même balancé, de sa voix qui est devenue si mauvaise et si rauque, depuis que son enfant a été emporté par les vagues : « Va-t'en donc bouffer ton cadavre ! » Et au moment précis où Joseph allait se lever pour lui flanquer, c'était couru, une raclée de première, elle a changé de cible, elle est tombée à bras raccourcis sur Semiavou. « Et qu'est-ce que tu vas croire, toi, petite pisseuse ! Son bateau, à ton Blanc, tu ne vas jamais monter dessus ! Tu vas te crever le cul à le construire, ça oui ! Mais dès qu'il aura fini, ton vampire, de sucer ta sueur et ton sang, tu crois qu'il y aura une place pour toi à bord ? Ce sera comme pour l'eau ! Rien pour nous ! Tout pour les siens ! Et l'autre, là, le Noir des Blancs, tu crois qu'il t'a raconté la vraie histoire ? Je vais te le dire, moi, ce que les marins ont dit à ton Blanc : « T'as des esclaves, ils sont là pour trimer. C'est bien toi qui les as achetés, non ? Et pourquoi tu les as achetés ? Pour le sale boulot ! Et c'est bien à cause d'eux, aussi, qu'on se retrouve dans la mouise. Alors maintenant, démerde-toi avec eux ! »

Joseph, une fois encore, n'a pas eu besoin de traduire. Le Blanc a tout de suite compris. Mais cette fois-ci, il s'est levé et il est parti. En demandant à Joseph de le suivre. À croire qu'il avait prévu ce qui allait se passer. Qu'on allait se disputer, ça oui. Mais qu'en définitive, on accepterait son marché.

*
* *

C'est exactement ce qui vient d'arriver. Ce que n'avait pas prévu le Blanc, en revanche, c'est que la dispute serait si longue, qu'elle durerait jusqu'au matin.

Il croyait sans doute qu'on avait un chef. Mais non, on était désunis comme les grains de sable, et les avis, pendant toute la nuit, n'ont plus cessé de tournoyer dans tous les sens autour des quatre tentes. Recouverts à chaque fois, ce qui n'arrangeait rien, par les hurlements de la Tisserande, à qui le chagrin donnait bien plus de poumons qu'à tout le monde.

Et même si la douleur la rendait folle, elle gardait encore assez de tête, celle-là, pour avoir sur chacun dix proverbes d'avance. Du coup, elle arrivait toujours à étouffer les cris des autres. Quand elle ne hurlait pas « L'anguille ne s'est jamais doutée que c'est dans l'eau de la rivière qu'on la ferait cuire ! » elle proclamait, de cette voix de gorge qui donne toujours l'impression qu'elle parle depuis le fond d'une tombe : « Quand il change de forêt, le serpent emporte son venin ! » Ou, pis encore : « Si tu avales une noix de coco, t'as plus qu'à faire confiance à ton trou du cul ! » Et on n'en serait peut-être jamais sorti si, à l'approche de la nuit, Semiavou ne s'était jetée sur elle. Grâce à la force prodigieuse qui l'anime depuis le naufrage, elle a réussi à lui faire une prise qui l'a paralysée. Ça lui a cloué le bec, à la Tisserande, de se retrouver plaquée sur le sable par une fille qui pesait deux fois moins qu'elle. Et Semiavou, ça lui a donné encore plus d'énergie. Tout de suite, elle a trouvé les mots qui ont tranché le débat. Pas des insultes, elle, pas des raisonnements et encore moins des proverbes. Elle s'est tout simplement contentée de dire quel camp elle avait choisi.

Il n'était ni blanc, ni noir : c'était celui de la vie. Et comme l'homme aux yeux couleur de pluie, elle est allée droit au but : « Moi, le bateau, je vais aller aider à le construire. C'est comme le puits, je préfère y croire. Sinon, autant mourir tout de suite. »

Et c'est ainsi que la dispute s'est arrêtée : subitement, comme un feu de brousse noyé sous une trombe d'eau. Plus personne n'a rien dit, Semiavou a lâché la Tisserande, qui s'est tue elle aussi, avant de repartir se replier au fond de la tente sur la douleur de son enfant perdu. Si bien que ce matin, quand Joseph est venu aux nouvelles, il y avait déjà, à l'attendre, une bonne trentaine d'hommes et de femmes. Bien droits, comme Semiavou. Prêts à la suivre dans l'espoir.

25

Il existe deux cartes de l'île. La première, dressée sur un parchemin de couleur grège, est un document administratif, un relevé de seconde main établi des années après la catastrophe, vraisemblablement à partir d'indications transmises par les naufragés. À l'ouest, elle mentionne l'endroit où s'est perdu le vaisseau. Au nord, le lieu où, grâce à une ancre à jet, la prame imaginée par Castellan fut mise à la mer, puis l'étrange langue de sable qui prolonge l'île et dont les caprices ont tellement marqué la mémoire des naufragés. Pour le reste, elle se borne à signaler la plate-forme qui, non loin de cette pointe, fit office de chantier naval, avec la forge, sans laquelle les pièces métalliques de *L'Utile* n'auraient pu être adaptées aux voiles, mâts et haubans de la nouvelle embarcation. Ce petit atelier semble avoir été abrité sous une tente de fortune, tout comme le four, deux cents mètres plus au sud, où furent fabriqués les biscuits de mer qui assurèrent la survie des naufragés jusqu'à Madagascar.

Pour être succinct, ce document indique l'emplacement du camp des esclaves avec quatre petits triangles grossièrement esquissés et suivis de l'indication « *Tente pour les Noirs, 88* » – le nombre des esclaves au matin du naufrage, l'affaire des vingt-huit morts de soif demeure taboue. Quatre triangles beaucoup plus réguliers et imposants, « *Tentes pour l'équipage, 122* », signalent ensuite le camp des

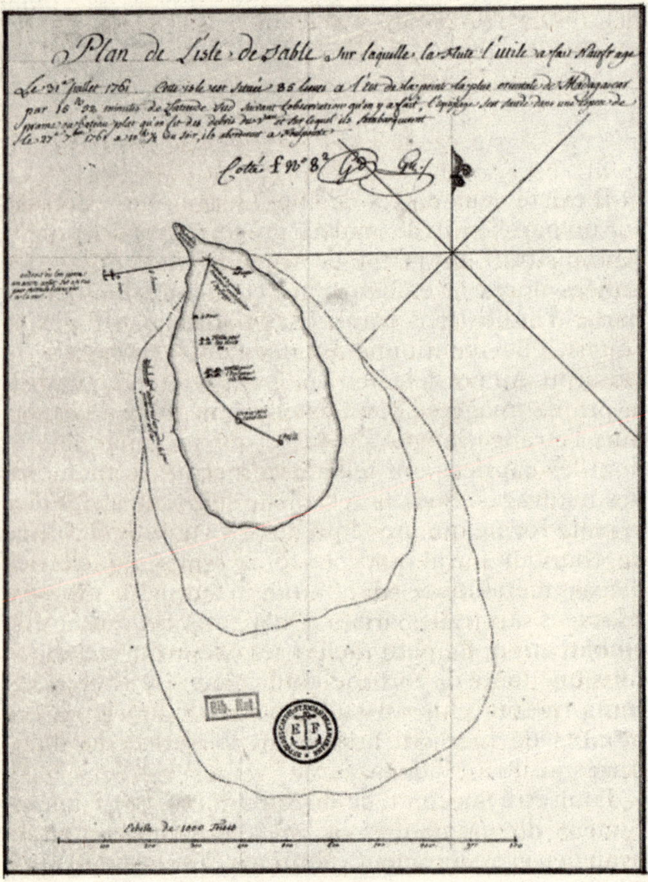
Plan de L'isle de sable sur laquelle la flute l'Utile a fait Naufrage
Le 31e juillet 1761
Cotté f N° 82

Blancs ; et pour terminer, une longue ligne double relie tous les points précédents à deux petites auréoles, au sud de l'île, qui représentent les puits, celui qui était resté sec et l'autre, dont la saumure blanchâtre permit à Castellan d'instaurer sur l'île, à défaut de l'obéissance absolue à sa personne, du moins un calme relatif.

Cette carte est la plus récente. Son tracé tranquille, bien conforme aux normes administratives en vigueur, dénote qu'elle a été réalisée à tête reposée, au calme d'un bureau. Par un homme qui, sans doute, possédait quelques éléments sur l'épopée des naufragés de *L'Utile* et restait impressionné par la façon à peine croyable dont ils avaient réussi à se sortir de cette île démoniaque. Mais davantage enclin à nourrir le Dépôt des Cartes de documents sûrs qu'à se laisser emporter par le frisson des aventures lointaines.

La seconde carte, en revanche, la plus ancienne, constellée de corrections, repentirs, fautes d'orthographe et rajouts, est à l'évidence l'œuvre d'un rescapé. Un homme qui, en même temps qu'il savait lire et écrire, possédait un bon coup de crayon, même si son trait, parfois, est d'une émouvante naïveté. Et tout, dans ce document-là, atteste que Castellan a dirigé la main de son auteur. Lequel s'est mis à l'œuvre, c'est tout aussi flagrant, sur le terrain. Pendant des heures et des heures, il a arpenté l'île à cette seule fin, l'a mesurée, remesurée, dessinée, redessinée. Soutenu dans cette tâche ingrate par l'extraordinaire conviction que le premier lieutenant avait réussi à enraciner dans chacun des naufragés, Blanc ou Noir, qui avaient accepté de construire sa prame : on va s'en sortir. Et ensuite, quand on aura réussi, on racontera comment on s'y est pris.

Mais la carte n'est pas signée, impossible de déterminer l'identité de son auteur ; et les légendes sont

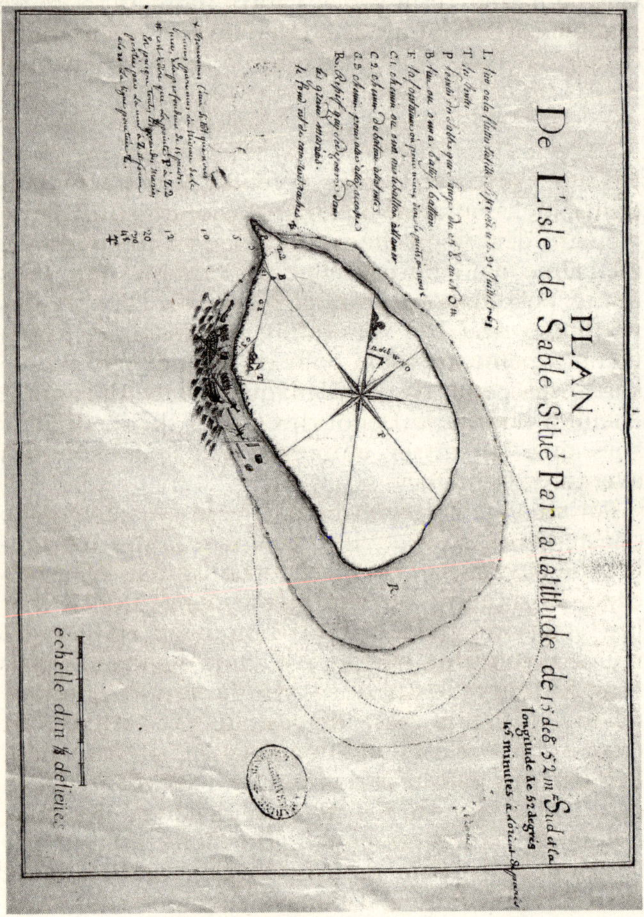

Document conservé aux Archives nationales, Paris.
Crédit photo : Atelier photographique
des Archives nationales.

l'œuvre de plusieurs scripteurs. Trois, semble-t-il. Dont deux d'une graphie malhabile, voire touchante quand, dans un élan d'application subit, une de ces plumes tente d'imiter des caractères d'imprimerie, comme pour donner à ce parchemin le caractère officiel qui lui manque.

Tandis qu'on examine ce document, on ne peut donc s'empêcher d'imaginer une réunion d'« anciens de l'île ». Des membres de l'état-major, dûment réemperruqués après leur retour à la civilisation, à nouveau sanglés dans leurs fringants uniformes d'officiers de la Compagnie, au lieu des guenilles de plus en plus crasseuses et dépenaillées dont ils étaient restés vêtus sur leur bloc de corail. Des hommes soudés par les épreuves quasi initiatiques qu'ils avaient vécues sur l'île. Et bien davantage encore par les vérités indicibles qu'ils détenaient. À la vie, à la mort, comme dans une société secrète.

Penchés au-dessus de la carte, ils ont donc dû commencer par l'admirer. Se féliciter, aussi, que Castellan ait eu la présence d'esprit de la faire dresser pendant qu'on était sur place. Puis les souvenirs ont afflué. Et avec eux, les critiques, les précisions, les points de vue divergents. Chacun y est allé de sa suggestion, de sa correction. Jusqu'à ce que l'un de ces vétérans tranche dans le vif, avec la froide et claire autorité qu'on lui avait toujours connue : Castellan. Car les correctifs les plus importants sont de sa main. Écriture identique à celle d'un document qu'il certifie conforme à l'attention de la Compagnie, quand il aborde à Foulpointe, et d'une supplique qu'il rédige à son retour en France.

Et surtout même graphie fluide, limpide et sûre que dans l'étrange mention anonyme figurant en marge du récit du naufrage qui fut subrepticement introduit au ministère de la Marine, à Paris, pour que les autorités ne puissent plus ignorer les dessous du dossier Lafargue, l'implication de Desforges-Boucher dans le naufrage et le sort réservé aux esclaves. Mêmes *j*, mêmes *p*, mêmes *y*, mêmes *f*. L'homme qui voulut à tout prix que la vérité éclate n'est donc autre que Castellan.

*

* *

Enfin, comme toujours avec le premier lieutenant, souci maniaque du détail. Ainsi, comme il est mécontent de la légende « *la fonttaine* » (*sic*) dont son cartographe a légendé le point *F* du plan de l'île, il ajoute d'une plume nerveuse : « *ou pour mieux dire le puits, où nous trouvâmes l'eau sitôt que nous fûmes au niveau de la mer, à la profondeur de quinze pieds*[1] ».

Deux lignes plus haut, la légende donnée au point *P* – la pointe de sable – lui avait déjà semblé trop succincte ; il s'était senti obligé de préciser que la petite ligne de pointillés tracée au niveau de la naissance de la minuscule presqu'île délimite, entre le point *Z* et le point *Z2*, la partie de l'île qui, lors des grandes marées, disparaît complètement sous les flots… Enfin, au sud, à cinq cents mètres du rivage, de la même plume fébrile et sèche, il trace des croix qui signalent « *six roches* » : des récifs inconnus, découverts sur le platier de corail à la basse mer, sans doute lors de la grande marée du 23 septembre qui, lorsque le vent se mit de la partie, remania si subitement, à l'effroi général, la pointe nord de l'île.

Une preuve de plus que Castellan, exactement comme les Noirs – et même quand la fatalité semblait à deux doigts d'avoir sa peau –, a toujours choisi le parti de l'espoir. Espérance éclairée, dans son cas, par l'esprit des Lumières : être au cœur de l'action, et simultanément, quoi qu'il arrive, apporter sa pierre au monument du savoir universel.

Ainsi, des semaines et des mois après s'en être sorti, il faut encore qu'il la corrige et la recorrige,

1. Environ cinq mètres.

cette carte. Qu'il vérifie, comme si son salut continuait d'en dépendre, tous ces points *L T, P, B, F, C1, C2, C3, R* qui formèrent les repères essentiels de sa survie sur l'île. Et ce, sans se formaliser le moins du monde du contraste qui oppose leur sécheresse mathématique aux autres indications si naïvement portées par son cartographe d'occasion sur le reste de la carte : le mignon petit drapeau qui flotte au-dessus du camp des Blancs ; désarmants eux aussi de candeur, son joli coloriage turquoise et la figuration du naufrage, qui se passe de légende, elle, tant elle est surchargée de détails pittoresques : l'ancre fichée dans le corail, le noir assaut des déferlantes, *L'Utile* qu'elles découpent comme une carcasse de poulet, en six morceaux, ses mâts qui partent à la mer tandis que deux planches, deux tonneaux et un coffre commencent leur dérive vers les sables…

En dépit de son perfectionnisme, de son goût pour les choses bien nettes et de la religion du savoir scientifique, Castellan n'a pas demandé qu'on se plie aux normes administratives et qu'on efface ce naïf et bouleversant petit croquis. Dans l'image de ce beau navire fracassé, il a sans doute vu son propre reflet. Il avait réussi à extraire son corps de ce bloc de corail mais son âme, comme l'ancre de *L'Utile*, en était restée prisonnière. Il le savait bien, l'île le tourmenterait, lui aussi, jusqu'à sa mort.

Ce dessin naïf est l'unique concession faite à la tragédie. Autour du bateau qui se démembre, pas un homme à la mer. Ni Noir, ni Blanc.

Rien non plus qui évoque les terreurs continuelles qui, tout le temps de leur séjour, assaillirent les naufragés. Aucune mention du premier puits. Il n'a servi à rien, il n'existe pas. Nulle trace non plus de la découverte que firent les marins quand ils eurent retrouvé leurs esprits, et qui les rendit à nouveau fous d'angoisse : au centre du désert de pierre, ils étaient tombés sur un amas d'épaves drossées par les cyclones, ce qui laissait entendre que les parages avaient été fatals à plus d'un capitaine et, pis encore, que les déferlantes, lors des cyclones, submergeaient la quasi-totalité de l'île. Castellan avait attentivement écouté les récits de ses marins mais fait aussitôt ses calculs : il se passerait quatre mois avant que ne s'ouvre la saison des ouragans. D'ici là, on serait partis. Ou on serait morts. Par conséquent, paramètre inutile. Il passa outre. Et le cimetière d'épaves ne fut pas reporté sur la carte.

Tout comme le camp des Noirs. Pour des raisons d'une autre nature : au moment où le premier lieutenant demande qu'on établisse ce plan, les esclaves n'ont toujours pas d'existence officielle. Ils travaillent à la prame, mais ils ont été acquis en fraude. Aussi, tant que l'affaire n'est pas réglée, mieux vaut n'en laisser aucune trace. Et au retour en France, pas de correction non plus, au moment où Castellan rameute sa petite société secrète, fou de remords et persuadé, contrairement aux autorités, qu'ils sont toujours vivants. Mais comment en parler ? Aussi, sur le sentier qui mène du point *B*, « *endroit où fut construit le bateau* », au point *C3*, « *chemin pour aller à la carcasse* », seul le camp des Blancs reste indiqué.

Mais en dépit de tous les non-dits, impossible qu'un homme, au sein de ce petit clan d'anciens, ne se soit pas demandé, ne fût-ce que dans le secret de sa conscience, s'il ne restait pas quelque chose à faire. Et il existe une preuve irréfutable qu'au moins un d'entre eux a refusé de mettre genou bas devant l'indifférence et la cruauté d'âme : au ministère de la Marine, dans la marge du récit subrepticement glissé à l'intérieur du dossier Lafargue, ces *p*, ces *j*, ces *q*, de Castellan, les mêmes que sur ce plan. Une fois rentré en France, infatigable, il n'a donc pas lâché prise. Infatigable, il a poursuivi son combat.

Sur cette même carte, l'absence de la forge et du four paraît elle aussi surprenante : sans ces deux petits ateliers, Castellan n'aurait pas pu construire sa prame. La forge, ou plutôt le gros soufflet que, d'après Herga, il fabriqua à partir d'un coffre dont on avait garni l'ouverture d'une pièce de cuir, servit à retravailler les clous et les innombrables ferrures qu'il fit récupérer dans l'épave pour les soumettre aux exigences du nouveau bateau. Quant au four, édifié grâce aux briques réfractaires retrouvées dans ce qui restait de la cuisine de *L'Utile*, il permit de cuire les biscuits de mer. Et cependant, quand Castellan donne ses directives à son cartographe, il tient pour négligeables ces deux réalisations si astucieuses, dont la seconde, le four, a pourtant réclamé une énergie considérable : avant d'assembler les briques, il a fallu creuser un grand trou dans le sable puis, à l'aide de gros blocs préalablement débités dans la carapace de l'île, former un soubassement, enfin le maçonner grâce à un mortier de chaux et de la poudre de corail qu'au préalable on a dû faire calciner pendant des heures. Mais si ingénieux que soient ce four et cette forge, Castellan ne semble en tirer nulle fierté. Pour lui, le haut lieu de l'île, c'est l'endroit où il a bâti la prame, le point *B*, comme il l'appelle – *B* comme *bateau*. Et son seul orgueil, l'organisation rationnelle des déplacements de la petite équipe qui a accepté de l'aider.

Dès qu'il a achevé les plans du nouveau bateau et s'est assuré le concours des Noirs, son unique objectif, en effet, est d'employer au mieux le peu d'énergie humaine dont il dispose.

Jour après jour, il la surveille et l'économise, comme les vivres ou les planches qu'il fait méthodiquement arracher à la carcasse de *L'Utile*. Il le sait : plus la construction du bateau traînera en longueur, plus le semblant d'ordre qu'il a réussi à instaurer sur l'île sera mis à mal. Aussi, avant même de commencer à façonner la quille de la prame, entre le point *B* – le chantier naval – et la plage qui fait face à l'épave de *L'Utile*, il fait tailler dans la jungle d'arbustes deux sentiers, *C2* et *C3*, suffisamment larges et droits pour réduire la fatigue de ses hommes quand ils devront haler les poutres, planches et madriers qu'ils viennent d'arracher à la mer vers la plate-forme où se construit le bateau.

Et de la même façon, ne laissant rien à l'improvisation ni au hasard, il établit son chantier en face du rivage le plus propice, selon lui, au lancement de son bateau et fait déjà aménager le chemin en pente douce – *C1* – qui permettra de le mettre à la mer. Il détermine enfin, comme l'attestent les notes de Keraudic, une priorité dans la fouille de l'épave : retrouver l'ancre à jet, capitale pour la mise à l'eau de la prame ; et tandis qu'il met au point la récupération méthodique du bois d'épave, il prévoit déjà de garder assez de planches pour construire les deux catamarans qui assureront la sécurité de l'embarquement. Mais cette matière première n'est rien, à ses yeux, si elle ne circule pas bien, c'est-à-dire sans perte d'énergie lors des manœuvres, sans à-coups. À son cartographe, il demande donc de mettre en vedette, sur son relevé, les sentiers tirés au cordeau qu'il vient de tracer entre la plage qui fait face à l'épave, son chantier et l'endroit où il envisage de lancer le bateau. En regardant les points qu'il fait aligner sur la côte ouest de sa carte et les superbes droites qui les relient, il ne se réjouit pas seulement de soumettre la chaotique géographie de l'île à un début d'ordre mathématique. Il la confronte à ce qu'il sait de l'homme, de son avidité, de ses pulsions. Il en est pleinement conscient : le bateau qu'il vient d'imaginer ne sera qu'une chimère s'il ne tient pas compte des fragilités humaines. Et son objectif n'est pas la perfection du plan ni la beauté du geste. Depuis le naufrage, il n'a pas varié : sauver le maximum de vies.

26

Keraudic est de ces êtres dont Castellan réussit à tirer le meilleur parti. Du jour – le 5 août – où l'écrivain découvre le plan de la prame, il est emporté par le même prodigieux élan d'espérance que les Noirs.

Il ne s'effondre qu'une seule fois, le 9 août, un jour où la mer devient très mauvaise. Sur le coup de deux heures de l'après-midi, des naufragés voient se profiler à l'horizon une embarcation à deux mâts. Elle semble faire route vers l'Inde. Immédiatement, chacun, sur l'île, laisse tout en plan et court à la plage. On hisse des pavillons, tandis que Castellan ordonne à Taillefer de mettre à feu deux des barils de poudre. Une détonation énorme secoue l'île, puis dégage un long panache de fumée. Mais au lieu d'accourir, le navire passe son chemin. Son équipage ne l'a pas vu, estime tristement Keraudic lorsqu'il rouvre son journal de bord au soir de cette triste journée. En revanche, il est certain que les marins de ce deux-mâts inconnu ont aperçu l'île. Et qu'ils ont été terrifiés par la couronne de déferlantes, comme tant d'autres avant eux. Ils ont préféré virer de bord.

Castellan, ce soir-là, a sûrement dû se fendre d'un autre discours. Ranimer une fois de plus les énergies, répéter à chacun « Rester, c'est mourir » puis rabâcher que la seule façon de fuir cette prison de corail était de ne compter sur personne, sauf soi-même. Mais nulle mention d'une quelconque harangue dans les notes de Keraudic. Depuis qu'il travaille à la prame, il n'a plus la force, à la nuit tombée, de rédiger une relation circonstanciée des événements de la journée.

Le soir du passage du deux-mâts, d'ailleurs, il est particulièrement découragé. Mais le lendemain matin, même si la mer demeure très mauvaise, son espoir a ressuscité et son énergie recommence à se concentrer sur les objectifs que Castellan a méthodiquement définis dès qu'il a eu l'idée de la prame. Il est à nouveau à l'œuvre ; comme ses compagnons, il ne quitte plus le minuscule périmètre où, au nord-ouest de l'île, vient de s'engager la bataille pour l'évasion. L'épave, les sentiers, la forge, le four, le chantier naval.

Et son obsession comptable a disparu. Il ne perd plus son temps à dresser des inventaires. Plus d'espionnite non plus : il met maintenant à profit un tout autre de ses talents : son don exceptionnel pour la natation. Dès que la mer le permet, il plonge dans les vagues et passe ses journées à explorer l'épave avec les autres volontaires, Noirs ou Blancs, qui savent nager. Avec eux, il s'attache à en retirer tous les matériaux indispensables au chantier.

Du bois et des clous, en priorité. Mais aussi des ferrures pour les nouveaux haubans, des cordages, du lest, des rouleaux de plomb, de l'étoupe pour le calfatage, enfin quantité d'outils dont certains sont allés se perdre dans les longs tunnels sous-marins qui strient le platier de corail. L'état de la mer, assez souvent, interdit ces explorations qui l'enchantent. D'une heure sur l'autre, sans préavis, les vagues enflent démesurément. Comme au matin du naufrage, il suffit d'y mettre un pied pour être emporté. Sans barguigner, alors, Keraudic s'en va jouer les portefaix et les manœuvres aux côtés des esclaves, assiste Taillefer à la forge, prête main-forte aux officiers qui s'affairent à construire le four, supervise la confection des premiers biscuits de mer, participe au lestage, au calfatage, au mâtage du bateau. Et, sitôt que la mer redevient calme, retourne explorer l'épave en tâchant au passage de pêcher quelques poissons pour améliorer l'ordinaire de l'équipe qui, de l'aube à la nuit close, s'escrime entre la plage et le chantier. Bref, il met constamment la main à la pâte et le soir, quand il retrouve son écritoire branlante, il se borne à consigner sous forme abrégée l'événement marquant de la journée. Et encore, pas toujours.

Il rassemble ainsi, au fil des jours, une collection de notations succinctes. Plutôt qu'à la chronique d'une descente aux enfers qu'il avait tenue auparavant, elle s'apparente au calendrier d'un détenu à l'approche de l'évasion. Plus une seule allusion aux querelles de l'équipage, aux intrigues, aux petits clans qui n'ont sûrement pas manqué de se constituer parmi les Blancs restés hors du chantier. Ils ne l'intéressent pas. Il s'est littéralement fondu dans la communauté qui consacre tout ce qui lui reste de forces à la réalisation du bateau imaginé par Castellan, une petite quarantaine de Noirs et vingt-cinq Blancs animés du même projet : un bateau pour sortir de l'île. La seule passion de Keraudic, désormais, c'est de mettre la main sur les outils qui vont permettre de le construire. Et l'unique rêve qui l'habite, chaque matin, c'est que la journée puisse se conclure sur une de ces trouvailles. Le grand cric : grâce à lui, on va pouvoir soulever la quille. Une nouvelle hache : un homme de plus va pouvoir travailler aux membrures du bateau. D'autres voiles : on va pouvoir donner à la prame un gréement décent. Une simple pince, un rouleau de plomb suffisent à le réjouir, il les rapporte à Castellan avec une ferveur enfantine ; et même si ses traits se creusent et se burinent, si son corps s'amaigrit, se dessèche, se durcit, une foi inconnue le soulève. Il en retrouve quelque chose de très frais, comme lavé.

Il faut dire aussi que, de façon très inopinée, la chance se met à sourire aux naufragés. Ainsi le 6 août, où, au moment précis où Castellan vient d'achever son épure de la prame, les plongeurs arrachent à la mer une ancre à jet, essentielle pour la manœuvre de mise à l'eau. La découverte paraît du meilleur augure. Le 9, évidemment, avec le deux-mâts qui a viré de bord en vue de l'île, le moral est au plus bas, mais le lendemain, on exulte : sur la plage, à l'aube, on a capturé une tortue. « *Cinq cents livres au moins* », jubile Keraudic, juste avant qu'on la débite en steaks. Il ne pourra pas renouveler ce festin : coïncidence avec la fin de la saison de ponte, ou peur panique, la nuit, des torches des naufragés, la plupart des tortues semblent avoir fui l'île dès les premiers jours du naufrage. Cinq jours plus tard, pourtant, le 15 août, nouveau sommet d'exaltation gustative quand, pour tester le four, on s'essaie à cuire du pain. Dès que Keraudic enfonce ses dents dans la croûte dorée de la miche, il se sent instantanément réparé des deux journées qu'il vient de vivre aux côtés de Taillefer dans l'étouffoir de la forge, à passer au feu les porte-haubans de *L'Utile*, puis à les marteler jusqu'à donner à leurs ferrures la courbe exacte qu'exige la nouvelle embarcation. Mais comme chaque soir, il est si épuisé qu'au moment où il reprend son journal de bord, il n'arrive qu'à noter : « *Idem, et ayant fait un four, on y cuit du pain.* »

Et ainsi de suite jusqu'à la fin du mois, sans qu'il ait jamais le temps de souffler. Le 17 août, longue manœuvre pour haler en haut de la plage le grand mât de hune. Puis il faut le traîner jusqu'au chantier naval et, sans désemparer, s'attaquer à la construction des bordages de la prame. De la mer, on vient également d'extraire un petit et un grand canon. Précieuses réserves de métal, qu'il faut aussi monter sur l'île sans tarder. Quatre jours plus tard, on passe au halage le mât de beaupré. Keraudic ne se plaint pas :

l'espoir continue de le soutenir, la prame vient de sortir de ses gabarits, on voit maintenant parfaitement à quoi elle va ressembler. La fuite de l'île, dès lors, cesse d'être un fantasme et, de plus belle, il se tue à la tâche.

Le labeur lui est devenu mécanique : « *Toujours au travail sans que je le répète* », mentionne-t-il un soir dans son journal, plus laconique que jamais. Et s'il est tellement bref, ce n'est plus du tout parce que, selon le mot de Castellan, rester, ce serait mourir. Comme tous ceux qui travaillent à la prame, il est désormais soulevé par la conviction que partir, ce sera revivre.

*

* *

Cette certitude, les jours où il travaille au chantier, se transforme en euphorie. Souvent, à la pause, les femmes entonnent des chants. Grâce à un tonnelet vide et à un bout de cuir que Castellan a consenti à lui abandonner après la fabrication du soufflet, un grand échalas un peu rêveur a réussi à se confectionner un tam-tam ; et chaque fois qu'on s'arrête pour souffler, il se met à tambouriner au pied de la prame. Aussitôt, les chants commencent. Des hymnes si ardents et si graves que Keraudic, les premiers jours, les a pris pour des prières.

Il n'en est rien, l'a détrompé Joseph. Ce sont des chants d'amour ; et il lui en a traduit quelques bribes, « *Même si le soleil était mon père, la lune ma mère, les étoiles mon peuple, la foudre mon fusil, tu resterais la fille que j'aime* », en lui précisant que le grand échalas qui les entonnait en pinçait pour une des filles qui travaillaient à la prame.

Pour une fois, Keraudic n'a pas relevé, seule la chanson l'intéressait ; il l'a apprise phonétiquement et il lui arrive souvent de la reprendre après les Noirs, entre deux rasades d'eau, et de répéter comme

Catalot, Monier, Fourquet, Le Quennec ou n'importe lequel de ceux, simples domestiques, officiers ou novices, qui ont accepté de construire le bateau, identiquement pris sous l'envoûtement du rythme et de la musique : « *Raiko aza ramasoandro, Reniko aza ravolana...* » Mêlant instinctivement sa voix à celle des Noirs comme dix minutes plus tôt lorsque, ensemble, ils ont mélangé leurs sueurs et leurs odeurs pour maintenir une planche ou soulever une poutre sans réfléchir une seconde à la condition de l'autre, sa naissance, sa couleur de peau. Dans l'effort, tout à l'heure, les mains noires ont spontanément frôlé, frotté, rejoint les mains blanches, les mains blanches les ont frottées, frôlées, rejointes avec le même naturel. À la pause, du même coup, leurs oreilles les réunissent dans le même élan fervent ; et Keraudic, comme les autres Blancs, se sent si apaisé par ces minutes de partage qu'il en oublie que ce même tam-tam, deux mois plus tôt, à Foulpointe, lui cassait les oreilles et qu'il le faisait taire dès qu'il l'entendait. À présent, pareil à tous ceux, Noirs et Blancs, qui travaillent à la prame, il attend, autant que l'eau, le moment de la musique. Dès que le tam-tam résonne, il croit voir la mer s'ouvrir. L'espoir bat.

*

* *

Et de fait, trois jours après que la prame est sortie de ses gabarits, la perspective du départ se précise : dès le 24 août, on confectionne les biscuits de mer destinés à assurer la survie jusqu'à Madagascar. Le 29 août, encore une bonne nouvelle : on déniche un étui dans l'épave ; il contient un assortiment de voiles intactes. Le 31, lui, est carrément un jour béni. À une dizaine de mètres de la naissance de la langue de sable, dans les limpides eaux turquoise où il envisage de lancer la prame, Castellan fait essayer le petit catamaran qui, selon lui, facilitera la manœuvre de départ. Il laisse Keraudic embarquer avec les deux Noirs qui l'ont construit. Le petit esquif fend les vagues avec une hardiesse admirable – rien d'étonnant, les esclaves qui l'ont bâti sont des pêcheurs, et ils ont reproduit les barcasses qu'ils utilisaient dans les courants et les passes de Madagascar. La mer est belle, l'écrivain s'amuse comme un petit fou. Et comme il n'est pas le moins du monde pressé de regagner le rivage, et qu'on a retrouvé dans l'épave toute une provision d'hameçons, il demande aux Noirs qui l'accompagnent de lui donner une leçon de pêche. Là encore, tout marche à merveille : il réussit à remonter deux énormes sardes. Le soir venu, grillés sur un brasero par Bernet et Darieux, ils font le bonheur des officiers. Du coup, le lendemain 1er septembre, la mer restant aussi belle, Keraudic réitère sa partie de pêche. Avec le même succès. Cela fait exactement un mois que *L'Utile* a fait naufrage, et il est heureux comme jamais.

27

Philippe Herga, lui, vit dans la peur. La santé de Castellan l'alarme. Certains matins, quand il le voit s'engager dans la sente qui mène au chantier, il se demande si, le soir venu, il ne sera pas mort. C'est tout juste s'il arrive à poser un pied devant l'autre. Au bout d'une demi-heure sur la plate-forme où se dresse la quille de son bateau, Castellan retrouve toujours un peu d'allant, mais ses syncopes sont de plus en plus fréquentes. Le diagnostic est facile à poser : épuisement. Il faudrait qu'il reste sous la tente. Et consente à prendre un peu de repos.

Le malheur, c'est que personne, en dehors de lui, n'est en mesure de travailler le bois avec la rigueur requise par l'architecture navale. Castellan est tout à la fois l'ingénieur de la prame, son charpentier et son scieur de long. Quand il faiblit, seule la petite qui a convaincu les Noirs de venir travailler trouve grâce à ses yeux : au rabot comme à la scie, il est vrai qu'elle se révèle d'une dextérité et d'une rapidité exceptionnelles. Mais hormis cette gamine, personne n'est assez précis, au goût du premier lieutenant, personne n'est assez méticuleux ; et dès qu'il voit un outil entre les mains d'un membre de son équipe, il le lui arrache et recommence à scier, raboter, marteler, clouer.

S'il avait l'esprit libre, estime Herga, il pourrait sans doute tenir. Mais il est aussi le commandant de cette île-bateau. Et la construction de la prame a pris du retard, les risques d'une mutinerie grandissent. Une décision hâtive, un ordre mal formulé, et tout peut exploser. Mais ce qui redouble l'inquiétude d'Herga, c'est que Castellan commence à perdre son sang-froid. Il y a deux jours, à marée basse, il a surpris deux matelots qui fouillaient le platier de corail. Ils n'étaient pas à la recherche de clous, comme il se tue à le réclamer, mais de pièces d'argent : d'autres marins en ont trouvé et depuis, le bruit court qu'on pourrait bien mettre la main sur une cassette secrète de Lafargue. Les deux hommes avaient eu de la chance : ils venaient de dénicher, coincées sous des rocailles, cinq ou six piastres, qu'ils frottaient à leurs guenilles avant de les faire miroiter sous le soleil. Castellan, dès qu'il les a découverts, a bondi sur eux, comme fou, leur a arraché les piastres et les a lancées dans les vagues, le plus loin qu'il a pu. Puis il a saisi un des hommes au collet, avant d'éructer : « Vous n'avez toujours pas compris que, sans clous, pas de bateau ? Et que sans bateau, vous êtes morts ? Si vous restez ici, elles vont vous servir à quoi, ces pièces ? À vous entretuer ? Travaillez donc à votre survie ! » Et jusqu'au lendemain matin, il n'a pas décoléré. Il s'est replié au fond de la tente, sans toucher au repas, aussi blême qu'au moment où il avait surpris les deux matelots ; et à deux ou trois reprises, Herga, qui couchait non loin de lui, l'a entendu parler tout seul. Pis encore, il entrecoupait ses phrases du nom de Léon.

C'est là qu'Herga a commencé à soupçonner que Castellan n'était pas seulement un homme qui se tuait à la tâche. Et qu'il ne pourrait plus maintenir longtemps la façade qu'il s'obstinait à servir à chacun depuis trois semaines : celle d'un chef, en toutes circonstances, d'un optimisme sans faille, constamment habité par le souffle de l'espérance et par la certitude de gagner son pari. Contrairement à son bateau qu'on voyait grandir jour après jour au bout de l'île, passer de l'état de simple croquis à celui de squelette de bois, quille aux solides membrures, coque qu'on s'apprêtait à calfater, enfin bel et beau chaland en attente de ses voiles et de ses mâts, ce personnage de composition, chaque nuit, à l'instant où il se retrouvait seul sur le semblant de couchette qu'il s'était aménagé au fond de la tente, se décomposait. En d'autres termes, il était au bout du rouleau.

Et ce soir-là, où il le surprit à remâcher sa colère, Herga pressentit aussi que Castellan était miné par autre chose que la hantise du bon fonctionnement de sa machine à survivre, l'exploitation rationnelle de l'épave, l'évacuation méthodique des débris, la stricte économie des forces de ses hommes. Un secret le rongeait. Il tombait alors en syncope ; et ce que sa bouche refusait de dire, son corps l'avouait.

28

Grâce aux explorations sous-marines de Keraudic, Herga a retrouvé son apothicairerie de bord. Le coffre où il avait entreposé ses fioles n'a pas souffert de l'assaut des vagues, et son cuir a parfaitement résisté à l'eau salée. Il pourrait donc prescrire à Castellan un quelconque Baume du Commandeur, Eau-de-la-Reine, conserve de cynorrhodon ou sang-dragon en larmes censé ragaillardir ses malades, puis l'envoyer se coucher et attendre des jours meilleurs. Il s'y refuse. L'urgence, estime-t-il, c'est de délivrer Castellan de lui-même. Après l'une de ses innombrables syncopes, il le prend donc à part.

La mer est à l'étale, une grande partie du platier de corail est découverte. Sous prétexte d'aller voir si l'épave n'aurait pas rejeté de nouveaux outils qui pourraient aider au parachèvement du bateau, Herga entraîne Castellan sur la plage et, au bout de quelques pas, lui lâche tout à trac que ses hommes, comme lui-même, s'alarment pour sa santé. En ajoutant qu'à son avis de médecin, maintenant que la quille de la prame est achevée et qu'il ne reste plus qu'à la calfater et à la mâter, il ferait bien de prendre un peu de repos et se contenter de superviser le chantier.

Castellan – c'était prévisible – se cabre. Si violemment qu'il en oublie les outils qui, l'instant d'avant, continuaient d'occuper son esprit. Comme avec les deux marins qui avaient trouvé des piastres, il se met à éructer : « Je suis entouré d'incapables, je dois rester sur la brèche ! Je n'ai pas le choix ! »

Herga ne bronche pas. Et comme s'il n'avait rien entendu, continue à marcher du même pas. Castellan se calme. Puis – prévisible aussi – il se lance dans une longue justification.

Herga l'écoute à peine, il connaît d'avance ses arguments : au chantier, personne ne connaît rien à la charpenterie de marine ; et, si courageux et tenaces que soient ceux, Noirs ou Blancs, qui ont accepté de mettre la main à la pâte, le bateau, sans lui, n'avancera pas. Ou sera bâti en dépit du bon sens.

Herga ne bronche toujours pas. Et continue de fouler le sable du même pas tranquille. Puis, quand Castellan en a fini de son monologue, il maintient qu'il ferait tout de même bien de se reposer. Castellan est aussitôt pris d'un nouvel accès de fureur. Mais cette fois, il s'en prend à lui. Il lui lance qu'il est à mettre dans le même sac que les autres naufragés. Un inconscient, ni plus ni moins, un aveugle, un enfant : « Tous les dangers qui nous menacent, sur ce bout de rocher ! Je suis seul à lutter, je suis seul à voir clair ! »

Sans s'en rendre compte, Castellan se déverrouille ; et comme Herga ne lui répond toujours pas, quand il en a fini de le couvrir de ses reproches, une barrière, soudain, au plus profond de lui, cède. Et laisse passer un torrent d'angoisses.

La première des terreurs qui rongent Castellan n'est pas la moins effrayante : il n'est pas du tout certain de la solidité de sa prame. Oui, bien sûr, il possède quelques rudiments d'architecture navale. Mais purement théoriques. De sa vie, c'est le premier navire qu'il construit.

Herga, alors, est à deux doigts de faire demi-tour. Mais trop tard, c'en est fait. Anéanti, le formidable courant d'espoir où, avec les autres, Castellan l'a entraîné du jour où il lui a montré le croquis de sa prame. Il s'en veut de lui avoir parlé : comment continuer de travailler à sa construction, maintenant qu'il sait qu'il s'échine peut-être à bâtir son cercueil ? Il était si heureux, tant qu'il croyait œuvrer à sa planche de salut…

Et il y a le reste, qu'il voit venir – les angoisses ne vont jamais seules. Il a vu juste, trois pas plus loin, c'est tout un écheveau d'inquiétudes que Castellan se met à lui dévider, définitivement indifférent à l'épave et au platier de corail qu'à l'ordinaire, pourtant, il n'arrête pas de scruter dès qu'il met le pied sur la plage. Mais il ne voit plus rien de ce qui l'entoure. Ni la marée qui commence à remonter, ni le ciel qui se charge de sternes, ni leurs ailes qui, comme toujours, s'obstinent à venir narguer leurs têtes. Ses oreilles sont aussi comme bouchées, il n'entend plus rien. Ni leurs cris, ni les vagues, ni le vent. Il se borne à marcher au plus près de ses peurs. Et soupire entre chaque pas : « S'il n'y avait que la prame, Herga… Mais sortir de l'île, sortir de l'île… Encore faut-il qu'on y arrive… Et si jamais… »

Au moment où ils étaient descendus sur la plage pour inspecter le platier de corail, Herga et Castellan cheminaient comme ils avaient toujours fait : en conservant entre eux la distance grâce à laquelle, même de loin, on savait tout de suite qui était le supérieur, et l'homme qui lui devait obéissance. Mais ce soir-là, le temps que s'allonge sur le sable l'empreinte parallèle de leurs pieds nus, quelque chose de définitif, peu à peu, les jointoya. Rapprochés au point de raccourcir, à leur insu, cette distance physique ; ce qui fit que le petit Lartigue, qui à son habitude continuait de suivre Castellan à distance, sentit qu'il n'avait plus sa place derrière lui.

Il y eut aussi les intonations du premier lieutenant ; et la façon très surprenante dont il se mit à chercher le regard d'Herga, puis le saisit par le bras. Le mousse finit par s'arrêter au milieu des sables, les bras ballants. Il attendit un moment de voir si Castellan se retournait. Il n'en fit rien. Alors le petit fila et ne revint plus.

Et Castellan, de ce jour, n'eut plus jamais personne dans son ombre. À un gamin facilement dominé, il préféra dès lors la complicité d'un homme d'âge. L'épreuve, en somme, venait de lui ouvrir les chemins de l'amitié. Mais comme toujours, il fallut que cette joie lui advienne au moment précis où il découvrait que l'île, comme les plus pervers des humains, n'était jamais à court d'ironie et de cruauté. Et qu'elle n'était décidément pas prête à le lâcher.

29

Avant d'expliquer à Herga la difficulté qu'il y aurait à sortir de l'île, Castellan s'arrêta au beau milieu de la laisse de mer. Puis, sur un pan de sable humide, lui dessina un plan sommaire, sans doute inspiré de la carte qu'il avait commencé de faire dresser. Sur ce croquis grossier, il pointa d'abord le versant ouest de la langue de sable, l'endroit où il comptait lancer la prame. « Là encore, lui dit-il, l'île ne m'a pas laissé le choix : c'est le seul endroit où le platier de corail s'interrompe et laisse un franc accès à la pleine mer, sans aucun risque que le bateau talonne. Malheureusement, plus j'observe cette passe, plus elle me paraît parcourue de courants imprévisibles. Aussi, rien ne saurait assurer que, quelques instants après sa mise à l'eau, la prame ne soit renversée par une lame de fond. Et avant d'en arriver là, encore faudra-t-il avoir réussi à la descendre sans dommage du chantier jusqu'à la plage. Ce qui, au vu du matériel rudimentaire dont je dispose, est loin d'être acquis. Enfin il y a la traîtrise du vent, qui peut retomber d'une minute à l'autre, comme il peut se lever en un rien de temps. Si, entre le moment où on commence à déhaler la prame vers la plage et l'instant où sa quille touche l'eau, la mer se forme, c'en est fait. Le bateau se renversera ou sera emporté par le courant. Et ensuite, à Dieu vat. »

Castellan, désormais, lâchait tout. Il se défaisait sans effort de son orgueil et de la raideur où l'avait jusque-là enfermé la fierté de son rang, les paroles lui tombaient de la bouche comme d'une source. Et, pour lui confesser le plus indicible – ce qu'il savait depuis trois semaines, très exactement le 7 août, à midi, quand, ayant fini de trier avec Keraudic les membrures de *L'Utile*, il s'était aperçu qu'aucune de ces courbes n'atteignait la dimension prévue sur son croquis – c'est tout juste s'il reprit son souffle : « ... Il aurait fallu que j'attende qu'une tempête ou une grande marée achève de démembrer la carcasse et me serve des poutres aux mesures du bateau que je voulais construire. Mais chaque heure comptait, Herga, j'ai dû commencer tout de suite. Et plier devant la cruauté du sort : au lieu des quarante-cinq pieds de long sur quinze pieds de large que j'avais d'abord prévus, la prame ne saurait dépasser trente-deux de long sur douze de large. Ne pourront donc y embarquer que nos cent vingt hommes d'équipage. Et encore, à grand-peine, à condition qu'ils se collent les uns aux autres comme les sardines dont les ancêtres de Lafargue bourraient leurs caques. Par conséquent les Noirs, que je suis allé en personne supplier de m'aider, Herga, tous ces hommes et ces femmes qui, depuis trois semaines, n'arrêtent pas de se démener sur le chantier sans que j'aie à les houspiller, tous ces esclaves de qui je souhaite mieux me faire comprendre en demandant à Joseph de m'apprendre quelques rudiments de leur langue, tous, entendez-vous, je vais devoir les laisser derrière moi. Ils vont devoir rester, Herga, je vous l'annonce. Je vais devoir les abandonner... »

Herga n'a rien répondu. Silence qui n'avait rien de tactique, cette fois, qui ne cherchait pas à forcer Castellan à lui en lâcher davantage. Comme lui, il avait la gorge nouée. Alors qu'il grillait de lui demander : Est-ce que les Noirs le savent ? Est-ce qu'ils ont compris ? Un Blanc les a-t-il prévenus ?

Mais pas moyen d'articuler un mot. Castellan, cependant, a pressenti les questions qui l'agitaient.

Sans le regarder, il a enchaîné : « Ils ont l'esprit très vif, ils savent ce qui se prépare. Seulement c'est plus fort qu'eux, ils n'arrivent pas à y croire. »

Puis Castellan s'est refermé. Il semblait vidé de toute forme de pensée.

Tout ce que pouvait faire Herga, maintenant, c'était de continuer de cheminer sur le sable au même rythme que lui, les yeux fixés, comme les siens, sur le mur de galets qui se rapprochait. Mais un maelström de nouvelles interrogations s'était mis à l'assaillir : Quand, et comment allait-on prévenir les esclaves de leur sort ? Et pourquoi lui, Herga, avant cet échange avec Castellan, s'était-il refusé à se demander ce qu'il adviendrait des esclaves ? Car longtemps qu'il avait compris, lui aussi, que la prame ne suffirait pas à loger tout le monde. Comme Benazet, vraisemblablement, comme Monier, La Mure, L'Épinay, Keraudic, Bory. Et comme la plupart des Blancs qui avaient accepté de travailler au chantier. Eux aussi, ils avaient fait leurs calculs : impossible de loger là-dedans cent quatre-vingt-deux personnes. Et cependant, comme Castellan, comme lui-même, ils avaient continué à mêler leur sueur à celle des Noirs, à frôler leur corps dans l'effort, à partager, sous le même cagnard, la même eau laiteuse tandis que l'étrave, puis la quille, le pont de la prame se formaient, grandissaient sous leurs yeux…

Question, enfin, plus dérangeante que toutes les autres : comment lui, Herga, qui se sentait désormais si proche de toutes ces femmes et de tous ces hommes, avait-il pu, à Foulpointe, jouer sans le moindre état d'âme au maquignon de Lafargue ? Était-ce vraiment lui qui, derrière la palissade du comptoir de traite, avait palpé les corps de ses compagnons noirs ? Évalué leur fermeté, décompté leurs dents, inspecté leur sexe ? Il n'en était plus du tout sûr. Il se demandait désormais : Si j'étais à leur place, qu'est-ce que ça me ferait ? L'île venait de le forcer à reconnaître en eux sa propre humanité.

Et pourtant, depuis trois semaines, il les trahissait. De la façon la plus perverse qui soit : en se taisant. Et il continuerait, il le savait aussi. Comme forfaiture, difficile de faire mieux.

*

* *

Au plus fort de l'accablement, et comme ils n'étaient plus loin du grisâtre mur de galets, il s'est senti brusquement traversé d'une réminiscence : la phrase qu'avait eue un des officiers mariniers, Lafourcade, après sa prise de bec avec Lafargue à propos des cartes. Dès Bayonne, avait-il proclamé, *L'Utile* avait été pris dans la main du diable.

Le mot, depuis le naufrage, avait fait le tour de l'équipage ; et quand Sanguinet, le maître charpentier, avait avoué qu'il ne connaissait rien au travail du bois et qu'il avait été embarqué sous la menace d'être fusillé, chacun l'avait repris en chœur, en rappelant à l'envi la façon dont Lafargue et les gros bonnets de la Compagnie s'y étaient pris pour rassembler un équipage qui accepte de monter à bord de *L'Utile*. Car cette flûte pourtant flambant neuve, personne ne voulait y embarquer ; les marins, sitôt reçue leur avance, se volatilisaient. On avait donc fait venir, depuis Lorient, un gros contingent de soldats. Ils avaient voyagé à pied ; et n'en pouvant plus de traîner leurs godillots, une fois à Bayonne, ils s'étaient eux-mêmes mutinés. Avec une telle violence que les militaires chargés de les mater avaient dû les boucler à double tour dans la même forteresse que les déserteurs. Une mystérieuse puissance, à tous les coups, avait voulu s'opposer au départ de *L'Utile*, car les soldats et marins emprisonnés s'étaient alors unis pour fomenter une nouvelle révolte. Ils avaient fracassé les portes de leurs geôles, réussi à mettre la forteresse à sac. Cette fois-là, la Compagnie avait dû frapper un grand coup. On avait donc avisé la première grande gueule venue et on l'avait fait fusiller. Mais avant de tomber sous la mitraille, murmurait-on aussi, le condamné avait voué la Compagnie, Lafargue et tous ses sbires aux feux de l'enfer ; et malgré la terreur que le négrier inspirait à tout le monde, il s'était déjà trouvé quelques langues, sur les quais de Bayonne, pour dire que l'affaire du fusillé pourrait peut-être la tourner en guigne, la veine du capitaine. Et qu'il ferait bien de se méfier.

Donc c'était sans doute lui, le fusillé de Bayonne, qui depuis l'au-delà, continuait d'inciter le diable à refermer sa main sur le navire. Mais pourquoi s'entêtait-il, maintenant qu'il n'en restait rien ? Pourquoi s'en prenait-il à des innocents, à tous ces Noirs qui étaient morts de soif ? Ou à des hommes de la trempe de Castellan ? Pourquoi s'acharner sur lui, alors qu'il ne cherchait qu'à sauver son prochain ?

À ce moment-là, Herga a ralenti le pas. Une idée l'a traversé : et si on se débarrassait de Lafargue ? Si on le liquidait ? Il s'est dit : c'est sûrement lui, le porte-poisse, l'agent du diable. Tout comme naguère il a été, avec la même redoutable efficacité, le talisman de tous les navires sur lesquels il a embarqué. D'ailleurs c'est bien simple : la seule fois qu'il a ouvert la bouche, c'est lors du vol des jambons, pour tendre les dés qui désigneraient le condamné. Et depuis, il est périodiquement secoué par des crises de tics. Surtout dans les moments où il se met à danser autour de son tas de bois. On dirait alors un sabbat.

Herga a voulu s'en ouvrir à Castellan. Mais trop tard : le premier lieutenant s'était remis à parler des Noirs.

Ou plus précisément de la petite qui avait convaincu ses compagnons de travailler à la prame. La jeune fille qui avait si vite appris à travailler le bois. Et que rien ne semblait atteindre, ni le soleil ni la fatigue. Ni aucune forme de peur.

*
* *

Si Castellan a repris la parole, c'est qu'ils venaient d'atteindre l'endroit où la plage s'arrête net au pied du mur de vieux madrépores qui ceinture tout le sud de l'île. Cette barrière, on aurait dit, l'avait ramené à la réalité présente ; et avec elle, à des vérités aussi désespérantes que les galets gigantesques et râpeux que rencontraient ses pieds. Il s'est donc arrêté ; et fixant la mer, il a lâché à Herga d'une voix soudain enrouée : « Cette petite, là-bas, au chantier, qui ne doit pas avoir plus de quinze ans et qui travaille comme quatre... Cette gamine si confiante... Celle aussi qui est la première à venir me lancer une bassine d'eau quand je tourne de l'œil. Et la première à se pencher au-dessus de moi... Sans elle, les Noirs ne seraient pas venus. »

Puis, comme s'il craignait qu'Herga ne lui réplique de quelques mots tranchants, un de ces « Trop tard » ou « On n'a pas le choix » qui ne feraient que l'écraser davantage, il s'est redressé devant la mer, du côté du sud, là où la couronne de déferlantes, quels que soient le temps et la marée, était toujours la plus écumeuse ; et retrouvant sa raideur et sa hauteur habituelles, il a lancé : « Les lois de la mer interdisent qu'on abandonne des naufragés. On reviendra les chercher. »

Il avait retrouvé ses façons calmes et froides. Et il n'avait pas dit « je » mais « on ». Herga ne s'y est pas trompé : c'était un serment.

30

Le calfatage de la prame a commencé le 12 septembre. Le 21, il était achevé. Castellan a fait verser de l'eau dans la coque. Elle ne fuyait pas. Il a pu passer sur-le-champ à la pose des deux mâts.

Cette opération s'est elle aussi déroulée sans encombre. Pendant ce temps, une autre équipe avait retaillé, recousu et ralingué les voiles – les femmes noires, à ce travail, démontrèrent l'extraordinaire habileté de leurs doigts, et tout particulièrement la petite qui hantait ses pensées. Un troisième groupe, enfin, formé pour l'essentiel de Noirs, venait d'achever la construction d'un second catamaran, beaucoup plus grand que le premier, et destiné à charger les deux cent cinquante kilos de l'ancre à jet à laquelle on amarrerait la prame, le temps de la gréer. Tout marchait donc à merveille. Il ne restait plus qu'à rassembler des vivres et des réserves d'eau, et on pourrait partir.

Mais les sautes d'humeur de l'océan se multipliaient. Et davantage encore que leur fréquence, c'était leur brutalité qui inquiétait Castellan. Il l'avait vérifié sur les notes de Keraudic : depuis le naufrage, il avait décompté onze jours de mer grosse ou mauvaise. On avait même eu droit à deux tempêtes : le 26 et le 27 août, puis le 5 septembre. Elles étaient reparties comme elles étaient venues, sans crier gare, et avaient été suivies de jours aussi tranquilles que les précédents, entrecoupés de moments où, à l'improviste et sans que le vent soit particulièrement violent, les déferlantes se remettaient à grandir, grossir, enfler démesurément pour former autour l'île des montagnes d'eau presque aussi hautes que les lames qui avaient fait sombrer *L'Utile*.

C'étaient ces subits bouillonnements qui lui minaient le moral. Ils se produisaient le plus souvent au long de la courbe sablonneuse qui précédait immédiatement le lieu du naufrage ; et, ce qui le tourmentait encore plus, non loin de la plage où il prévoyait de lancer la prame. Il avait beau s'y poster à toute heure de la journée pour surveiller le courant ou tenter d'établir un lien entre ces gonflements soudains, le régime des vents et le va-et-vient de la marée, le phénomène ne semblait obéir à aucune loi. Il lui restait indéchiffrable, comme tout ce qui se passait ici.

Mais l'île, malgré tout, Castellan avait maintenant l'impression de bien la connaître. Depuis plus de cinquante jours qu'ils s'affrontaient, il s'était établi entre eux l'intimité qui lie deux vieux ennemis. Il la sentait venir, désormais, lorsqu'elle lui préparait un mauvais coup. Aussi, en ce soir du 22 septembre, quand il a vu l'horizon se couvrir, puis l'averse fondre sur la plage et le petit désert de pierrailles, il a compris qu'il n'avait pas fini de se mesurer avec elle. Et de fait, deux jours d'affilée, les naufragés ont essuyé la pire tempête qu'ils aient connue ici.

Il y a eu deux ou trois accalmies. Des moments où le vent s'est amusé à retenir son souffle, où le ciel a joué à s'ouvrir sur un soleil radieux tandis que les vagues refluaient et se dégonflaient. Dès le premier de ces répits, Castellan a voulu courir au chantier. À peine sorti de sa tente, il a saisi que la prame n'avait subi aucun dommage : on continuait de la voir de loin, toujours aussi hautement, superbement installée dans le défi qu'elle adressait à l'île. Et une fois arrivé sur place, il a constaté qu'il ne s'était pas trompé. Son bateau était resté parfaitement calé dans ses étais ; et sa quille, comme ses mâts, n'avait nullement souffert.

Selon son habitude, il s'est aussitôt dirigé vers la plage où il avait décidé de lancer son embarcation. Mais dès ses premiers pas, il s'est pétrifié. La langue de sable avait disparu. Coupée net à sa racine. L'île était mutilée, les vagues venaient désormais se casser à une trentaine de mètres de la plate-forme où se dressait la prame. Un peu plus de mer, un peu plus de vent, et elle serait emportée.

Sur le moment, il a pensé à une hallucination. À une de ces visions dont la plupart des naufragés, Noirs ou Blancs, étaient périodiquement traversés.

Lui-même, une semaine plus tôt, alors qu'il s'engageait dans le sentier qui menait à l'épave, avait cru voir se dresser en face de lui le gouvernail de *L'Utile*. Il s'était aussitôt mis à courir pour vérifier le cap. Mais ses mains n'avaient rencontré que le vide et il s'était arrêté net. Ses jambes alors l'avaient lâché ; et se retrouvant le nez dans le sable comme au matin du naufrage, il avait failli en vomir, de n'être pas, comme il l'avait cru, à commander un navire, mais prisonnier d'une île. Un bloc de corail qui passait son temps à se jouer de lui ; et qu'il ne pourrait jamais faire plier à sa volonté.

Une autre fois, au pied de la prame – le lendemain ou le surlendemain, il ne savait plus, il commençait à perdre la notion du temps, qu'il avait pourtant, jusque-là, gardée claire et exacte –, il s'était subitement mis à chercher son rabot, furieux, fiévreux, comme enragé : « Je l'ai rangé là, j'en suis sûr ! Qui me l'a pris ? » Chacun avait juré ses grands dieux qu'il n'y avait pas touché. Mais rien à faire, impossible de mettre la main sur le rabot. Dans sa colère, il avait chassé tout le monde du chantier. Avant de redécouvrir le précieux outil une demi-heure plus tard, à l'endroit exact où il aurait dû le trouver. Ou bien il lui avait poussé des ailes, à ce rabot, et il s'en était allé faire un petit tour au-dessus de la plage avec les sternes, ou bien c'était lui qui devenait fou.

Mais il y avait eu encore plus dérangeant, deux jours plus tôt – la date, pour le coup, s'était parfaitement inscrite en lui. Au beau milieu de l'après-midi, juste après avoir vérifié l'étanchéité du calfatage, il s'était vu sous les veloutiers, besognant férocement le corps d'une Noire – la petite, précisément, dont il avait parlé à Herga. Il passa la nuit suivante à se demander s'il avait rêvé. Il craignait que non.

Les esclaves connaissaient eux aussi ces incertaines allées et venues entre le réel et l'imaginaire. Mais contrairement à Castellan, ils ne s'en alarmaient pas. À ce que lui racontait Joseph – qui lui-même en était affecté et n'en cachait rien – ils en parlaient ouvertement. Le jour, la nuit, avaient un cœur battant, lui affirmait Joseph avec la plus grande des simplicités, le temps et l'espace respiraient, palpitaient. Comme le cerveau des humains, ils étaient peuplés d'esprits en vadrouille, de doubles des vivants, de revenants, d'âmes pressées de se délester des images de leur existence passée et des reproches qu'elles avaient à faire à ceux qui étaient restés de ce côté-ci des choses.

Mais le jour où la langue de sable fut engloutie par les vagues, Joseph, comme Castellan, en est resté bouche bée. Et les esclaves aussi. Ils sont revenus à leur camp la tête basse. Puis, comme pour parer à un nouveau et plus terrible coup du sort, ils se sont agglutinés en masse compacte sur le sol transformé en mélasse blanchâtre et spongieuse. Incapables, cette fois, d'attribuer cette métamorphose au geste vengeur d'un esprit en maraude ; et, dès que la tempête a repris, ils n'en ont plus dormi, gelés qu'ils étaient par la même certitude que les Blancs : l'île serait leur tombeau.

31

Puis le vent est retombé, les vagues n'ont pas englouti l'île. Ils n'ont pas non plus abattu la prame. Au matin du 24 septembre, quand l'aube s'est rouverte sur un ciel jeune et une mer étale, sa quille aux flancs massifs continuait toujours, bien ferme sur ses étais, à narguer le bloc de vieux corail et sa couronne de déferlantes. Il y avait même mieux : la langue de sable avait réapparu.

Castellan, dès lors, n'a eu qu'une seule idée en tête : lancer la prame dans les plus brefs délais. Réunir les vivres, préparer la manœuvre d'embarquement. Expliquer aux hommes comment monter, un à un, du catamaran dans le bateau, calmement, méthodiquement, sans le faire verser. Et les prévenir de ce qui les attendait : avant de pouvoir toucher Madagascar, trois ou quatre jours de navigation sous le soleil, continûment, sans pouvoir bouger de leur place, assis sur un bout de banc, serrés les uns contre les autres comme les sardines des Lesquelen et des Lafargue dans leur caque, et la nuit en plein vent. Enfin, pour les nécessités les plus élémentaires, boire, manger, dormir, pisser, chier, ils devraient respecter au mot près les consignes qu'il leur imposerait. Faute de quoi, on y passerait tous.

En revanche, sur ce qu'il allait dire aux Noirs, Castellan n'avait pas la moindre inspiration. Il s'était dit que le moment venu, il aviserait. Il ne savait toujours pas comment leur annoncer l'indicible : on s'en va, et vous restez. Un seul point dont il fût sûr :

les quatre-vingt-seize marins qui avaient refusé de travailler au bateau n'auraient aucun scrupule à embarquer avec les autres. Le destin, depuis toujours, les avait voués à des existences de trompe-la-mort. Où serait la différence ? Tout le temps de leur séjour sur l'île, d'ailleurs, comme à bord de *L'Utile*, ils n'avaient poursuivi qu'un objectif : payer au moindre coût le fardeau de la vie. Tout juste si, pendant la construction de la prame, ils avaient consenti à participer aux corvées d'eau. Durant ces sept semaines, la seule tâche dont ils se fussent acquittés de bon cœur avait été la plus facile : la chasse aux oiseaux. Leur frénésie tueuse n'avait jamais désarmé. Au-dessus de l'île, les nuages de fous et de sternes s'étaient considérablement amaigris. Plus un seul nid, plus un seul œuf. Il était vraiment urgent de décamper. D'autant que les barriques d'eau-de-vie étaient vides depuis longtemps. Plus moyen de noyer dans l'alcool les souvenirs du naufrage. Chaque nuit, ils recommençaient à être assaillis de cauchemars ; et le jour, depuis quelque temps, ils se mettaient à parler tout seuls, quand ils ne se mettaient pas à faire le tour de l'île avec la fureur de lions de ménagerie. Ou ils allaient rôder autour du camp des Noirs. Du jour où une bonne partie des esclaves avaient accepté de travailler à la prame, la vigilance des gardes s'était considérablement relâchée. Pendant la journée, une dizaine d'hommes et de femmes trop affaiblis pour sortir des tentes y restaient prostrés, repliés sur leurs visions et leurs délires indéchiffrables. Et pour avoir croisé, de temps à autre, sur le sentier qui menait à la plage, des marins aux corps curieusement détendus, Castellan avait saisi qu'ils sortaient d'une des tentes. Et compris ce qui venait de s'y passer.

Il n'avait pas sévi. Là encore, il n'avait rien dit. Comment être sûr ? Et comment juger ? Après tout, la petite aux mains si agiles, il ne savait toujours pas s'il l'avait prise ou non, l'autre jour, sous le couvert des veloutiers.

32

Si Castellan veut fuir, maintenant, au plus vite, ce n'est donc pas seulement parce que les vivres s'épuisent. C'est qu'il n'est plus sûr de rien. Tout lui échappe de plus en plus sur l'île, les lois de la mer, les courants, le régime des vents, ses hommes. Et lui-même. Il se voit devenir fou.

Dès que le temps semble se remettre définitivement au beau, le 25 septembre au soir, avant même de réunir l'équipage, il demande donc à Keraudic son matériel à écrire ; et se met à rédiger un texte à l'attention des Noirs.

Ils ne savent ni lire et écrire, il en est parfaitement conscient. Mais à la façon dont il les a vus, à plusieurs reprises, regarder l'écrivain prendre des notes, ou lui-même, quand il vérifiait ses mesures, il est convaincu qu'ils savent ce qu'est l'écriture. À défaut, de toute façon, Joseph saura le leur dire ; et, avec son brio habituel, trouver les mots pour leur expliquer l'importance et la valeur du parchemin qu'il leur destine : un message à l'adresse d'un hypothétique capitaine qui viendrait à aborder ici et les découvrirait avant le moment où, comme il s'en est fait le serment, il reviendra les chercher.

Car il en est également persuadé : des navires croisent parfois dans les parages. À preuve ce qui s'est passé le 9 août, quand ce deux-mâts est arrivé sous le vent et, au dernier moment, a viré de bord et mis le cap au nord-est, sans doute sur Ceylan ou les

Maldives. Il a vu l'île, il en est certain. Mais comme Briand de La Feuillée, à la vue du diadème de déferlantes, l'équipage de ce navire a été saisi de terreur. Et à toutes voiles, il a pris le large. Rien ne dit, toutefois, qu'un autre bâtiment ne se retrouve dans le coin par un jour de grand calme et puisse aborder. Dans un an, mais peut-être aussi la semaine prochaine. Ou même après-demain, qui sait ? Deux heures après qu'il sera parti. À ces marins-là, les Noirs devront prouver qu'ils n'ont pas été abandonnés par représailles. Mais qu'ils ont été laissés dans l'attente d'un maître qui tient assez à eux pour vouloir les récupérer.

Mais Castellan, sur ce parchemin, va plus loin. Il raconte le naufrage, la construction de la prame, décrit l'impossibilité où il s'est trouvé de rassembler assez de bois pour bâtir un navire qui pût embarquer tout le monde. Et l'hypothétique capitaine qui viendrait à aborder ici (tout aussi improbable que le lecteur que Keraudic s'était inventé le soir où il avait commencé à voir les esclaves mourir de soif), il l'implore de recueillir ces hommes qui, écrit-il, n'ont pas cessé de se dévouer, corps et âme, à la construction de son bateau. Et qu'il a dû, la mort dans l'âme, laisser sur l'île.

En somme, il dit la vérité. Et son texte ressemble à un testament. Car qui peut jurer qu'au moment de l'embarquement, la prame ne va pas verser ? Qu'elle ne va pas être aspirée, avec ses passagers, par un courant ? Et si le bateau s'ouvrait sous l'assaut d'une déferlante ? Si pendant la traversée, une tempête se levait, s'ils étaient attaqués, en route, par des pirates ou, pis encore, par des corsaires anglais ? Et s'il était pris, une fois arrivé à Madagascar, par une de ces fièvres qui rôdent si souvent là-bas en cette saison ? Castellan, une fois de plus, a fait ses calculs : les chances qu'il a de s'en sortir sont à peine plus élevées que celles des Noirs. Et cependant, avec ce qui lui reste de raison, il s'entête encore à avoir un ou deux coups d'avance sur le destin.

Il a encore une ultime question à régler : présenter son affaire à Joseph. C'est qu'il va de moins en moins bien, l'interprète, à l'approche du départ. Il flageole, depuis quelques jours, sur ses jambes de colosse, on dirait une statue près de s'écrouler. Et pourtant il sait bien qu'il va embarquer : c'est un Noir libre, lui, un Noir de la Compagnie, dûment appointé par elle et inscrit sur le rôle d'équipage. Donc il part.

Et pas besoin d'être Herga pour comprendre ce qui lui donne ces jambes si molles. Il en est malade, de laisser derrière lui ses frères de race. Et, tête de mule comme il peut être, parfois, il est fichu de refuser d'aller leur porter la mauvaise nouvelle. Pis, il pourrait s'interdire de traduire le parchemin.

Il va bien falloir qu'il s'y résigne, pourtant, le temps presse, la machinerie du départ, dès demain matin, va se mettre en place. À vingt mètres de la plage, on va mouiller un grappin d'abordage, le marier à une gueuse, y ancrer le grand catamaran. Puis on va baptiser la prame – son nom est déjà choisi, *La Providence* ; et l'aumônier a déjà écrit son sermon. Dans l'après-midi, l'ancre à jet sera à son tour mouillée, à un emplacement que Keraudic, à bord du petit catamaran, vient d'aller repérer : bien sous le vent de l'île, comme il l'a demandé, sur un lit de sable et de corail brisé, à cinq cents mètres environ du rivage et par environ dix-huit brasses de fond. Et le surlendemain, c'est-à-dire dans deux jours, la prame sera mise à l'eau et ils appareilleront. Dès lors, les esclaves se retrouveront à nouveau maîtres de leur destin. Libres de déterminer par quels moyens survivre. C'est-à-dire seuls. Abandonnés à leur sort.

Mais comment faire, sans Joseph, pour s'en expliquer auprès d'eux ? De leur langue, Castellan ne sait que des bribes. Et puis, cette phrase qu'il a eue sept semaines plus tôt, quand il a voulu remettre son équipage d'aplomb : « Rester, c'est mourir ! » S'ils n'en ont rien su, les Noirs, au sens premier du mot *savoir*, quelque chose de secret, en eux, en a eu connaissance. Sinon, auraient-ils travaillé à la prame ?

*
* *

Avant de faire venir Joseph, Castellan envisage une dernière hypothèse. Celle que lui a suggérée Herga, après le serment qu'ils se sont fait l'autre jour au bout de la plage : les esclaves, depuis le début, ont peut-être compris qu'ils seront laissés sur l'île. Et ils ont choisi de travailler à la prame en pleine conscience de l'enjeu.

Plus il y réfléchit, plus il se dit que c'est bien possible. Pourquoi n'auraient-ils pas parié, comme lui ? Misé sur son savoir-faire, son endurance, la confiance qu'il leur inspire, la certitude que, s'il s'en va, il est ainsi fait qu'il reviendra les chercher ? Car autrement, comment expliquer leur allant, aux Noirs, tout le temps de la construction du bateau ? Comment comprendre leur courage, leur dignité ? Aucune plainte, jamais. Au contraire : une énergie constante, jamais prise en défaut.

Enfin le souvenir de la musique. Du tam-tam que le grand échalas un peu bizarre avait réussi à se faire avec le bout de cuir qu'il lui avait laissé. Des rythmes et des mélopées que le vent, à chaque pause, lorsqu'on travaillait à la prame, portait vers la mer, comme pour la fendre et y ouvrir une immense route d'espérance. Oui, c'est sûr, eux aussi, ils ont eu envie d'y croire, à sa prame. Et se sont réjouis, jour après jour, comme lui, de la voir grandir, grossir, défier l'île. Au point qu'ils ont fini par refuser d'imaginer l'instant où elle disparaîtrait à l'horizon.

Mais comment en être sûr, une fois de plus ? Hors du chantier, leurs vies ne se sont jamais croisées, leurs temps de Blancs et de Noirs sont restés parallèles, ils n'ont jamais partagé ni les rites ni les dates, rien que la musique. Ou alors les marées et les aubes, les phases de la lune, les étoiles qui montaient puis pâlissaient, le vent qui tournait, le soleil qui se couchait. Les prières du matin et du soir, les messes du dimanche, les Noirs se sont bornés à les observer de loin, sans jamais chercher à y entrer, préférant rester avec leurs chansons, leurs esprits, les histoires que, d'après Joseph, ils se racontent à eux-mêmes et aux autres pour continuer d'endurer, comme les Blancs, l'enfer de l'île.

Cependant l'essentiel – l'ardeur à construire le bateau, l'endurance sous le soleil, les tempêtes, les tentes mouillées, les oiseaux cuits sous la cendre, l'eau sableuse et salée du puits, les chansons d'amour, les jours où rien n'avançait mais où s'obstinait, en dépit de tout, l'envie de croire –, ils l'ont partagé sans réserve. Et lorsqu'un petit quelque chose, au fond d'eux-mêmes, a commencé à leur souffler qu'ils allaient se retrouver seuls, ils ont eu la dignité de n'en rien montrer. Ils ont gardé le front haut, alors qu'ils n'avaient que trois guenilles sur le dos – et encore, la plupart allaient quasi nus. Mais dans la façon, justement, dont ils se sont entêtés à promener, simples et droits, cette nudité sous le soleil, dans la manière qu'ils ont eue de se taire, s'obstinant à travailler, même aujourd'hui, où ils ont compris (car maintenant, impossible qu'il en aille autrement, ce sont des filles et des garçons intelligents, même si le naufrage les a sonnés, comme tout le monde ; ils n'auraient pas pu, sinon, construire ce bateau comme ils l'ont fait), ils viennent de lui démontrer qu'ils sont nés, comme lui, du sexe d'un homme et du ventre d'une femme. Et qu'ils se trouvent par conséquent, exactement comme lui – et plus étroitement encore que dans l'île – , enfermés dans l'humaine condition.

Aussi, tandis qu'il replie sa lettre à l'adresse de ce capitaine qui ne viendra peut-être jamais, Castellan prend la décision la plus rude de sa vie : il décide d'accompagner Joseph au camp des Noirs. Et de parler aux esclaves avec les seuls moyens dont il dispose : sa présence, son regard. En somme, avec ce qu'il est. Au nom, lui aussi, du respect qu'il a de lui-même. Et de ce mot qui vient de lui traverser l'esprit. *Dignité*.

33

Noir était Joseph, et Noir il restait. Mais Noir aussi il embarquerait. Noir des Blancs, il se ferait, en somme, comme l'avait si justement crié la Tisserande, Noir qui trahissait.

Trente-sept jours – il les avait comptés – qu'il avait compris ce qui se tramait, avec la construction de la prame. Trente-sept jours que, tout comme les Blancs, il avait saisi qu'elle serait trop petite pour embarquer tout le monde, trente-sept jours qu'il ne disait rien, lui d'ordinaire si bavard, lorsqu'il visitait le camp des Noirs ou allait et venait avec ses frères de race de la plage au chantier, et du puits à sa tente. Sous le ciel troué d'étoiles comme sous le dard du soleil, il restait englué dans son secret. Et se triturait indéfiniment les méninges pour trouver le moyen de s'en sortir. Trente-sept interminables journées, par conséquent, à voir naître, du concert des mains noires et blanches, le bateau de son espoir. Qui ne serait jamais celui des siens.

Donc lui aussi, Joseph, longtemps qu'il savait qu'en embarquant sur la prame, il allait laisser derrière lui l'immense estime qu'il avait de lui-même, depuis qu'un Blanc, à Bourbon, lui avait appris sa langue et, constatant avec quel brio il la maîtrisait, l'avait fait libre puis lui avait permis non seulement de travailler pour la Compagnie mais de manger, s'habiller, se comporter à sa façon. Lorsque la Tisserande, l'autre jour, l'avait insulté, Joseph avait pensé qu'elle divaguait ; qu'elle avait perdu, avec la noyade de son enfant, la juste appréciation des êtres, et tout spécialement de sa personne de Noir admis à vivre avec les Blancs. Seulement voilà, trois jours plus tard, au-dessus des poutres et des courbes que Castellan venait de trier et d'aligner sur le sable du chantier, il avait suffi que cette simple pensée le traverse – « Mais il ne va jamais caser cent quatre-vingt-deux personnes dans son rafiot ! » – et le grand, le magnifique festin d'espoir que lui avait offert son chef s'en était trouvé gâché.

Il n'avait jamais réussi à en souffler mot à quiconque – pauvre Joseph, depuis le naufrage et la noyade d'Antoine, le tanneur qui travaillait pour le compte de Lafargue, il était le seul Noir de l'équipage. Donc trente-sept jours à se ronger les sangs. À se répéter qu'il était un traître, sans jamais, pour autant, pouvoir décider une bonne fois pour toutes : « Je vais rester avec les miens. » Impossible, il voulait à tout prix sauver sa peau. Qui n'était plus noire ni blanche, dès qu'il pensait à se sauver de l'île. Mais rien qu'une pauvre peau de grand et gros gars qui n'en pouvait plus d'être enfermé ici. Et à la fin de ses interminables ruminations, la seule issue qu'il voyait, c'était d'aller la foutre à l'eau, sa grande carcasse. Avec sa malheureuse peau de Noir des Blancs.

*
* *

Au moment où Castellan l'appelle, il en est là, une fois de plus. Mais dès que l'autre lui explique, de sa voix posée, ce qu'il attend de lui, il ne comprend plus ce qui a pu lui prendre. Il se sent redevenir lui-même. Plus du tout Noir, pour le coup. Ni Blanc, ni non plus Noir des Blancs. Mais Joseph, tout bonnement, Joseph l'interprète et Joseph le colosse, le grand et gros gars qui, hors Taillefer, n'a pas eu son pareil, depuis qu'on est ici, pour tabasser le corail quand on a cherché l'eau, le plus assidu, aussi, à la fouille de l'épave, le plus rapide à en extraire les gueuses, les tonneaux, les planches, les madriers. Plus Castellan parle, plus les deux parts de lui-même se rejoignent. Arrimées, subitement, par une nouvelle idée, dont il s'étonne qu'elle ne lui ait pas encore traversé l'esprit : je vais revenir ici, avec mon capitaine, pour sauver les miens. Et une fois rentré, je remuerai ciel et terre pour les rendre libres, comme moi.

Un instant, tout de même, il croit à un rêve, à une illusion de la nuit. À un souffle des esprits, de ces vingt-huit morts de soif que, presque seul, il est allé enterrer au bout de la plage, il y a cinquante-quatre jours – ceux-là aussi, il les a comptés –, ces malchanceux à qui il a pris bien soin de souffler, avant les dernières pelletées de sable, les mots qu'il faut pour qu'ils se transforment en Ancêtres, au lieu de rester ces cadavres gisant à ses pieds.

Oui, il faut qu'ils soient là, les esprits, à rôder, à chercher à s'emparer des âmes des vivants, car voici qu'en plus de la lettre qu'il lui demande de leur traduire, Castellan est saisi d'une nouvelle inspiration : il lui demande aussi de jurer aux Noirs, dans leur langue, qu'il ne les abandonnera pas. De leur faire le serment que lui, le capitaine blanc, reviendra les chercher.

Ça le foudroie, Joseph, d'entendre ça. Un long moment, il en reste sans voix, et pendant quelques secondes, ses jambes-piliers se retransforment en flageolante gelée. Puis tout soudain, il se requinque ; et vingt fois, trente fois, se met à faire répéter à Castellan, les ânonnant jusqu'à ce qu'il les ait bien en bouche, les mots de son serment. Au point qu'un peu plus tard, quand son élève, assis devant les tentes des Noirs, se met à les aligner, il les rabâche à mi-voix, lui aussi, avec le même zèle d'enfant.

Du même coup, ensuite, il n'a aucun mal à leur expliquer ce que leur veut le Blanc-aux-Yeux-Couleur-de-Pluie, comme ils continuent à l'appeler ; et ils comprennent sur-le-champ le sens et le prix du parchemin. Dès que Castellan le leur tend, Semiavou bondit sur lui et s'en empare ; et c'est aussi elle qui a l'idée de l'endroit où le conserver : avec sa dextérité habituelle, elle le coince à l'intérieur d'une grosse coquille de triton qu'elle a ramassée sur la plage et où elle souffle dès qu'un catamaran se risque sur la mer, afin d'appeler les esprits du vent. Et quand Joseph lui fait observer qu'ainsi bouchée, elle n'émettra plus aucun son, elle s'exclame, enjouée comme jamais : « J'en trouverai une autre ! » Puis elle la dépose sur une pile de plats que les barreurs des catamarans ont retrouvés au fond de l'épave. Enfin, avec son autorité habituelle, sans que personne n'ose la contredire, elle se proclame gardienne du coquillage ; et du parchemin qui ira désormais avec.

Puis la palabre reprend. Palabre, à vrai dire, n'est pas le mot : Castellan parle, Joseph traduit, et personne ne lui répond. Il leur laisse, leur dit-il, des vivres pour trois mois, recommence à jurer qu'il sera revenu bien avant qu'ils ne les aient épuisés. Dès qu'il sera à Madagascar, explique-t-il, c'est-à-dire dans quatre ou cinq jours, au plus, il se fournira en voiles neuves, regréera la prame et mettra le cap sur l'île pour venir les récupérer.

Aussitôt, sous les tentes en loques, l'espoir se remet à brasiller. Faiblement, mais c'est quand même de l'espoir. Et surtout de la confiance. Castellan, maintenant qu'il a ânonné quelques mots de leur langue, ces hommes et ces femmes le croient. Ils le croient vraiment, ce n'est plus un pari. Et quand la Tisserande, comme l'autre jour, depuis le fond de la tente où elle est restée depuis tout ce temps-là, repliée sur la perte de son enfant, se remet à gronder : « Je l'avais bien dit, que vous alliez vous faire rouler ! » personne ne veut l'entendre. Ce soir-là, rien qu'à écouter le Blanc-aux-Yeux-Couleur-de-Pluie, tout le monde ou presque embarque à bord de la prame, voit sa proue fendre hardiment le ventre de la mer, se met à l'écoute des voiles qui répondent au vent. Et on finit peut-être, au fond de l'eau grise de ses yeux, par distinguer quelque chose qui ressemble à la Terre des Ancêtres.

Ils auraient pu rester longtemps ainsi, accroupis sous la nuit, à rêvasser en sondant tour à tour les étoiles et le regard du Blanc, si le grand échalas un peu dérangé qui s'étais mis à la musique, depuis l'autre jour, n'était soudain venu se coller à Semiavou ; et n'avait décidé, quand le Blanc se retrouva à court de mots, de recommencer à tambouriner sur son tam-tam tout en entonnant une vieille chanson du pays.

Il voulait faire écho à la Tisserande, on aurait dit. Sa musique n'était pas gaie, et ce qu'il chantait non plus. « *Le destin est un caméléon à la cime d'un arbre* », fredonnait-il, « *un enfant siffle, et il change de couleur. Le lac ne voulait pas accoucher de la boue mais on a agité l'eau, et voilà, elle sort…* » Et ça l'a chamboulé, Joseph, tout soudain, d'entendre ça. Ce n'était pas seulement qu'avec cette vieille complainte, il sentait son sang battre du même pouls que celui du grand échalas, et son souffle se confondre dans le sien. Le jeune homme, c'était criant, ne voulait plus espérer ; et il en voulait à Semiavou – il fallait voir l'œil mauvais qu'il lui jetait. Et elle, de son côté, n'arrivait pas à quitter le regard de son Blanc-aux-Yeux-Couleur-de-Pluie.

Et lui non plus, Castellan, n'arrêtait plus d'interroger son regard. Comme s'il se retrouvait ligoté à elle par un lien dont il ignorait l'origine. Alors, comme ça lui devenait insupportable, à lui aussi, Joseph, de les voir, ces deux-là, la fille noire et l'homme blanc, qui n'arrêtaient plus de se dévisager, il s'est levé. Sans plus attendre, le premier.

*
* *

Ils sont donc repartis. Sur le chemin, le tam-tam les a poursuivis. Et le chant. Une nouvelle complainte du pays dont Joseph, une seconde fois, s'est étonné qu'elle continue à sonner aussi juste, sur cette île perdue si loin de tout : « *Il paraît que là-bas, à l'Ouest, il y a des rizières au riz petit, petit… Mais non, ce ne sont pas les rizières qui ont un riz petit, petit. C'est notre amour à tous les deux qui est petit, petit…* »

34

Le baptême de la prame, comme prévu, a eu lieu le lendemain 26 septembre, à grandes aspersions d'eau saumâtre préalablement bénie par Bory. L'équipage s'est regroupé au pied du bateau pour assister à la bénédiction. Et aussitôt, il s'est ressoudé. La plupart des marins ont fondu en larmes ; et, à la fin de la cérémonie, ils ont voulu porter Castellan en triomphe. Il s'y est refusé. Mais tout le monde l'a bien vu, il était lui-même à deux doigts de pleurer.

Les matelots ont alors demandé à embrasser la quille. On les a laissés faire. Une longue file s'est formée, personne ne voulait manquer ce rituel improvisé. Puis les marins sont restés de longues minutes figés au pied de la prame, à la caresser, la détailler, l'admirer. Ce n'était pourtant qu'un gros chaland sans grâce, aux flancs lourds, de bout en bout rafistolés. Mais justement, c'était ce qui les fascinait. Ils n'en revenaient pas que, des planches disloquées d'un navire qui avait failli être leur tombeau, Castellan, ses officiers et les Noirs aient pu sortir cette quille en forme de berceau. Ils s'émerveillaient donc de plus belle et voulaient à nouveau la caresser. Ils étaient retournés des années et des années en arrière ; ils s'imaginaient des quais, autour d'elle, des bordels, des entrepôts, d'autres bateaux. Ils avaient des yeux d'angelots.

*
* *

Au milieu de l'après-midi, comme prévu aussi, on a mouillé l'ancre à jet. La mer était belle, le vent calme. Il ne restait plus qu'à attendre le lendemain pour lancer le bateau.

Personne n'a dormi de la nuit. À l'aube, tout le monde était sur le pied de guerre – pour une fois, chacun grillait de mettre la main à la pâte. Devant les tentes, Bory a alors organisé une dernière prière. Puis Castellan a répété à l'équipage le détail des manœuvres de mise à l'eau et la procédure qu'il avait imaginée pour éviter que le bateau ne se renverse sous leur charge au moment de l'embarquement.

Là encore, personne n'a bronché ; et quelques minutes plus tard, comme la veille, les marins se sont tous retrouvés au pied de la prame. Unis comme ils ne l'avaient jamais été depuis leur départ de Bayonne. Et presque aussi calmes que Castellan. Rien qu'une apparence. Secrètement, ils avaient les nerfs à vif.

La mise à l'eau a ressemblé à un chemin de croix. Une bonne dizaine de fois, malgré son fond plat, la prame s'est immobilisée au beau milieu du sentier qui menait du chantier à la plage. Les rouleaux sur lesquels Castellan avait fait monter la quille s'enfonçaient dans le sable ; et celui-ci était si meuble, si grenu, si mêlé de corail et de coquillages qu'il empêchait le bateau de glisser.

On s'est épuisé à le désensabler. Quand il consentait à bouger, c'était toujours sans crier gare. Des doigts, des pieds étaient à chaque fois pincés ou écrasés. On n'en voyait plus la fin.

Et soudain, comme un animal rétif qui se décide subitement à obéir, la prame a entamé une longue glissade et, on n'a jamais su trop comment, s'est retrouvée dans l'eau. De part et d'autre de ses flancs ont jailli d'altières gerbes d'écume. Et elle en a ressurgi, en bonne et lourde bête de bateau qu'elle était, parfaitement droite et équilibrée. Castellan, un long moment, a respiré.

Il savait pourtant qu'il n'était pas au bout de ses peines : il a fallu, ensuite, la mettre en sécurité à une vingtaine de mètres du rivage. Puis, avant que les déferlantes n'aient le temps de l'attaquer, l'amarrer à de gros lests. À chaque opération, il manquait de défaillir. Mais la prame, à chaque fois, s'en sortait. Toujours de la même façon : en opposant aux assauts des vagues sa sereine inélégance, sa masse tranquille. On a donc pu passer sans désemparer à l'embarquement du gréement, du petit canon, d'un baril de poudre, des réserves d'eau et de biscuits, enfin de quelques sacs de riz, histoire d'avoir de quoi survivre si on atterrissait loin de tout. En dehors de quelques outils, de la chapelle portative de Bory et du nécessaire à écrire de Keraudic, c'était tout ce qu'on emportait. Puis Castellan a ordonné que les hommes montent à bord.

La mise à l'eau avait duré trois fois plus longtemps que prévu. La nuit serait là dans une heure et demie. Il était à bout de nerfs. Mais une fois de plus, de peur que sa tension ne gagne l'équipage, il s'est contenu. Et de fait, ses hommes n'en ont rien vu. Ils sont montés à bord des deux catamarans par petites grappes, comme il le leur avait demandé, et dans le plus grand calme ; et la navette entre la prame et la plage a parfaitement fonctionné. Il n'y a eu qu'un seul incident : Lafargue était en sanglots, il ne voulait pas quitter son tas de bois. Pour l'embarquer, on a dû l'assommer avec ce que Keraudic avait épargné d'eau-de-vie dans une fiasque jusque-là bien dissimulée. Et c'est encore lui, l'écrivain, qui a proposé qu'on le ligote s'il recommençait à s'agiter. Tout le monde a hautement approuvé.

*
* *

Depuis la plage, entre Herga et Keraudic, Castellan observe la navette à la longue-vue. Il a prévu de quitter l'île le dernier, comme si c'était son bateau.

Plus le groupe des Blancs s'amaigrit, plus celui des Noirs lui paraît important et compact. Et plus le silence s'épaissit.

Silence de cimetière, qu'est-ce qu'on enterre ? Le diable ? La guigne de Lafargue ? Impossible.

Serait-ce alors que l'enfer partagé unit les humains plus étroitement que le paradis ? Et que ceux qui se sont découverts ensemble dans le miroir de la douleur ne savent pas comment se dire adieu ?

Mais non, ce silence, c'est tout simplement celui de la peur. Soixante hommes et femmes saisis en même temps de la même effroyable évidence : « Nous sommes seuls, maintenant. Ils ne reviendront pas. »

Et personne pour crier, pour pleurer. La confiance s'est fendue mais ils se taisent, tous. Et tous, se tiennent droits.

Puis l'instant de la dernière navette est arrivé. C'étaient des Noirs qui barraient les deux catamarans. Castellan, seul désormais au milieu d'eux, les a quittés sans parler. Pas la force. Tout juste s'il a pu esquisser un geste à l'adresse de la petite dont les yeux s'obstinaient à traquer son regard, et du grand type un peu dérangé qui lui collait toujours au train. Pour une fois, celui-là n'avait pas son tam-tam en main. Et de toute façon, depuis l'autre soir, il n'avait plus chanté, plus joué.

C'est aussi Castellan, une fois qu'il a rejoint la prame, qui a lancé au barreur noir le bout qui continuait de relier les deux embarcations. Sans trembler. À croire qu'il savait que l'histoire de l'île ne faisait que commencer.

*
* *

On avait déjà monté le bât à bascule, hissé les voiles. Lafourcade était à la barre, les yeux fixés sur l'avant de la prame qui, du même tranquille élan qui l'avait poussée vers la mer, affrontait sa première déferlante.

Une muraille d'eau, comme au début du naufrage. Une lame gigantesque et hargneuse qui s'apprête à s'abattre sur son flanc droit. Mais Lafourcade, d'un coup de barre superbement ajusté, lui offre la proue de la prame. Qui, toujours aussi bien installée dans sa massive solidité, la fend tranquillement par le milieu, avant d'en ressortir intacte. Puis elle se met, comme si de rien n'était, à cingler vers le large.

*
* *

L'île n'était déjà plus qu'un vague trait blanc surmonté d'une couronne d'écume et survolé, au lieu des nuées d'oiseaux qui l'avaient annoncée sept semaines plus tôt, d'une pauvre compagnie de sternes. Puis d'une seconde à l'autre, on l'a vue fusionner avec le diadème des déferlantes. En un instant, elle a disparu. Comme anéantie.

Il faisait encore jour, pourtant, il n'était pas plus de cinq heures.

Une heure plus tard, quand la nuit a été là et qu'on s'est s'aperçu que la prame traçait sa route en bel et bon bateau, exactement comme *L'Utile* – mêmes crissements de cordages, au fond de l'obscurité, mêmes doux bercement et légers fasseyements des voiles ; entre les mâts, aussi, piquetant le ciel des mêmes énigmatiques dessins, identiques constellations –, chacun s'est dit, sur son bout de banc, qu'il touchait la fin d'un mauvais rêve ; et que d'un instant à l'autre, il allait se retrouver au fond de sa couchette ou de son hamac, à attendre tranquillement la routine du lendemain matin, le pont à laver, les mâts à escalader, les voiles à ravauder, et les esclaves, là, par en dessous, à faire monter, faire manger, obliger à se mettre nus, à se laver. Puis les inspecter à nouveau, avant de descendre les réenfermer dans la cale.

Seulement voilà, sous eux, il n'y avait pas de cale, ni de cargaison d'esclaves. Et au fait, ce mot-là, « cargaison d'esclaves », que voulait-il dire ? Ceux des cent vingt-deux passagers de la prame que la fatigue et l'angoisse n'avaient pas encore abrutis ont alors compris qu'ils n'émergeaient pas d'un cauchemar. L'île avait bel et bien existé. Et ils avaient changé de peau.

VII

UN SECRET DE FAMILLE VASTE COMME L'OCÉAN

35

La traversée a duré exactement cent heures. Elle s'est déroulée sans histoires. La prame a tenu. Castellan, en dépit de la nouvelle lune, a réussi à conserver son cap ; et ses cent vingt et un hommes, tellement soulagés d'avoir pu s'enfuir de l'île, ont respecté à la lettre l'effroyable discipline qu'il leur a imposée.

Mais ils n'en pouvaient plus. Le soir du 29 septembre, un jeune matelot de Cherbourg, Léonard Fortin, a été pris d'une très violente diarrhée. Quelques heures plus tard, à l'instant précis où se dessinaient dans le lointain les rizières de Madagascar, il était mort. Il devenait urgent d'aborder.

Au coucher du soleil, dans une courbure de la côte, Lafourcade a cru reconnaître la baie de Foulpointe et le comptoir de traite où, trois mois plus tôt, Lafargue avait négocié puis embarqué sa cargaison humaine. Mais le vent a molli, on n'a pu s'en approcher qu'à la nuit close. Il était vingt et une heures, a estimé Keraudic.

Castellan a pris la barre. Il pensait se trouver à une vingtaine d'encablures de la plage quand il a soudain distingué, en surplomb de la prame, trois ou quatre loupiotes. À leur hauteur, autant qu'au dessin qu'elles formaient, il a compris qu'il s'apprêtait à croiser un énorme vaisseau ; et le temps de s'apercevoir que cet imposant bâtiment était suivi de deux autres navires presque aussi gros, c'était la prame qui était repérée. Une voix particulièrement aigre et nasillarde perçait la nuit ; elle lui demandait d'annoncer son port d'origine et le nom de son embarcation. À ses seuls couinements, Castellan l'a reconnue : c'était celle d'Aiguille, le chef d'escadre dont, deux ans plus tôt, il avait si héroïquement exécuté les ordres lors du siège de Madras.

Jamais il n'aurait pensé retrouver de façon si abrupte le monde qui avait été le sien avant que l'île ne lui en révèle la vanité : la naissance et le rang, les hiérarchies, la guerre. D'entendre soudain s'abattre sur lui la voix d'Aiguille, il a failli en tomber à l'eau. Puis, se redressant à l'arrière de la prame comme pour défier les rangées de canons qui glissaient au-dessus de lui, il a recouvré ses plus anciens réflexes et jeté crânement dans les ténèbres : « Nous sommes les débris de *L'Utile*, la frégate qui a fait naufrage à l'île des Sables ! Nous y sommes restés cinquante-sept jours et venons de nous en sauver ! »

D'ordinaire très prompt à la réplique, Aiguille, à son tour, s'est trouvé à court de mots. Il était stupéfait.

Ce n'était pas d'avoir reconnu, lui aussi, la voix d'un homme avec qui il avait traversé l'un des moments les plus hasardeux de son existence, et qu'il pensait ne jamais revoir – Aiguille ne s'étonnait jamais de rien. Ce qui le sidérait, c'est d'avoir entendu, jailli du noir, le nom de l'île des Sables. Pour une fois, il n'en revenait pas.

Il a couru au bastingage. Et tandis que la prame, voiles rapiécées, haubans de fortune, cordages à bout de forces, centaines d'yeux creux scrutant la nuit, continuait de glisser sous les fanaux de son vaisseau, il a cru à un bateau fantôme. La Nef des Fous, s'est-il dit, venue le prévenir d'un malheur ou de sa mort prochaine.

La prame, déjà, était de nouveau aspirée par les ténèbres. Un moment, il a été tenté d'ignorer le présage. Mais ses officiers, après s'être précipités au bastingage, le dévisageaient maintenant d'un air effaré. Aiguille, alors, comme chaque fois qu'il devait prendre une décision qui engageait sa vie, s'est mis à renifler – on aurait dit une bête méfiante qui tourne autour d'une charogne. Puis ses narines se sont figées et enfin, il a pris son parti : virer de bord et en avoir le cœur net.

Et un quart d'heure plus tard, quand la prame a voulu jeter l'ancre devant les baraques vermoulues où, trois mois plus tôt, Lafargue avait acheté ses esclaves, elle s'est retrouvée cernée par trois vaisseaux. Puis, après un long silence où Aiguille, à nouveau saisi d'un doute, a recommencé à renifler, un nouveau couinement est tombé sur Castellan : « Montez à mon bord ! »

*

* *

Dans ce qu'a découvert Aiguille, tout l'a laissé pantois. C'était un sec homme de guerre, qui avait en horreur toute forme de sentiment ; et cependant, dans le rapport qu'il a rédigé ensuite à l'attention du ministre de la Marine, il n'a rien caché de l'émotion qui l'a saisi quand, dans le halo des torches que venaient d'allumer ses hommes, il s'est retrouvé en face de l'équipage des naufragés.

À l'exception de Castellan, qu'il décrit comme un magnifique jeune homme – sa beauté l'a manifestement troublé –, il dit n'avoir rencontré que des faces ravagées, des corps asséchés et durcis comme il n'en avait jamais vu. Jusqu'à leurs hardes qui lui parurent d'une misère prodigieuse. Déchirées, crasseuses, délavées au-delà de l'ordinaire. Mais surtout, élimées à l'extrême – à elle seule, cette usure évoquait un monde d'une âpreté inouïe.

Les façons mêmes des rescapés le déroutaient : ils économisaient le moindre de leurs gestes et, à la réalité présente – ce pont de bateau, ces torches fumeuses, ces dizaines de marins qui se pressaient autour d'eux –, ils semblaient superposer autre chose. Seulement quoi ?

Il les fit très vite redescendre sur la plage pour les désaltérer et les nourrir ; et à ce moment-là, il fut aussi très déconcerté par la façon dont tous, sans exception, y compris Castellan lui-même, burent la pinte d'eau qu'il venait de leur faire distribuer : les yeux fermés, les traits extatiques, comme si c'était une liqueur rare, à petites goulées précieuses, et sans se formaliser le moins du monde de son râpeux goût de futaille. « *C'est assez dire si leur puits, sur l'île, leur avait fourni une eau saumâtre* », observa-t-il le lendemain dans le rapport qu'il commença de rédiger à l'intention du ministre de la Marine. « *Ils ont été trop satisfaits de celle qu'ils ont bue à mon bord.* »

Selon la règle, il a donné la parole au capitaine ; et à ce seul mot – c'était peut-être d'avoir à nouveau senti sous ses pieds, quelques minutes plus tôt, un vrai et solide pont de bateau –, Lafargue a retrouvé l'usage de sa langue.

Il s'est avancé vers Aiguille. Du même pas méchant qu'au soir où il avait conduit *L'Utile* à la catastrophe, et en fendant avec le même mépris la masse des naufragés où, jusque-là, il s'était confondu. Puis, menton haut, et sur le ton qu'il avait eu trois mois plus tôt quand il avait jeté son ultime « Cap à l'est », il a commencé à débiter ce qui ressemblait fort à un rapport prémédité de longue date et appris par cœur.

Comme au moment où il avait vu le vaisseau d'Aiguille sortir du noir, Castellan a senti ses jambes le lâcher. Le mutisme de Lafargue n'avait-il été qu'une longue et parfaite simulation ? Ses yeux hagards, une comédie ? Et ses interminables errances autour de son tas de bois, un pur théâtre, des simagrées mises à profit pour tout espionner, mémoriser, enregistrer de ce qu'il voyait et entendait, dans l'espoir de le dénoncer à la première occasion ? Allait-il l'accuser du naufrage, évoquer les morts de soif, raconter la partie de dés, la condamnation à mort de l'amant de Steppon, parler de Semiavou et de l'abandon des Noirs ? Tout le laissait croire, son œil à nouveau rapace, sa bouche étrécie de haine ; il reprenait tout au début, la querelle des cartes, toutes ces vieilles histoires de latitudes, longitudes, vitesse et direction des vents : « Le premier août à dix heures du soir d'un beau temps, le vent courant du sud à sud-sud-est et mon vaisseau *L'Utile* faisant route à l'est au quart sud-est, un récif de sable et de faux corail précisément situé sur la carte du Dépôt de la Marine de 1740 par 15° 30'de latitude sud et par la longitude orientale du méridien de Paris de 53° 12'… »

Puis, comme s'il était toujours dans la chambre des officiers, à consulter précisément la carte du Dépôt de la Marine, Lafargue s'est penché, s'est mis à chercher un parchemin invisible, une table, un papier qui n'existaient pas. Mais il a fini par s'apercevoir que ses mains battaient dans le vide. Son regard alors s'est fait laiteux. Et il n'a plus rien dit.

Aiguille l'a inspecté de pied en cap – ses narines, une fois encore, se gonflaient et se dégonflaient. Puis, comme la fois d'avant, il a subitement cessé de renifler, s'est tourné vers Castellan et, d'un mouvement de mâchoire, lui a signifié de prendre la suite.

C'est donc ainsi qu'ont pris fin les quarante ans de carrière du capitaine Lafargue : sur un reniflement agacé, d'un petit coup de menton.

*
* *

Aiguille était de ces hommes qui ne tiennent pas en place, il avait en horreur les gens prodigues de leur salive et de leurs mots. C'est de lui, du reste, que Castellan avait appris l'art de la formule laconique, le mépris du développement oiseux. Il a donc été très surpris de la façon dont son ancien chef d'escadre, dès ses premières phrases, l'a encouragé à détailler son récit ; et c'est à cette curiosité qui lui a vite paru insatiable qu'il a mesuré pour la première fois à quel point son aventure pouvait enflammer les imaginations. D'ordinaire extrêmement chatouilleux sur le chapitre des convenances, Aiguille s'était assis à même le sable, en face de lui. Il voulait tout savoir et tout le passionnait, les différentes phases du naufrage, la découverte du puits, la méthode mise au point pour tirer le meilleur parti de l'épave, la configuration de l'île, sa faune, sa flore, ses dimensions, la nature des courants et des fonds, les variations des houles, le régime des vents. Et lui que Castellan avait toujours connu fébrile et trépignant, il semblait avoir oublié le lieu et l'heure. Mieux encore, dès que Castellan lui eut livré un premier résumé de leur équipée, il lui demanda de tout reprendre au commencement, pour l'écouter cette fois sans l'interrompre, lippe pendante et poumon court, ravi de s'en faire redébobiner les épisodes depuis le début. Donc une seconde fois, il a fallu que Castellan lui raconte, avec de nouveaux détails, comment les poutres de *L'Utile* avaient déchiqueté les esclaves et les marins, qu'il lui décrive l'horreur des déferlantes, l'effroi des naufragés au moment de l'attaque des oiseaux, la recherche éperdue de l'eau, la disparition de la langue de sable, et tout particulièrement leurs hallucinations – cet épisode-là, Aiguille ne s'en lassait pas. En somme, il cherchait à se faire peur, à nourrir de terreurs nouvelles son âpre vie d'homme de guerre. Mais lorsque Castellan, encouragé par l'intérêt passionné qu'il lui avait porté, s'est risqué à lui avouer ce qu'il devait aux Noirs, puis lui a annoncé qu'il leur avait promis d'aller les rechercher, il s'est remis à renifler.

« Devant Dieu et mon équipage, j'ai juré à ces pauvres Noirs d'aller les rechercher, a pourtant répété Castellan, et dès que j'aurai trouvé ici des voiles neuves pour ma prame, je reprendrai la mer et m'acquitterai de mon serment. »

Il ne saisissait pas qu'il faisait fausse route, il pensait qu'Aiguille avait compris l'enseignement de l'île, l'arasement des races et des conditions, la découverte de la fraternité humaine dans le partage d'un identique dénuement. Il était certain, dans son aveuglement, que l'autre allait faire tout son possible pour l'aider à tenir parole. Il n'en a rien été : Aiguille, dès qu'il a cessé de renifler, s'est mis à trépigner. Puis, à phrases si sèches et si rapides que Castellan a eu du mal à le suivre, il a nasillé : « Avant de reprendre la mer, Castellan, laissez-moi donc gagner l'île de France et relater vos exploits au gouverneur Desforges-Boucher. Vos hommes, à ce que je vois, sont recrus de fatigue. Ils languissent sûrement de leurs familles et de leur pays, où il devient pressant de les renvoyer. Le temps que vous vous remettiez de vos épreuves, le gouverneur et moi allons donc songer à leur relâche. Quant à vous fournir en voiles neuves pour votre pauvre esquif, ne vous donnez pas cette peine. Vous ne trouverez ici nul moyen de les remplacer. »

*
* *

Tout l'équipage l'a compris comme il fallait le comprendre : Castellan se voyait interdire de retourner sur l'île tant qu'il n'en aurait pas l'autorisation du gouverneur. Et Aiguille anticipait sa décision : l'abandon pur et simple des Noirs.

Mais comme il était aussi fin lettré, c'est dans les termes les plus choisis qu'il lui suggéra que les esclaves étaient d'ores et déjà condamnés à mort : « En plus de votre bravoure, Castellan, votre art de la manœuvre vous honore. Vous avez fort bien fait, en ces pénibles circonstances, de laisser à ces malheureux Noirs l'espérance qu'on viendrait les reprendre. Vous leur avez fait la grâce d'une parfaite consolation. »

Puis il s'est remis à s'agiter. Il a grincé : « Je serai parti à l'aube. Sans doute ignoriez-vous, dans votre île, que le blocus anglais s'est resserré. L'île de France est à nouveau menacée de famine, je suis venu ici faire du ravitaillement et je n'ai que trop tardé. »

Et loin d'embarquer les naufragés – il le pouvait, cent vingt hommes répartis sur trois vaisseaux, où était la charge ? – il a annoncé à Castellan qu'il les laissait à terre, ici, à Foulpointe, où l'officier de la Compagnie qui dirigeait le comptoir de traite veillerait à les nourrir et à les loger. « Il y a largement assez de place dans les baraquements », a-t-il recommencé à nasiller – il parlait des mauvaises cahutes où l'on parquait les esclaves lors des opérations de traite, et qui étaient désormais vides, puisque, précisait-il aussi, le commerce des esclaves demeurait interdit. Puis il a promis à Castellan d'envoyer un message à un officier de ses amis, un certain Delaval qui, selon lui, croisait dans les parages aux commandes du *Silhouette* : « Il viendra dès que possible et vous conduira aussi vite à l'île de France. Où le gouverneur, je l'espère, vous permettra de rentrer en Europe. À moins que vous ne préfériez repartir aux Indes ou à la Chine, et ne vous trouviez là-bas un nouvel embarquement… »

Et deux heures plus tard, à l'aube, comme prévu, il a levé l'ancre et les a plantés là, sur la plage, exactement comme les esclaves sur l'île, à la merci de l'arrivée d'un navire inconnu et des fièvres mortelles qui se réveillaient toujours à cette saison dans la baie de Foulpointe. D'où le mot que Castellan souffla à Herga, au moment où ses trois vaisseaux disparurent derrière l'horizon rougissant, et tandis que coulait déjà sur les sables l'air vicié des marécages et des rizières, leur vent chaud : « Autant de morts, autant de muets. Qui va parler de nos Noirs, maintenant ? »

*

* *

Aiguille, cependant, a tenu parole : trois semaines plus tard, le *Silhouette* a fait son entrée dans la baie de Foulpointe et quelques jours après, le 26 octobre, il appareillait à destination de Bourbon et de l'île de France, avec à son bord les cent vingt et un naufragés. Les fièvres, bien entendu, avaient commencé de s'attaquer à eux ; Herga dénombrait déjà une vingtaine de malades, dont le faux charpentier Bernard Sanguinet et Lafargue lui même, en si piteux état qu'il avait fallu l'embarquer sur une civière.

On les a installés côte à côte, dans l'obscur recoin du navire qu'on réservait aux agonisants ; et ils sont morts à trois jours de distance, Sanguinet le 9 novembre, Lafargue le 12, sur le coup d'une heure et demie de l'après-midi. Comme celui du charpentier, son cadavre empestait déjà tellement qu'on l'a lui aussi jeté à la mer, sans attendre de toucher terre. On était en vue de l'île Bourbon, a noté Keraudic, on apercevait déjà les exubérantes frondaisons du domaine de Desforges-Boucher ; et, tout à côté, les non moins magnifiques plantations du clan des Lesquelen.

36

Après une brève escale à Bourbon, le *Silhouette* a gagné l'île de France. Il est arrivé fin novembre. Comme tout le monde, les bureaucrates de la Compagnie se sont rués sur Castellan et son état-major pour se faire raconter le naufrage et leurs aventures sur l'île. Grâce à Aiguille et à ses hommes, ils en connaissaient déjà les grandes lignes. Ils en sont pourtant restés abasourdis.

Puis leur naturel est revenu au galop et ils ont réclamé à Castellan un inventaire en bonne et due forme de ce qui restait de *L'Utile*. La prame était restée à Foulpointe mais, connaissant l'obsession vétilleuse des comptables de la Compagnie, Castellan avait scrupuleusement transbordé sur le *Silhouette* la misérable petite dizaine d'objets qu'il avait emportés au moment de quitter l'île. Ils étaient maintenant entreposés dans un des magasins du port, derrière des balles de café et de curry.

Il s'y est rendu avec Herga. Visite de pure forme, pensait-il, il viserait l'inventaire de Keraudic puis le chirurgien et lui s'en iraient parler au bout du môle de la meilleure façon de convaincre Desforges-Boucher d'armer un bateau pour aller chercher les esclaves – il lui avait accordé une audience pour le lendemain. À mesure que le rendez-vous approchait, Castellan se sentait de plus en plus tendu : bientôt trois mois que les Noirs étaient seuls là-bas, à la merci des houles et des vents ; ils étaient sûrement à bout de vivres. Mais comment le dire à Desforges-Boucher ? Chaque fois qu'il y pensait, sa réflexion était brisée dans son essor par une image, toujours la même, qui lui traversait l'esprit : Semiavou, dressée au bout de la langue de sable, guettant ses voiles à l'horizon. Et il réentendait la phrase qu'il avait dite à Joseph, le jour où il avait fallu annoncer aux Noirs qu'ils n'embarqueraient pas dans la prame : « Dis-leur, Joseph, dis-leur bien : il faut qu'ils surveillent la lune. Avant qu'elle ne soit pleine pour la quatrième fois, dis-le-leur, je serai là. »

*
* *

« Une chapelle complète de bord, avait scrupuleusement noté Keraudic, un grand cric, un petit cric, un mortier de fonte et son support, un petit canon, dix gueuses grandes et petites, cinq fusils de bord, mauvais et hors d'état d'être réparés, cinq sacs de riz. »

Une misère, comme prévu. Castellan a parcouru l'inventaire puis, tout aussi machinalement, a considéré les objets étalés à ses pieds. Et d'un seul coup, il a fondu en larmes. Depuis qu'il le connaissait, Herga ne l'avait jamais vu céder à l'émotion.

Un moment, il a pensé que Castellan pleurait *L'Utile*, cette si belle et vaillante flûte toute neuve qu'il avait eu tant de plaisir à sentir, depuis le cap Finisterre, balancer et vibrer sous ses pieds, et qu'il voyait maintenant réduite à quoi ? À rien ou presque. Mais non, le bateau, longtemps qu'il en avait fait son deuil, il fallait voir la façon dont il considérait le peu qu'il en restait : comme sur l'île, du temps qu'après chaque marée, il partait récupérer sur la plage de quoi bâtir sa prame et ramassait pour l'inspecter le moindre bout de corde, de fer, de cuir, de bois vomi par les vagues, songeant sans doute que le sort des cent quatre-vingt-deux personnes qui l'entouraient était suspendu à chacun de ces fragments de corde, fer, cuir ou bois. Aujourd'hui comme en ce temps-là, la mort, Castellan continuait de lui tourner le dos. C'était toujours à la vie qu'il pensait. Et qui le déchirait.

Pas sorcier, pour Herga, de comprendre d'où venaient ces larmes : du même chapelet de questions qui le tourmentait, lui aussi, chaque nuit : les esclaves, tout là-bas, dans l'île, continuent-ils de récolter, à chaque marée, des clous, du fil de fer, des rouleaux de plomb, comme ils nous ont vus faire ? Des haches, des cordages, d'autres gueuses, de nouveaux morceaux de bois ? Travaillent-ils encore au four, à la forge ? Sont-ils arrivés au bout du riz, de la farine, du jambon qu'on leur a laissés ? Est-ce qu'ils pêchent, dans ce maudit récif ? Recommencent-ils à plonger dans les sillons sous-marins du platier ? Les tentes, est-ce qu'elles tiennent toujours – sûrement des loques, à présent, mais alors, où est-ce qu'ils logent ? Dans les petites grottes du haut des sables ? Et s'ils avaient retrouvé les bols chinois où nous prenions notre potage ? Nos cuillers, nos boucles de ceinture, de chaussures, s'ils étaient tombés dessus ? Et les poutres qui restent de *L'Utile*, vont-ils les hisser sur le chemin, à leur tour, vont-ils construire des catamarans ou des radeaux pour s'enfuir à leur tour ? Car ils ne vont pas nous attendre, impossible. Sur l'île, d'ici peu, il n'y aura plus un seul oiseau ; et ils ne sont pas idiots, ils savent comme nous tous que la saison des ouragans approche. Mais si par malheur, ils n'ont pas le courage d'affronter la mer, combien de temps vont-ils tenir ? Pourvu que les tortues reviennent pondre… Et la petite Semiavou, là-bas, reste-t-elle toujours aussi droite, aussi forte ? Est-ce qu'elle va tenir, elle aussi ? Et si la trahison tuait plus rapidement que la faim ?

37

Quelques minutes plus tard, les larmes de Castellan s'étaient taries. Il paraphait froidement l'inventaire et revenait à son idée première : obtenir son bateau ; et il était à nouveau si maître de lui qu'au moment où il allait ressortir de l'entrepôt, à l'air mortifié dont Keraudic l'a regardé s'éloigner avec Herga, il a compris que les oreilles de l'écrivain avaient recommencé à traîner partout et qu'il ferait bien de l'interroger. Il a donc rebroussé chemin et lui a demandé de les accompagner au bout du môle.

Il s'est vite aperçu qu'il avait bien joué. En deux jours de bavasseries entre les quais, les bureaux et les magasins de la Compagnie, Keraudic avait réussi à savoir comment s'était passée l'entrevue entre Aiguille et Desforges-Boucher. Et comment le gouverneur avait pris l'annonce du naufrage : sans un mot, écrasé d'accablement – en trois mois, il faut dire, c'était le troisième navire que perdait la Compagnie ; et avec le durcissement du blocus anglais, le ravitaillement de la colonie devenait de plus en plus aléatoire. Mais quand Aiguille lui a révélé le pot aux roses – la fraude sur les esclaves, le nombre de Noirs rescapés, leur participation à la construction de la prame et la promesse de Castellan d'aller les rechercher, Desforges-Boucher, dans la seconde, est sorti de son abattement. Il s'est mis à hurler, postillonner, débiter un interminable chapelet d'invectives. Il s'en est pris d'abord aux esclaves, fainéants, gueux, ivrognes, putassiers, fornicateurs, faces de singe, a-t-il vitupéré, tout y est passé. Et c'est seulement quand il s'est trouvé à court d'inspiration qu'il a lancé ses foudres sur Castellan. Il a craché : « Un bon coup de masse sur le crâne dans un coin et on n'en parlera plus ! On fera ensuite comme avec les autres, on dira qu'il a pris un coup de soleil ! »

Aiguille ne s'est nullement démonté, d'après Keraudic. Il s'est borné à lui rappeler que Castellan avait sauvé cent vingt et une personnes, et qu'il était excellemment né. Façon exquise de lui signifier que lui, Desforges-Boucher, si puissant soit-il, n'était jamais que le fils d'un aventurier des plus douteux et d'une sardinière de Groix ; et qu'il pourrait lui en coûter cher, d'appliquer à un homme de très vieille noblesse les méthodes qu'il réservait ordinairement aux officiers qui n'avaient pas l'heur de lui plaire. Et comme l'autre, en face de lui, virait du cramoisi au violacé, Aiguille, en deux phrases grinçantes mais toujours aussi parfaitement tournées, lui a dicté la marche à suivre : « Mais s'il est homme d'honneur, Castellan est aussi homme de tact. Et vous savez mieux que personne, monsieur le gouverneur, qu'un bel avancement, surtout quand on le double d'une jolie récompense, sait effacer tous les serments. »

*
* *

À présent Keraudic souriait ; et il jubilait d'autant plus qu'il était aussi parvenu à connaître tous les dessous des trafics de Desforges-Boucher. Les bruits qu'il venait de recueillir confirmaient point par point ce qu'il avait chuchoté à Castellan avant le naufrage. Si le gouverneur, au moment du départ de *L'Utile*, avait strictement interdit la traite des Noirs, c'était bel et bien qu'il avait lui-même passé, deux mois plus tôt, une commande secrète d'esclaves à un Portugais de ses amis. Mieux encore, au mois de juin, quand Lafargue quittait l'île de France pour Foulpointe, le Portugais, à bord de son *Jésus Marie Joseph*, avait déjà sur lui deux bons mois d'avance. Longtemps qu'au Mozambique, il avait rempli sa cale d'esclaves ; et il filait si vite que le 6 juillet, quand Lafargue commençait tout juste à négocier sa propre cargaison, l'autre accostait de nuit, comme prévu, dans une crique isolée de l'île de France et y débarquait deux cent dix Noirs.

Les planteurs, disait Keraudic, les marchands du bazar, les officiers de la Compagnie, tout le monde était au courant ; et chacun savait aussi comment Desforges-Boucher les avait payés : partie en piastres d'argent et le reste en porcelaines, soieries, cotonnades et sacs d'épices habilement subtilisés dans les magasins de la Compagnie. Le bénéfice du gouverneur, déjà énorme, s'en était encore trouvé grossi ; et le 30 juillet, au moment précis où, à des centaines de milles nautiques de là, l'équipage de *L'Utile* commençait à se prendre de bec avec Lafargue à propos des cartes, cela faisait quinze jours que les Noirs de Desforges-Boucher avaient trouvé preneur et commençaient à suer sang et eau dans les champs de canne et les plantations de café.

À la fin de son petit rapport, l'écrivain s'est assombri et Herga a pensé qu'il allait lui aussi fondre en larmes. Mais Keraudic était rompu depuis des lustres à opposer un rempart hargneux aux vagues de l'émotion, il s'est simplement renfrogné ; et au bout de quelques instants, à mi-voix, il s'est mis à marmonner des mots très déroutants chez un homme qui, dans les jours qui avaient suivi le naufrage, s'était si souvent vanté d'être sorti des déferlantes en assommant un esclave qui voulait s'accrocher à sa planche :

« Les Noirs, les yeux qu'ils avaient, quand on est partis… Et ce silence, ce silence… Et puis, quand ils travaillaient avec nous à la prame… Les Noirs… Je n'en finirai jamais… Je n'arriverai jamais à me les sortir de la tête… »

38

Le rendez-vous de Castellan et de Desforges-Boucher a été très bref. Le gouverneur, d'entrée de jeu, lui a déclaré qu'il savait tout de son odyssée et qu'il pouvait se dispenser de la lui relater. Puis, après de laconiques félicitations pour le sauvetage de son équipage, il lui a annoncé qu'il allait écrire à la Compagnie pour qu'on lui attribue récompense et avancement.

Castellan en a tout aussi froidement pris acte et, au moment où Desforges-Boucher allait lui signifier que l'entretien était clos, il lui a annoncé à son tour qu'il avait une requête à lui présenter.

L'autre s'est immédiatement glacé. Saisi d'effroi, cette fois, plutôt que de colère – ses yeux roulaient de gauche et de droite, comme si un ennemi invisible, caché derrière un de ses paravents chinois ou un palmier en pot, s'apprêtait à lui bondir dessus. Pour autant, imperturbable, Castellan a poursuivi ; il lui a réclamé un bateau pour retourner sur l'île. « Pas grand-chose, un simple brigantin, voire une bonne goélette. Quant à l'équipage, j'en fais mon affaire, la vingtaine d'hommes qui m'ont aidé à construire ma prame sont résolus à me suivre là-bas… »

Il se sentait près du but : il ne lui restait plus qu'à évoquer son serment. Sacro-sainte, la parole d'un capitaine devant Dieu et devant les hommes ; Desforges-Boucher avait navigué lui aussi, il ne pouvait pas l'ignorer. Dès qu'il en aurait parlé, le gouverneur serait contraint de céder. Mais malheureusement, à l'instant exact où Castellan en arrivait là, Desforges-Boucher a repris la parole.

Il n'a pas crié, cette fois, pas vitupéré ni tempêté, il s'est tout bonnement contenté de superposer ses phrases aux siennes, comme la seconde ligne d'une partition ; et tel précisément un morceau de musique, Desforges-Boucher connaissait son texte par cœur, pas difficile, d'ailleurs : c'était la fin du brouillon de lettre qu'il se proposait d'adresser, en France, aux directeurs de la Compagnie.

« Le sieur Lafargue a eu le bon goût de mourir entre ici et Foulpointe et il a fort bien fait. Car c'est uniquement à son entêtement et à sa mauvaise conduite que l'on doit attribuer la perte de son vaisseau. Quant à celui qui a sauvé l'équipage, il mérite d'être honoré comme il se doit en pareil cas. »

Si parfaitement cuirassé, Desforges-Boucher, si bien caparaçonné par ses formules toutes faites et les automatismes du pouvoir qu'il a réussi à se lever, à traverser la pièce et en gagner la porte avant que Castellan n'en soit arrivé à prononcer les mots « parole » et « serment ». Avec un tel soulagement, quand il en a poussé les battants, qu'au lieu de mettre son visiteur dehors, c'est lui, le gouverneur, qui s'est enfui de son bureau.

*
* *

Castellan n'a pas changé de cap. Dès qu'il a retrouvé Keraudic et Herga, il leur a proclamé, plus crâne que jamais, qu'il ne rentrerait pas en France avant de s'être acquitté de son serment.

Keraudic lui a opposé une petite moue dubitative. Castellan a accusé le coup. Puis il l'a apostrophé : « Quoi encore ? »

Keraudic, bien entendu, n'attendait que sa question – l'écrivain avait maintenant l'expression jubilatoire qui le rendait si rayonnant chaque fois qu'il était en avance d'une rumeur ; et il était si heureux, d'avoir pris une fois de plus son premier lieutenant à son hameçon qu'il a marqué un petit silence, avant de lui lâcher sa bombe. C'était, de fait, une révélation de taille : « C'est qu'il existe un autre Antoine Desforges-Boucher, monsieur le premier lieutenant. Son demi-frère, un homme qui lui ressemble comme deux gouttes d'eau. À la couleur de peau près. Pour le plus grand malheur du gouverneur, l'autre Antoine Desforges-Boucher l'a très sombre. C'est un mulâtre. »

Puis, sans laisser Castellan et Herga reprendre leurs esprits – ils en avaient la respiration coupée –, il leur a dévidé son histoire d'un seul trait.

— Cet enfant, bien entendu, Desforges-Boucher le père ne l'avait pas reconnu. Des années qu'il pestait contre la fornication avec les négresses et voilà qu'il se retrouvait avec un petit mulâtre sur le râble. Il en a renoncé, en une demi-journée, à ses rêves de fortune à Bourbon. Il a sauté dans le premier bateau et filé en Bretagne, son pays natal…

» Mais sa maîtresse était née libre et elle avait de la ressource, elle lui a mitonné une vengeance comme on sait en cuire ici et dont le poison fait son effet des années plus tard. Le jour du baptême de l'enfant, elle n'a pas seulement demandé au prêtre de l'enregistrer sous le même prénom que son père. Elle l'a aussi fait inscrire sous le même nom. Le petit mulâtre s'est donc appelé, comme lui, Antoine Desforges-Boucher.

» Dans sa lointaine Bretagne, pendant une petite dizaine d'années, l'autre n'en a rien su. Il ne pensait jamais revenir à Bourbon. Il s'était établi dans l'île de Groix, chez les rivaux des Lesquelen et des Lafargue, les Gouzrong, où, vous savez bien, il s'était amouraché de leur fille et l'avait épousée. Et quand il a eu un fils, tout naturellement, il l'a prénommé Antoine.

» La fille Gouzrong, malheureusement, est morte peu de temps après ; sitôt libéré du fardeau de l'amour, Desforges-Boucher le père a été repris de ses grands rêves de fortune et à Lorient, il a eu tôt fait de repérer la nièce d'un directeur de la Compagnie qui prétendait faire et défaire les gouverneurs des colonies. La fille était aussi laide que sa dot était grosse. Ça ne l'a pas empêché de se remarier. Puis, croyant le scandale du mulâtre oublié, il a fait voile vers Bourbon avec sa petite famille.

» Mais la première nouvelle qu'il a apprise, au débarqué du bateau, c'est que l'enfant mulâtre était encore de ce monde, qu'il avait grandi, et qu'on en parlait plus que jamais, vu qu'il s'appelait, comme lui, Antoine Desforges-Boucher. Avec son fils légitime, ils seraient donc désormais trois, sur l'île, à porter le même nom.

» Seulement plus moyen de retourner en Bretagne : il avait promis à son beau-père de remettre de l'ordre à Bourbon. Pendant des années, par conséquent, tout en harcelant les forbans, se bâtissant une plantation et un château, défrichant les forêts, traçant des routes, bâtissant des magasins et tirant la langue d'un bout à l'autre de l'an pour obtenir ce poste de gouverneur que son beau-père lui promettait toujours mais qui ne venait jamais, le malheureux a bataillé pour que son bâtard change de nom. De plus en plus convaincu, avec le temps, que c'était à cause de lui que sa carrière n'avançait pas. L'argent, la ruse, la menace, le grattage des registres, il a tout essayé. Mais rien n'y a fait et il est mort de frustration et d'épuisement à quarante-cinq ans.

» Son fils légitime, celui qu'on appelait Desforges-Boucher Le Blanc pour le distinguer de l'autre, est alors retourné vivre en Bretagne avec sa belle-mère. Il avait hérité des terres et du château de son père mais ils étaient abandonnés aux mains de quelques régisseurs et on disait qu'il allait les vendre. Il guerroyait aux Indes, prétendait-on, il avait gardé un si mauvais souvenir du combat perdu par son père qu'il ne voulait plus remettre les pieds à Bourbon.

» Et puis, un beau matin, lui aussi, il a redébarqué. Mais beaucoup plus rusé que son père, Desforges-Boucher Le Blanc. Et beaucoup plus teigneux. En un rien de temps, il a réussi à devenir gouverneur ; et comme l'ex-maîtresse de son père était morte, il s'est dit qu'il n'allait faire qu'une bouchée de Desforges-Boucher Le Noir.

» Seulement l'autre était dix fois plus roué que lui. Il a feint d'accepter de changer de nom, à condition que l'autre lui lâche un gros sac de piastres ; et dès qu'il l'a eu entre les mains, il s'est acheté exactement le même costume que son demi-frère blanc : perruque poudrée, vestes à galons, souliers à boucles, bas de soie, culotte de velours frappé. Puis il est allé parader partout, dans les églises, les tavernes, les bordels, les magasins de la Compagnie.

» Et il continue. Il paraît qu'il est extraordinaire à voir, que c'est la copie conforme du gouverneur. Couleur cacao, au lieu de lie-de-vin, comme son demi-frère...

» Mais pas moyen de le faire liquider : Desforges-Boucher Le Noir a fait courir le bruit que s'il mourait, son double blanc rendrait l'âme le soir même. Et comme l'autre croit dur comme fer aux envoûtements des sorciers...

» C'est de ce temps-là, paraît-il, où il s'est fait rouler par son demi-frère, que le gouverneur passe sa rage sur ses esclaves. Le nombre de cachots qu'il y a sur ses terres, à ce qu'il paraît, et le nombre de Noirs aux jarrets coupés... Plus ceux qui se pendent, se jettent dans les puits, s'enfuient dans les montagnes ou sautent dans des pirogues pour prendre le large...

» Alors pour lui, les soixante Noirs qu'on a laissés dans l'île... D'autant que d'ici à deux mois...

— Je sais, a coupé Castellan. La saison des ouragans.

39

Dès leur rencontre avec Aiguille, sur la plage de Foulpointe, Herga avait mesuré la curiosité fascinée que suscitait l'odyssée des rescapés de *L'Utile*. Comme tous les naufragés, dix fois, on lui en a réclamé le récit ; mais au fil des jours, chez ceux qui l'écoutaient puis qui, pareils à Aiguille, l'abrutissaient de questions, il a fini par remarquer des moues sceptiques. Nombre de naufragés, il est vrai, continuaient d'être agités d'hallucinations ; et quand ils se mettaient à raconter leur équipée dans les tavernes où ils allaient s'abrutir d'alcool, ils enchevêtraient souvent leurs souvenirs et leurs visions. D'où la contagion du scepticisme ; et les airs narquois, voire les quolibets qu'on leur lançait.

Leurs rangs, par ailleurs, commençaient à se clairsemer. Les fièvres avaient déjà emporté une bonne vingtaine de marins ; quant aux hommes restés valides, ils se cherchaient des embarquements. Avant qu'ils ne soient définitivement dispersés, Herga eut donc la présence d'esprit de leur faire signer un certificat où ils résumaient leur aventure, en attestaient la parfaite authenticité et soulignaient tout ce qu'ils devaient à Castellan.

Herga ne sollicita pas l'état-major, son adhésion allait de soi. Mais, fait très exceptionnel dans les annales de la Marine, vingt-huit marins acceptèrent de témoigner en faveur de Castellan. Les deux assistants d'Herga, Vital Sarran et Amant Mandemant, furent des premiers à parapher le texte. Sans surprise non plus, Taillefer, Lafourcade et Nicolas Ripert, le maître d'hôtel, se firent une fierté d'y apposer leur griffe, comme Jean-Louis Catalot, le commis aux vivres qui avait été le premier des officiers à mettre le pied sur l'île. De façon plus étonnante, des novices et des matelots signèrent le parchemin – sans doute étaient-ils de ceux qui avaient accepté de travailler à la prame. Mais bien plus surprenant, Lange Steppon et le beau Saint-André furent de la partie – c'était à Castellan, il est vrai, qu'ils devaient de pouvoir continuer à roucouler en toute tranquillité.

Le texte rédigé par Herga ne se bornait pas à attester de la conduite exemplaire de Castellan. Il avait les accents d'un plaidoyer. En plus de son courage et de son optimisme constant, il soulignait son talent d'architecte naval, son ardeur à la tâche, sa prodigieuse ingéniosité – plus que tout le reste, ce qui l'avait frappé, c'est que d'un simple coffre et d'une pièce de cuir, il ait pu sortir une forge ; et comme il avait déjà l'idée d'écrire un récit du naufrage, il avait abrégé la relation de ses exploits et hâtivement conclu : « *Si nous tracions ce qu'il a fait jour après jour, le détail serait trop long. Nous disons avec vérité qu'après Dieu, nous devons la sortie de cette isle à lui seul...* » Puis, conscient des mauvais bruits qui commençaient à se répandre dans leur dos, et tout spécialement celui de Castellan, il avait hasardé une phrase sur la façon dont le premier lieutenant s'était vu obligé d'abandonner les esclaves.

Une mention furtive, une précision qu'il n'avait nullement besoin de donner. Et, pour qui savait lire entre les lignes, un début d'accusation. Elle ne suffira pas, malheureusement. Pour tenter de faire éclater la vérité, il faudra encore qu'Herga publie ce texte, que Castellan, bien plus tard, y ajoute une phrase accusatoire, la fameuse mention manuscrite où l'on reconnaît si clairement sa graphie, puis le glisse ou le fasse glisser, au ministère de la Marine, à l'intérieur du dossier Lafargue. Néanmoins, sur l'affaire des voiles comme pour le reste, l'insinuation est des plus claires : « *À peine fûmes-nous sortis de la susdite île qu'il forma le projet de venir chercher les Noirs que nous y laissions pourvu qu'à Foulpointe il eût pu trouver un rechange de voiles ; ce qu'il n'a pu exécuter par ce défaut.* » Qui pouvait imaginer en effet qu'à Foulpointe, escale classique des vaisseaux français, il était absolument impossible de trouver des voiles de rechange pour une misérable prame de quinze mètres de long ? Même s'il n'était pas fait la moindre allusion au serment de Castellan, Herga était convaincu qu'à la lecture de cette phrase, toute personne au fait des basses intrigues qui se déroulaient dans les Mascareignes saisirait les vraies raisons de l'abandon des Noirs ; et soupçonnerait le drame que commençait à vivre son premier lieutenant.

*
* *

Le jour où il lui a présenté l'attestation, il s'est rendu chez Castellan en compagnie de tous les signataires. Mais à sa grande surprise, dès qu'il l'a lue, son ami s'est cabré : « Ma gloire se passe de certificats ! »

Comme sur la plage, dans l'île, Herga l'a alors pris à part. Il ne l'a pas abruti d'arguments ; il lui a simplement rappelé les sarcasmes et les petits sourires narquois que rencontraient maintenant les rescapés quand ils évoquaient le naufrage. Castellan les avait lui-même remarqués. Il a cédé.

Quand il est retourné voir ses hommes, il était bouleversé. Oublieux de la hiérarchie – et posant par là même les fondations de l'éphémère petite société secrète qui, à leur retour en France, allait les réunir pendant un temps –, il les a nommés ses *compagnons*. L'île avait fait d'eux des frères, leur a-t-il déclaré, et ce parchemin, bien plus qu'un certificat, en était la trace éternelle, le sceau, à jamais.

Mais par pudeur – et sans doute une forme d'orgueil de naissance – il a tu l'essentiel : c'était un service inouï que ces vingt-huit marins venaient de lui rendre. Grâce à eux, on serait forcé de le croire, on ne pourrait pas le traiter d'imposteur. Ou, pis encore, le faire passer pour un mythomane, un fou.

C'est que lui aussi, on n'arrêtait pas de l'aborder. Et plutôt deux fois qu'une, puisque les autres naufragés claironnaient partout qu'il était un héros ; et que c'était à lui, et à lui seul, qu'ils devaient d'être en vie.

Très vite, il s'est entouré de précautions. Il a ainsi pris le pli, avant de répondre, de préciser qu'il n'avait pas vécu une redite de *Robinson Crusoé*, mais un cauchemar effroyable, dont il n'était toujours pas remis. Mais personne ne l'écoutait ; et quand il arrivait à la fin de son histoire, on lui posait toujours la même question – spontanée, la plupart du temps, naïve, mais désastreusement identique chez les jeunes, les vieux, les hommes, les femmes, les officiers ou les mousses qui l'interpellaient : « Et les esclaves, alors, qu'est-ce qu'ils sont devenus ? » « Je n'ai pas trouvé de voiles à Foulpointe », répliquait piteusement Castellan. Et il voyait bien, alors, que personne ne le croyait.

Enfin il y avait tous ces petits roués que son affaire jetait dans une bizarre excitation. Dès qu'ils le croisaient, ils le tiraient par la manche et lui chuchotaient avec l'air d'éventer un secret malodorant : « Qu'est-ce donc que cette histoire qui vous est arrivée et dont tout le monde parle ? Qu'est-ce qui s'est passé au juste, dans l'île, tout là-bas ? »

À ces curieux de tout poil, il n'arrivait jamais à rendre compte de l'univers de l'île. Rien à voir avec le monde de Robinson, s'échinait-il à répéter, pas de forêts, pas de montagnes à explorer, pas de sources jaillissantes, pas de cavernes, nul palmier ni même le premier début de cocotier ; rien que des arbustes, pas un brin d'herbe. Et en dehors des oiseaux, pas un seul animal à pourchasser.

« Au-dessus de vous, s'était-il plusieurs fois enflammé, rien que la course du soleil, toute la sainte journée, la seule balise à quoi vous repérer. Car sur l'île, pas un tertre, pas un creux, rien que du plat. Et la nuit, le seul dessin des étoiles. »

Les badauds, ça ne leur avait pas plu. À plusieurs reprises, cependant, il a encore essayé. Et tenté de leur faire comprendre que le ciel, là-bas, n'était pas le même que lorsqu'on a une vraie terre sous les pieds. Il leur a dit que sur l'île, on se sentait comme à Lilliput, toujours plus haut que tout, les veloutiers, les petites falaises de sable ; et même plus grand que les murs de galets de la pointe sud. Ç'a été comme les autres fois, ils ont fait la moue. Ils voulaient l'île de Robinson, rien d'autre.

Mais lui, Castellan, avait tellement fini par s'y attacher, à son île, et il était si épris de vérité qu'il s'est entêté à leur servir son âpre petite météorite, si pauvre que les mots pour en parler, comme la vie là-bas, étaient d'une simplicité et d'un dénuement extrêmes. Ils se résumaient à quoi ? Quinze-vingt termes à tout casser : ciel, mer, sable, soleil, étoile, lune, horizon, pluie, vent, vagues, puits, épave, veloutier, plumes, oiseaux, tortues, œufs, coquillages, bernard-l'hermite, galets, poissons. Et même quand il allait plus loin dans la description et disait « bambou échoué » ou « langue de sable mouvant », c'était trop peu pour faire rêver ses auditoires. Et pas assez non plus pour les convaincre qu'il disait vrai. Car il le voyait bien à leurs petites grimaces, les gens commençaient à se dire : « Qu'est-ce qu'il nous chante ? Où donc est-il allé chercher tout ça ? »

Voilà pourquoi Herga n'a eu aucune peine à convaincre Castellan de publier un texte qui fixerait une bonne fois pour toutes le récit du naufrage. Du même élan, ils voulurent qu'il soit anonyme ; et estimèrent qu'il fallait faire très vite.

Herga a donc décidé d'appareiller sur le premier navire en partance pour la France, tandis que Castellan resterait dans les Mascareignes où, tout en servant à bord du *Silhouette*, et entre deux navettes entre Madagascar pour assurer le ravitaillement de la colonie, il continuerait à réclamer un bateau pour aller chercher les esclaves. Puis ils ont rédigé ensemble une esquisse de leur texte, se sont mis d'accord sur ce qu'il faudrait taire, ou au contraire souligner, et Herga a proposé à Castellan d'assortir ce texte d'un double du certificat signé par ses marins, ainsi que d'une courte notice où il résumerait son parcours et celui de ses ancêtres.

Cette fois-ci, Castellan a accepté sans la moindre difficulté. Au moment de faire ses adieux à Herga, il lui a soufflé : « Si je perds ici la partie, que je la gagne au moins en France. Mon avenir est entre vos mains. »

Il n'a pas dit un mot des Noirs. Il s'est borné à donner un petit coup de menton du côté du nord-ouest – la direction de l'île. Avec l'air de ne plus distinguer son propre sort de leur destin.

*
* *

La saison des ouragans a été éprouvante. Replié à l'île de France en compagnie de Keraudic et Bory, qui n'avaient pas voulu non plus rejoindre la France, Castellan a dû subir à nouveau le harcèlement des curieux. Mais maintenant, dès qu'on s'approchait de lui, il pressait le pas. Il avait appris à se composer une face de pierre, à tourner le dos au premier importun. Peu à peu, cependant, il s'est pris à son jeu, il s'est fermé. Il ne redevenait lui-même qu'au moment où il se retrouvait dans un bureau de la

Compagnie, à réclamer une fois de plus un bateau pour retourner dans l'île. Et comme on continuait de le lui refuser, il s'est barricadé dans sa honte – il ne se supportait plus de passer pour un homme qui avait trahi son serment.

Les cyclones se succédaient. Ce ne furent, cette année-là, que de très violentes tempêtes. Il a cru cependant revivre les tourmentes qu'il avait connues sur l'île. À chaque rafale qui secouait les murs de sa caserne, à chaque vague qui allait s'écraser contre le brise-lames, au bout du port, il n'imaginait que trop bien le déchaînement des déferlantes sur le bloc de corail ou ce qu'il en restait, les tourbillons de sable, les trombes d'eau, la furie des vents. Et, se souvenant aussi de l'amas d'épaves enchevêtrées qu'on avait découvertes au milieu du petit désert de pierres, il a pensé toucher le fond du désespoir.

Mais dans la colonie, il était loin d'être le seul à se demander comment les esclaves pouvaient survivre aux ouragans, Desforges-Boucher y songeait lui aussi ; et dès que les vents se sont calmés, vers la fin mars, et que la navigation a repris, il s'est fendu d'une déclaration où il a hautement affirmé que l'île ayant été à coup sûr submergée par les vagues, tout indiquait que les Noirs étaient morts.

Castellan lui a alors fait savoir qu'en tout état de cause, il voulait en avoir le cœur net. Tant d'acharnement faisait de lui un gêneur ; lors d'un rendez-vous avec ses conseillers – le gouverneur désormais l'évitait – on a trouvé la parade : on lui a objecté que, le conflit avec les Anglais devenant de plus en plus rude, la colonie ne pouvait souffrir la perte d'un seul navire. Et on a brisé là, sur la formule de mise lorsqu'on voulait éviter les questions embarrassantes : « Nous en reparlerons lorsque la guerre sera finie. »

Quelques colons se sont indignés. Guère nombreux. Desforges-Boucher, toutefois, est resté sur ses gardes : deux éminents savants, pendant les mois précédents, avaient croisé dans les parages, et ils étaient au courant de l'affaire de *L'Utile*.

Ils se détestaient, ils naviguaient sur des bateaux séparés, c'étaient des astronomes bardés de télescopes et d'instruments de mesure extrêmement compliqués – ils étaient venus dans la région pour observer le transit de Vénus.

Leurs expériences s'étaient déroulées quelques semaines avant le naufrage de *L'Utile* et, faute de beau temps, s'étaient soldées pour l'un comme pour l'autre par un bilan catastrophique. La région, toutefois, leur avait également plu ; et quand ils n'avaient pas employé leurs heures à se couvrir mutuellement de calomnies, ils avaient voyagé entre Bourbon, l'île de France, Rodrigues et Madagascar, toujours embarqués sur des vaisseaux séparés, en abrutissant tout le monde de leurs questions.

Ils étaient curieux de tout, des ressources des îles, des mouvements des navires, pas seulement des étoiles ; et tout les passionnait, les terres nouvellement découvertes, les bonnes et les mauvaises fortunes des marins, les maladies qui affectaient les colons, les intrigues d'escale, les querelles d'officiers. Le gouverneur le savait, l'affaire des esclaves abandonnés les avait beaucoup intrigués, et ils s'étaient amusés à faire un petit bout d'enquête. Pingré, le premier des deux astronomes, s'était fort heureusement lassé des Mascareignes et venait d'appareiller pour Saint-Domingue. Mais l'autre, un certain Le Gentil, fou de géographie autant que de nébuleuses et de planètes – il avait d'ailleurs découvert quelques astéroïdes –, avait décidé de s'éterniser huit ans de plus dans les parages pour y attendre patiemment le nouveau transit de Vénus.

Le gouverneur, bien entendu, comme à Pingré, s'était empressé de lui donner sa version des faits – un capitaine forban, un premier lieutenant héroïque mais qui n'avait pu sauver les Noirs faute de voiles ; et tout comme son rival, il l'avait royalement reçu, choyé, flatté, protégé. Au passage, il avait malheureusement appris que ce Le Gentil s'apprêtait à relater – toujours comme Pingré – ses pérégrinations dans la mer des Indes ; et à publier un livre à son retour. La nouvelle lui avait ôté le sommeil. Avec des astronomes, la plupart du temps, on peut dormir sur ses deux oreilles. Mais comment se fier à des écrivains ?

*
* *

Dès le début de l'été suivant, quelques venimeuses rumeurs ont donc commencé à courir dans le dos de Castellan. Incohérentes, mais extrêmement tenaces, régulièrement alimentées par le silencieux malaise qui s'emparait de chacun lorsque le nom de l'île des Sables, au bazar, sous une varangue ou au bout d'un quai, avec son halo d'horreur et de mystère, revenait sur le tapis. Comme chez les naufragés quand ils avaient compris que la prame serait trop petite pour embarquer les Noirs, tout le monde alors baissait la voix, puis ressentait le même trouble. Pas moyen d'en parler, mais tout aussi impossible de s'empêcher de penser : « Et les esclaves, au fait… s'ils étaient toujours vivants… ? »

Insoutenable, cette idée. Il fallait s'en débarrasser une bonne fois pour toutes. Le bouc émissaire était tout trouvé : l'homme qui ne voulait plus raconter son histoire, Castellan.

Les Lesquelen, malgré la haine mortelle qu'ils nourrissaient envers Desforges-Boucher, se montrèrent les plus ardents à relayer les bruits que celui-ci avait lancés. Ils avaient perdu une fortune dans le naufrage ; ils furent donc les premiers à répéter que ce Castellan avait bien de la chance que leur cousin Lafargue soit mort, et qu'à la vérité, personne ne savait au juste ce qui s'était passé sur l'île.

Et comme ils restaient très influents, bon nombre de colons et de marins, dans les deux îles, reprirent vite leurs rabâchages : ce Castellan, en fait de héros, rien qu'un nobliau sans le sou. Ne tient pas debout, son affaire, impossible que Lafargue soit devenu fou au moment précis où son navire a talonné. Il s'est sûrement passé autre chose, Castellan a dû l'assommer ou lui tirer dessus, on ne saura jamais mais c'est un jeu d'enfant de faire un coup de force quand on est en pleine mer. Et d'ailleurs une mutinerie, sur l'île, il s'en est produit une, quand les naufragés ont manqué d'eau, la preuve : deux rescapés ont failli se faire fusiller. Alors ce bateau qui s'en va s'emplafonner un récif à cause d'une querelle de cartes, qui va croire ça ? Pas plus fin marin que Lafargue ; de sa vie, il n'a pas eu un seul pépin. La vérité, c'est que ce Castellan a fait main basse sur les esclaves de Lafargue *avant* le naufrage. Et ensuite, il les a laissés quelque part en lieu sûr, à Madagascar ou ailleurs. Et il serait déjà parti avec le magot si Aiguille, dans la baie de Foulpointe, n'était pas tombé sur lui. Alors ce culot, maintenant, de réclamer un navire pour récupérer ses Noirs…

*
* *

Le plus pénible, pour Castellan, n'a pas été de connaître le détail de la rumeur, mais d'entendre le silence qui se faisait à son approche dès qu'il se montrait à l'île de France ou à Bourbon, où que ce fût, salon, salle d'armes, cercle d'officiers, magasin de la Compagnie. Ce mutisme subit, il l'a affronté comme le naufrage et le reste, en opposant aux sournois son regard gris qui perçait jusqu'à l'os, d'un poitrail hardi, sans proférer un mot.

Les cancaneurs se rappelaient alors qu'il avait sauvé la vie de cent vingt et une personnes et baissaient les yeux. Mais ce souvenir même, loin de susciter le respect, écartait encore Castellan des autres. Devant lui, ce n'était pas le vide, non, rien qu'une légère distance ; mais il était si peu perceptible, justement, cet écart, si subtil que, beaucoup mieux qu'une attaque frontale, il lui faisait comprendre qu'avec cette histoire d'esclaves dont il se refusait à admettre la mort, il était détenteur d'une vérité insupportable. Et que sa présence, pour cette seule raison, n'était pas souhaitée.

Il restait cependant. Il confiait souvent à Keraudic : « Je veux mon bateau et je l'aurai. » Et il n'a pas dévié de sa ligne, en gardant son dos droit, ses épaules à soutenir toutes les épreuves du monde, et cet air de jeunesse qui avait tellement frappé Aiguille lorsque, à Foulpointe, il l'avait vu surgir de la nuit sous les flancs de son vaisseau. C'est de l'intérieur qu'il a vieilli ; et il fallait avoir, comme Keraudic, l'œil affûté par des années d'observation pour deviner qu'il était secrètement brisé.

Mais il tenait toujours. Plus taciturne, plus isolé au fil des mois. Lors des escales, Keraudic l'a souvent vu partir en solitaire au long des plages et des quais ; il les arpentait le dos voûté, tout soudain. Et le regard brouillé, comme s'il cherchait à sonder, en même temps que la ligne d'horizon, toute cette mer de rumeurs, mensonges, non-dits et interdits qui s'attachait désormais à l'histoire de l'île. Secret de famille aussi vaste que l'Océan qui lui faisait face. Et que nul ne voulait aller fendre, de peur de se retrouver à affronter ses déferlantes de mauvaise conscience, la nue vérité de la cruauté, de la bêtise, de l'horreur.

40

L'odyssée des naufragés a été clandestinement imprimée à Amsterdam et publiée par André Knapen, l'éditeur le plus prestigieux de Paris. Depuis sa boutique de la place du Pont-Saint-Michel, il exerçait sa haute main sur la chambre royale et syndicale de la librairie parisienne. Tout en feignant de courber l'échine devant le pouvoir, il publiait des libelles relatant des affaires criminelles scabreuses, rêvait d'une nouvelle traduction du Coran, apprenait le métier d'imprimeur à Rétif de la Bretonne et suivait d'un œil passionné les premiers démêlés judiciaires d'un certain Caron qui avait naguère enseigné la harpe avant de s'infiltrer à la cour puis, disait-on, d'assassiner sa femme et de se parer frauduleusement du nom d'une de ses terres, le domaine de Beaumarchais.

Knapen se passionnait aussi pour le commerce lointain. Entre ses titres tous plus hétéroclites, traités de théologie, pamphlets, romans sentimentaux, arrêtés du Parlement, il imprimait et diffusait un quotidien, *Le Négociant*, à destination de tous les bons bourgeois qui, comme lui, avaient acheté des actions de la Compagnie des Indes. On y trouvait les cours de la monnaie française dans les grands ports d'Europe, le prix, jour après jour, auquel se négociait la livre d'indigo sur les quais de Nantes, celui du poivre, du thé, de la muscade, de la cannelle, du coton indien, du café de Moka, le coût du fret et des assurances maritimes selon la destination des navires, Bilbao, Cadix ou Saint-Domingue – toujours au départ de Nantes, la cité bretonne semblait lui tenir à cœur. Enfin, *Le Négociant* annonçait toutes les prises corsaires, avec les conditions de vente et l'inventaire des cargaisons.

Mais surtout, talent personnel et tradition familiale – il appartenait à une très ancienne dynastie de libraires –, André Knapen maîtrisait à la perfection l'art de déjouer la censure. Grâce à de vieux cousins, il faisait facilement imprimer en Hollande les plus sulfureux de ses ouvrages, tout en continuant d'éditer à Paris la paperasse officielle et en restant au mieux avec les puissants de Versailles et ceux du Parlement. Mieux encore, ses escadrons de colporteurs les diffusaient dans toute la France avec une efficacité inégalée. Très loin dans les provinces, on trouvait donc de ces insolents petits libelles de six ou huit pages qu'il publiait régulièrement – il n'éprouvait aucun scrupule à les faire voyager dans les sacoches des marchands ambulants, à côté de toutes sortes de bimbeloteries, quincailleries ou merceries. Enfin, quand il pressentait qu'une province réclamerait des rééditions rapides, Knapen n'hésitait pas à les déléguer à un correspondant qui vivait sur place. Pour la *Relation des principales circonstances qui ont accompagné et suivi le naufrage de la frégate* L'Utile qu'Herga, sans doute aidé d'un de ses plumitifs attitrés, rédigea à son retour de l'océan Indien, il choisit l'un des meilleurs éditeurs de Bordeaux, Jean Chappuis. Ainsi, quand enfin, après les négriers de la ville, puis les gens de Bayonne, où *L'Utile* avait été construit et armé, les Béarnais qui avaient des parents dans l'équipage réclamèrent à cor et à cri son petit livret, ils furent aussitôt servis.

*
* *

On ignore comment Herga entra en rapport avec Knapen. Par un de ces marchands de Nantes, peut-être, qui le renseignaient quotidiennement sur les navires en partance et tous ces cours de l'indigo, du cacao et du café qui passionnaient tellement l'éditeur.

Qui fit le premier pas vers l'autre ? On n'en sait rien non plus, aucun indice ne permet de déterminer si Célestin Monier, le second lieutenant de *L'Utile*, qui était nantais, fit office d'intermédiaire ou si c'est l'intérêt de Knapen pour le commerce et les récits de voyage – il publiera plus tard les *Mémoires* de Kerguelen et ceux d'un officier de Cook – qui le mit sur la piste d'Herga. Quoi qu'il en soit, dès que s'étaient répandus dans les ports français les premiers bruits du naufrage et de la phénoménale survie des rescapés, ils avaient fait sensation ; et un homme tel que Knapen, fasciné par les aventures maritimes, ne pouvait manquer d'être intéressé par la publication d'une histoire pareille. Comme les habitants de Bourbon et de l'île de France, il y vit une version française de *Robinson Crusoé*. Mais lui, il pressentit qu'elle serait émaillée d'une foule de détails impossibles à inventer. Il tenait là un texte bien plus palpitant qu'une simple relation de voyage : un roman vrai.

Et comme Castellan, de son côté, par l'entremise d'Herga, était en quête d'un porte-voix, l'affaire fut très rapidement réglée. Dès les premières semaines de 1763, par conséquent au moment où, dans l'océan Indien, venait de s'ouvrir une nouvelle saison d'ouragans, les colporteurs de Knapen commencèrent à diffuser partout en France l'anonyme petit livret de huit pages qui relatait l'équipée des survivants de *L'Utile*, depuis le moment où le navire avait talonné jusqu'à la mort de Lafargue en vue de Bourbon.

La brochure avait été rédigée de façon à être lue de deux façons. La première, comme un simple roman d'aventures : Knapen avait veillé à ce qu'à chaque épisode crucial, le récit d'Herga soit assaisonné à la sauce mélodramatique dont les lecteurs étaient friands. Ses premières lignes donnaient le ton : « *L'Histoire, ni le Roman, n'offrent pas d'événement plus capable d'intéresser des Concitoyens et des hommes.* » Mais quelques phrases plus bas, après les salamalecs d'usage – « *Le récit en est dû à une nation qui sait penser et sentir, et surtout à un gouvernement attentif à procurer, par l'émulation, des sujets fidèles au Souverain et à l'État, pour le service de la Marine* » –, une petite digression laissait entendre que l'affaire était loin d'être claire et qu'on serait mal avisé de contester l'authenticité des faits relatés dans le libelle : « *Voici ce que portent de plus intéressant les pièces justificatives des faits qu'on a sous les yeux, et qui sont en état d'être mis sous ceux du Ministre…* » Bref, on avait du grain à moudre.

Mais ce grain, ce n'était pas la querelle des cartes – il n'en était nullement question ; et grâce à de minuscules indices distillés ici et là, tous ceux qui, en France, avaient partie liée avec le commerce lointain, et notamment la traite des esclaves, distinguèrent assez vite où l'auteur anonyme du récit voulait les amener : ce naufrage, rien qu'une histoire d'esclaves de fraude ; et voilà ce qui arrive quand on pousse trop loin les guéguerres entre négriers.

Enfin, comme Herga l'avait promis à Castellan, la brochure fut assortie de la note biographique qu'il lui avait demandée avant leurs adieux, ainsi que d'une copie du certificat signé par ses hommes. Pour suggérer les avanies que Desforges-Boucher lui avait fait subir, et sa douleur de n'avoir pu aller rechercher les Noirs, il tint aussi à préciser que cette attestation, outre la gloire de Castellan, était « *sa consolation* ».

*
* *

Juste avant de mettre le texte sous presse, Knapen a appris qu'enfin, Desforges-Boucher avait consenti à armer un navire pour aller chercher les esclaves. Le texte était déjà composé, il était impossible d'y rajouter une ligne. Il ne vit qu'une seule solution : à la page sept, en marge des phrases qui évoquaient l'abandon des Noirs, ajouter à la hâte un petit renvoi :

***On a envoyé
un bâtiment de
l'Iſle de Fran-
ce, pour pren-
dre ces infortu-
nés.**

Mais l'annonce de cette nouvelle, loin de calmer les angoisses d'Herga, les a réveillées. Les mêmes questions, à longueur de nuit, sont venues l'assaillir, il n'en a plus dormi. Cette information était-elle un bruit de plus, ou Castellan avait-il eu enfin raison de la cruauté du gouverneur ? Quel était ce bâtiment, et qui le commandait ? Son ami ? Mais alors, comment allait-il s'y prendre pour retrouver la route de l'île ? Et dans l'éventualité où il réussirait à retomber sur elle, allait-il seulement réussir à aborder ? Enfin qu'allait-il advenir des esclaves – à supposer qu'il en reste encore, après deux saisons d'ouragans ?

Il a questionné Knapen. L'éditeur n'en savait pas plus.

Le sort des Noirs, à la vérité, était le cadet de ses soucis – quelques années plus tard, du reste, il n'hésiterait pas à publier, à côté des *Mémoires* de Beaumarchais, de fervents plaidoyers en faveur de l'esclavage. Et dans l'immédiat, il n'avait qu'une idée en tête : tirer de son libelle le maximum d'argent. Il était optimiste : voyage lointain, aventure et scandale, tout était réuni pour un succès. Il a éludé les interrogations d'Herga, s'en est retourné à ses moutons et l'a laissé seul avec ses angoisses. La plus secrète n'était pas la moins douloureuse : quand allait-il revoir Castellan ?

*
* *

Nul navire n'avait été envoyé dans l'île. On l'avait promis, oui ; un jour où Castellan s'était fait particulièrement crampon. Mais, comme pour sa récompense et sa promotion, il n'avait rien vu venir. Il avait donc fini par jeter l'éponge et, le 31 août 1762, bien avant la publication du libelle d'Herga, il avait embarqué à bord de la flûte *Le Chameau* à destination de Lorient.

Bory l'accompagnait. Keraudic, lui, avait trouvé une place sur *L'Éléphant*, dont le capitaine ralliait aussi Lorient et se proposait de naviguer de conserve avec l'autre navire. La guerre avec les Anglais allait sur sa fin, les vents furent favorables, le voyage s'est déroulé sans accroc. Les deux vaisseaux ne se sont jamais perdus de vue ; et c'est ensemble que, au matin du 3 février 1763, ils ont découvert la longue ligne gris-bleu des falaises de Groix, la citadelle de Port-Louis, la rade de Lorient, enfin les quais, les entrepôts et les somptueux hôtels où les directeurs de la Compagnie s'employaient à faire fructifier l'argent de leurs actionnaires. Et parfois, par toutes sortes de trafics interlopes, à le détourner à leur profit.

On ignore comment ils ont reçu Castellan. La guerre, depuis sept ans qu'elle traînait, avait considérablement ralenti leurs affaires. La perte de *L'Utile* avait été un coup dur, ils avaient péniblement récupéré un peu de leur mise en vendant tous les biens de Lafargue. Mais le libelle publié par Knapen n'avait pas manqué son petit effet et il pesa si lourd dans la balance que, quatre mois et demi plus tard, le 18 juin, au siège parisien de la Compagnie, on remit à Castellan un document qui, tout en reprenant, sous forme résumée, sa version du naufrage, lui attribuait enfin sa récompense et sa promotion.

À aucune ligne de ce texte, il n'était fait mention des esclaves. Quant à une expédition pour aller les rechercher, il en était encore moins question.

Ce parchemin était-il le prix de son silence ? L'avait-on convaincu qu'après deux saisons d'ouragans, les Noirs étaient définitivement morts ? Et quand se déroulèrent les réunions d'« anciens de l'île », ces quelques soirées que, clandestinement, ceux qu'il appelait désormais ses « compagnons » passèrent à recouper à perte de vue leurs souvenirs et à échanger notes, croquis, cartes, espoirs et regrets ? Avant, après cette entrevue ? Enfin pourquoi Castellan est-il resté à quai pendant seize mois ? Épuisement ? Accès de mélancolie, dégoût de la mer ? Ou ultime tentative pour tenter de monter une mission de secours ?

Là encore, on ne sait. Après son avancement, il ne reste de lui aucune trace directe, en dehors d'une mention manuscrite sur un exemplaire du libelle qu'une main anonyme alla glisser à l'intérieur du dossier Lafargue au ministère de la Marine. À la suite de la note rajoutée hâtivement en marge de la page sept du petit livret, qui d'autre que lui put écrire :

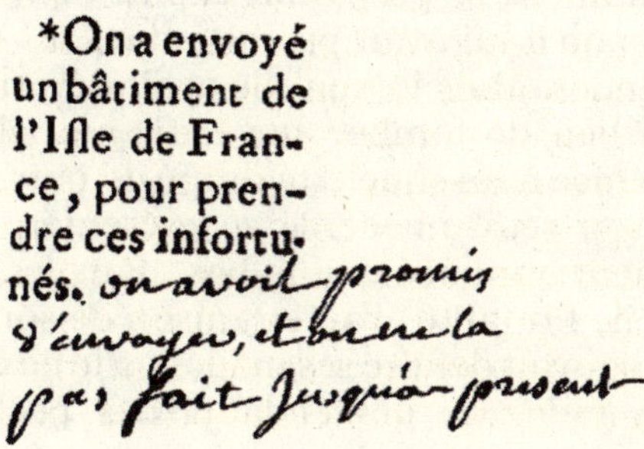
*On a envoyé un bâtiment de l'Isle de France, pour prendre ces infortunés. on avoit promis d'envoyer, et on ne la pas fait jusqu'à present

Ce sont bien, comme sur la carte, les *v*, *p*, les *q*, les *j* de Castellan. Et donc la preuve irréfutable que quelque chose en lui, longtemps, s'est refusé à renoncer.

*
* *

Au débarqué de son navire, Keraudic resta sans voix quand il apprit que dans sa maison sans enfant, la femme de Lafargue avait rendu l'âme un jour exactement avant son mari ; et lorsqu'il interrogea les gens de la rade pour savoir ce qui lui était arrivé, on lui fit partout la même réponse, de Larmor à Locmiquélic, Caudan, Locmalo, Port-Louis et Riantec, où nombre de capitaines et de boscos gardaient un souvenir très vif du capitaine Lafargue : c'était un *intersigne*, un de ces avertissements secrets qui courent les mers pour annoncer aux femmes de marins la mort prochaine de l'être cher. Et comme Jeanne Lafargue était déjà malade, le coup avait été fatal.

Mais comme si souvent en Bretagne, la légende s'était déjà emparée du capitaine Lafargue. Certains jurèrent qu'elle était en parfaite santé. La vérité, assurèrent-ils avec l'air de très bien connaître leur affaire, c'était qu'un soir, un inconnu vêtu de noir était venu frapper chez elle, à Port-Louis, au 4 de la rue des Dames. Elle avait pensé que son mari était rentré. Et cru étouffer de joie, en descendant son escalier, tant elle se préparait, depuis des mois, à la grande vie qu'il lui avait promise dans les îles de la mer des Indes. Mais lorsqu'elle avait déverrouillé sa porte, au lieu de tomber sur Lafargue, elle s'était retrouvée face à un squelette drapé de noir qui, sans franchir son seuil ni même se présenter, lui avait abruptement annoncé que là-bas, dans les mers du Sud, une île flottante avait eu raison de son homme et qu'elle pouvait défaire ses malles : elle ne quitterait jamais la rade, les descendants des pêcheurs de

Groix avaient définitivement écrasé les fils des sardiniers de Port-Louis. Et ça, racontèrent les marins de Lorient, Riantec et Larmor, l'âpre Jeanne Lafargue, aussi pingre, aussi avide que son mari, dans la nuit, ça l'avait tuée.

Puis Keraudic a découvert la petite brochure publiée par Knapen et y a immédiatement reconnu la plume d'Herga. Il en a conçu une jalousie féroce : non seulement il n'avait pas été mis dans le secret, mais en plus, c'était un succès. Dans son coin, alors, et tout en continuant à faire bonne figure, il s'est mis à rédiger, à partir de ses notes, une autre version du naufrage. Un bref manuscrit qu'il a essayé de placer chez un éditeur, en vain. Car en dépit de ses prétentions, il n'avait malheureusement pas la plume du chirurgien. Il n'était parvenu qu'à griffonner un brouillon mal ficelé. Quand il ne recopiait pas servilement son journal de bord, il se mettait glorieusement en scène et réglait ses petits comptes avec certains membres d'équipage – Sanguinet et Steppon, notamment ; et, lorsqu'il alla pousser la porte des éditeurs, il était de toute façon trop tard : grâce à la brochure de Knapen, tout le monde connaissait l'histoire des rescapés de *L'Utile*. Achevé de colère et de frustration, il fit alors recopier son manuscrit par un complice et s'arrangea pour le déposer, ou le faire déposer, à Lorient, dans le bureau d'un fonctionnaire de la Compagnie.

En dépit de ses révélations tantôt perverses, tantôt naïves sur les événements qui s'étaient déroulés sur l'île et l'abandon des Noirs, on ne détruisit pas son petit mémoire. On l'égara, tout bêtement, il alla très vite se perdre sous la poussière des archives. Et Keraudic, pour n'avoir pas mesuré jusqu'où peut aller la négligence des bureaucrates, perdit ainsi sa dernière chance de passer à la postérité.

*
* *

Puis la vie – ou plutôt la survie – reprit son cours. De nouveau, il fallut trouver à nourrir les familles, les enfants, les vieux parents, chacun a dû se chercher des embarquements. Les anciens de l'île se sont dispersés.

Aucun d'entre eux n'a plus fait parler de lui. Herga a disparu on ne sait où, Bory aussi, comme Monier, Catalot, Steppon, Saint-André et les autres. Jusqu'à Castellan qui s'est fait oublier. Le 14 avril 1765, il a fini par se faire embarquer sur le *Comte d'Argenson*. Il s'y est conduit avec sa droiture et son efficacité habituelles : deux ans après, à son retour des Indes, il est promu capitaine.

Sa situation, cependant, reste précaire : quelques mois plus tard, quand survient la désastreuse dissolution de la Compagnie, il se retrouve sans le sou et, pour obtenir une place sur les vaisseaux du Roi, doit présenter une supplique au ministre de la Marine. Dans ce placet, il revient longuement sur l'affaire du naufrage, en soulignant une fois de plus la véracité des faits et en arguant du certificat de son équipage. Preuve flagrante que le venin lancé par Desforges-Boucher continuait de faire son effet.

Ce n'étaient plus, certes, les rumeurs infamantes qui s'étaient attachées à lui du temps qu'il réclamait un bateau pour aller chercher les esclaves. On ne contestait plus qu'il se fût conduit en héros et qu'il appartînt à ces hommes de devoir et d'honneur dont la Marine, à l'ordinaire, fait ses grands capitaines. Mais dès qu'on le voyait passer, on ne manquait jamais de murmurer que, dans la mer des Indes, il avait eu une sale histoire. Façon de signifier que, pour l'avancement, il ne pouvait faire de l'ombre à personne. Et qu'il n'avait pas grand avenir.

Castellan le savait. Et, comme d'habitude, se taisait. Tout juste aurait-il lâché, un jour où il était moins lointain qu'à l'habitude – mais comme c'est Keraudic qui l'a raconté, il s'agit peut-être d'une légende : « Je rêve de périr en mer. Et si l'océan ne veut pas de moi et que je doive mourir vieux et malade, mon seul souhait est de rendre le dernier soupir aux côtés des plus pauvres des marins, à l'hôpital de Lorient. »

De temps à autre, au hasard des embarquements et des quais, il tombait sur un ancien naufragé. L'occasion s'en faisait de plus en plus rare : maladie, accident ou usure de la mer, leurs rangs s'étaient considérablement éclaircis. Pour continuer de sillonner les flots entre Lorient, Pondichéry et Canton, il ne demeurait que l'increvable Keraudic. Mais Castellan, quand d'aventure il le croisait lors d'une escale, n'avait plus le cœur à parler du passé.

Pour le reste, jurait l'écrivain, l'ex-premier lieutenant de *L'Utile* n'avait pas changé. Toujours la même prestance, le même maintien. Le temps avait fait son œuvre, bien sûr, sur lui comme sur les autres. Mais avec grâce : plutôt qu'à un capitaine au bout du rouleau, il ressemblait maintenant à un très vieux jeune homme. Enfin, disait Keraudic, il avait gardé son beau regard limpide et gris.

À la vérité, l'écrivain n'en savait strictement rien. Il était incapable de dire quand il avait vu Castellan pour la dernière fois, il brodait. Et plus généralement, il n'arrêtait plus de romancer la vie, en dépit de son désastreux essai de littérature – ou peut-être à cause de lui. Au cours de ses longues navigations vers l'Inde et vers la Chine, au lieu de passer son temps, comme autrefois, à cancaner et à espionner les uns et les autres, il servait maintenant aux équipages d'interminables chapelets de récits tous plus mirifiques ou, pour le moins, enjolivés. C'était sa façon à lui de conjurer les images cauchemardesques qui venaient l'assaillir au moins deux fois par jour, tout spécialement lorsqu'on approchait de Madagascar et qu'il repensait aux regards qu'avaient eus les esclaves quand la prame s'était éloignée de la langue de sable – des moments où, immanquablement, il se mettait à parler tout seul et s'entendait répéter tout haut : « Les Noirs, oh, les Noirs ! Comment me les sortir de ma tête ? Je ne pourrai jamais en finir… »

Donc pas moyen de savoir s'il inventa ou non, quand il raconta que Castellan menait ses navires, au cœur des pires tempêtes, avec le même sang-froid dont il avait fait montre pendant le naufrage de *L'Utile* ; et qu'il commandait ses équipages avec la même extraordinaire intelligence des âmes dont il avait fait preuve avec les naufragés, du temps de l'île.

Et tout aussi impossible de démêler si c'est de Castellan qu'il parlait, ou plutôt de lui-même, Keraudic, le jour où il prétendit que les beaux yeux gris de son ex-lieutenant ne se troublaient jamais que dans les parages de Madagascar, là où les cartes deviennent subitement incertaines, où commencent les longues houles, les récifs qui surgissent à l'improviste. Et ces îles fugitives dont on n'arrive jamais à savoir si elles sont vraies, ou de simples mirages attardés au creux d'une brume de chaleur.

VIII

TROMELIN

41

On a revu l'île. Quatre fois. Et maintenant cinq. Rien que ça.

Pas de doute, c'est encore elle, tout y est : la ligne de sables éblouissants, le diadème de déferlantes, les murets de galets gris ; et du côté du nord, la longue langue de sable qui va, qui vient.

Et à chaque fois s'y agitait – miracle ! – une petite troupe d'humains. Les Noirs abandonnés.

Il avait donc raison, le vieux Joseph, l'interprète qui vit au bout du port et a toujours juré qu'ils ne pouvaient pas être morts – « Des gars costauds, je les revois encore sur le pont de *L'Utile*, tu parles, il savait les choisir, le capitaine Lafargue ! »

À chaque fois aussi, un long panache de fumée tourbillonnait au-dessus de l'île. Ça aussi, c'était incroyable : quatorze ans de tornades, d'ouragans, de grands vents, et le feu intact ?

*
* *

Les deux premiers navires sont tombés sur l'île à quelques semaines de distance. Par hasard. Dans les deux cas, la mer était mauvaise. Ils n'ont pas pu aborder.

C'est à l'arrivée du deuxième navire que Ternay, le nouveau gouverneur (il y en avait déjà eu trois depuis que Desforges-Boucher avait été débarqué, en même temps qu'on avait dissous la Compagnie), s'est dit qu'il se passait quelque chose de vraiment inouï. Car les observations du capitaine, non seulement recoupaient celles du premier, mais les affinaient, les précisaient. Il avait réussi à estimer la position de l'île ; et au fond de sa longue-vue, il avait aussi aperçu la carcasse de *L'Utile*. Les vagues, affirmait-il, n'avaient pas achevé de le démembrer ; et son ancre était toujours fichée dans le corail.

À l'intérieur de l'île, non loin de la langue de sable, il avait enfin distingué une sorte de fortin ovoïde. Il pensait qu'il était fait de blocs de corail et protégé d'une couverture métallique – des feuilles de plomb, lui avait-il semblé. Malheureusement, à ce moment précis de son observation, la mer avait subitement grossi ; et de peur de se faire drosser sur le platier de corail, comme *L'Utile*, il avait dû virer de bord. Au bout de la pointe de sable, les frêles petites silhouettes qui, l'instant d'avant, moulinaient encore des bras, s'étaient immédiatement figées. La scène lui avait tellement crevé le cœur qu'il avait abaissé sa longue-vue ; et le temps que l'île disparaisse, il avait choisi de lui tourner le dos.

Dès le lendemain, Ternay envoyait là-bas *La Sauterelle*, un petit cotre commandé par un capitaine aguerri. Il lui avait transmis toutes les observations qu'il venait de recueillir. Le cotre a donc retrouvé l'île sans la moindre difficulté. Un mois plus tard, il était de retour ; et son capitaine lui confirmait, point par point, les récits des marins qui l'avaient précédé là-bas.

Lui aussi, il a vu la carcasse de *L'Utile*, l'ancre fichée dans le corail, le petit fortin ovale, le panache de fumée, enfin la troupe de Noirs – treize, lui a-t-il semblé – qui s'agitaient au bout de la langue de sable. Il a voulu aller les chercher. Il avait eu l'idée de prendre à bord une embarcation légère, une de ces annexes mi-chaloupes, mi-pirogues qui se jouent des vagues les plus traîtresses. Il a expédié deux matelots à terre, qui ont réussi à aborder ; mais au moment précis où ils ont touché la plage, une déferlante qu'on n'attendait pas a rompu l'amarre qui reliait la pirogue à *La Sauterelle*. Elle est partie aussitôt par le fond. Le premier des deux matelots a trouvé la force de défier les vagues et, au prix d'efforts inouïs, réussi à regagner le cotre. Mais le second, lui, n'a pas eu le cran d'affronter les déferlantes. Il est resté au bout de la langue de sable, ruisselant et pétrifié, au milieu des treize Noirs qui l'entouraient. Si hébétés eux-mêmes qu'ils en oubliaient de remonter sur leurs épaules les étranges cottes dont ils étaient vêtus – des pagnes et des châles faits de plumes d'oiseaux.

Le lendemain matin, la mer était plus mauvaise que jamais. Le capitaine avait dû renoncer, virer de bord, lui aussi. Et fendre la mer à toutes voiles, comme les autres, pour aller avouer sa défaite au gouverneur.

Ternay s'est décidé encore plus vite que la fois d'avant : un Blanc abandonné sur l'île, au milieu d'esclaves, des Noirs vraisemblablement revenus à l'état sauvage et capables de tout, pas question de le laisser là-bas. Il a monté sur-le-champ une nouvelle expédition.

Début août, un autre capitaine s'est donc mis en quête de l'île. Dans la colonie, personne ne donnait cher de la peau du matelot blanc. On disait que les esclaves, là-bas, à tout coup, s'étaient vengés de lui. Qu'ils l'avaient sûrement tué. Et mangé.

*

* *

Le quatrième capitaine a lui aussi revu l'île. Et l'épave, et le fortin ovale, et le groupe de Noirs qui sautillaient au bout de la langue de sable en moulinant des bras, devant le même panache de fumée.

Impossible de savoir si le matelot de la *Sauterelle* était du nombre : la mer était plus méchante que jamais, le capitaine a dû rester bien au large. Puis, comme tous les précédents, virer de bord.

Et cependant, à son retour, Ternay n'a toujours pas voulu renoncer. Il a expédié là-bas un nouveau bateau. Qui, tout aussi facilement que les autres, a retrouvé la route de l'île. Et revu, comme les quatre précédents, l'increvable carcasse de *L'Utile*, l'ancre fichée dans le corail, le fortin, le panache de fumée, enfin la troupe de Noirs qui, encore plus désespérément qu'avant, s'agitaient au bout de la langue de sable. Mais lui non plus, il n'a pas réussi à aborder. Il vient de rentrer.

À force d'écouter les marins qui reviennent de là-bas, cependant, Ternay s'est peu à peu forgé une nouvelle idée de l'île. Au lieu de la considérer comme une chimère ou un piège monstrueux ourdi par les forces les plus énigmatiques de la Nature, il l'aborde maintenant comme une froide réalité. Il cherche ses failles. C'est le corps de son ennemi.

Pour lancer l'attaque, il choisit donc le moment où les vents mollissent, début novembre ; et, à la tête de son offensive, place un homme et un navire qui ont déjà triomphé du pire : les tempêtes australes des îles de la Désolation. Là-bas, dans le sillage glacé de Kerguelen, la corvette *La Dauphine* a réussi à se jouer des écueils les plus traîtres. Quant à son capitaine, Tromelin, s'il a si magistralement vaincu les déferlantes du Grand Sud, c'est qu'il est né avec de l'eau de mer autour du cœur, comme on dit dans sa Bretagne natale. Tout ce qu'il sait des courants et des vagues, des marées, des récifs, des hauts-fonds, des brisants, des jusants, il le tient de son enfance en baie de Morlaix. À bord d'une simple pirogue de pêcheur comme aux commandes d'un grand vaisseau de ligne, il s'en tient à une seule règle, les mots du marin qui l'a dessalé à l'âge de sept ans au large de Plougasnou : *An neb na zent ket ouzh ar stur ouzh ar garrek a raio sur* – celui qui n'obéit pas à la barre obéira à la roche. Autrement dit, naviguer, c'est obéir. Au capitaine, mais d'abord à la mer. Ne jamais croire qu'on va pouvoir passer en force, ne jamais parier, l'océan se venge. Un simple petit choc contre un caillou et on finit comme Lafargue, fracassé.

42

Le soleil se couche. Beau temps. Mer peu agitée, vent du sud – neuf nœuds. Ciel très clair. La nuit sera calme. On peut mouiller en toute sécurité.

La langue de sable est bien là. Et les esclaves au rendez-vous, tout au bout de la pointe, vêtus de ces pagnes et de ces châles si étranges qu'ont décrits tous les malchanceux capitaines qui se sont succédé ici. Trois, cinq, six, sept, rien que des femmes. Plus un nourrisson.

Un enfant sur cette île, pas croyable ! Mais pas d'erreur, dans les bras de la femme un peu voûtée qui se tient tout au bout de la pointe, c'est bel et bien un bébé. Il a quoi ? Quatre-cinq mois. Très chétif, l'enfant, très malingre. Et pas de trace du matelot blanc.

Plus beaucoup de forces, ces sept femmes. Elles ont encore trouvé assez d'énergie pour se signaler en allumant un feu – derrière elles, comme les cinq fois précédentes, s'élève le long panache de fumée. Mais elles ne sautent plus, elles ne moulinent plus des bras. L'une d'entre elles, la plus âgée, semble d'ailleurs à moitié infirme. Elle balance tout ce qu'elle peut de ses vieilles hanches pour descendre jusqu'à l'extrême bout de la pointe mais n'y parvient pas – à quelques pas de ses compagnes, elle s'effondre sur le sable.

L'île rosit, puis tourne au violine – le crépuscule hâtif du tropique. Fracas de l'ancre qu'on mouille. Dernier rai de lumière. La mer vire à l'anthracite. À l'extrémité de la pointe, une femme hoche la tête – c'est celle qui tient l'enfant dans ses bras. Puis elle se retourne vers l'île et prend la direction du panache de fumée. Les autres suivent. File de dos cassés. Et la vieille, à la fin, qui se met à ahaner.

Pas un mot, semble-t-il – économie de salive, comme de gestes. Elles ont compris que c'est pour demain, elles seront toutes là au matin.

Au fait, cette nuit, la dernière, qu'est-ce qu'elles vont en faire ?

*
* *

Tromelin abaisse sa longue-vue. C'est l'heure qu'il n'aime pas. Quoi qu'il fasse. Où qu'il soit.

Et ce soir c'est encore pire, va savoir si on va s'en sortir, de cette île, va savoir si on va en revenir.

Donc plus violent que jamais, le mal du pays, le lourd charroi de la terre d'enfance, l'envie de retrouver les vasières, tout d'un coup, les chapelles, les cimetières, les calvaires, Plougasnou, Lannuguy, Ploujean, Le Diben, Kergreiz, Pennanru. Avec leurs landes encore plus usées que le reste, les lavoirs, les manoirs, les fontaines, les talus.

Et la face pierreuse des sept frères, des deux sœurs, de la vieille mère. Parce que, vraiment, va savoir si on va s'en sortir, va savoir si on va en revenir…

Donc cette nuit, plus que jamais, sur le pont, silence, la paix, qu'on me laisse seul ! Personne à dix pas !

Sommeil exécrable. Cauchemars. Les mers australes et leurs montagnes d'eau. Les brumes, les falaises, les tourbillons des îles de la Désolation.

Et cependant, réveil ultra clair, comme l'aube. Muscles tendus, cerveau au plus vif. La longue-vue, vite ! Et tout le monde sur le pont !

*
* *

Vent de sud, rien de neuf. Sauf qu'il a encore molli, sept nœuds, pas moyen de rêver mieux. Et même temps qu'hier. Radieux.

L'ancre n'a pas dérapé – manquerait plus que ça. Eaux limpides et turquoise, pas de risée, calme plat. Deux tortues redescendent de la plage. Le monde, c'est sûr, a commencé comme ça.

Donc la pirogue à la mer, tout de suite – les femmes sont déjà là.

Comme *La Sauterelle*, on a emporté une longue barcasse légère, mi-pirogue, mi-chaloupe. Un câble, de la même façon, va la relier à la corvette. Mais un seul homme va aborder, pas un matelot, un officier, Lepage. Excellent nageur.

Et comme il fait beau temps, la suite est archi-simple : embarquement méthodique des rescapées et retour à la corvette. Si besoin est, plusieurs navettes. Et rien de plus.

Alors, pourquoi ce signe de croix, à l'instant où la pirogue glisse contre les flancs du bateau ? L'idée des quinze ans d'attente qui continue de broyer l'échine des sept femmes, au bout de la pointe ? La peur de leurs regards, de leur histoire, quand elles vont se retrouver sur le pont ? La maigreur du bébé, au bout du sein usé de sa mère ? Ou la carcasse de *L'Utile*, tout là-bas ?

Mais non, tout ça, rien que du vieux bois. Et malgré tout, au moment où la pirogue touche l'eau, nouveau signe de croix.

Longue-vue, une fois encore. La pirogue a abordé. Les femmes montent à bord. Gestes lents. Essoufflement.

La vieille femme peine, jambes trop lourdes, os rouillés. Lepage doit la soulever. Elle s'affale au creux de la pirogue.

Coup d'œil à l'île. Plus de panache de fumée. Ciel limpide, sables blonds, eaux turquoise, petit nuage d'oiseaux. Une tortue se traîne vers l'eau. Aube du monde, vraiment.

La mère de l'enfant, quand on la baptisera, il faudra l'appeler Ève.

43

C'est elle, la mère, qui est montée la première à bord. À cause du bébé.

Elle a déclaré se nommer Semiavou. On avait pris la précaution d'embarquer Joseph, l'ancien interprète de *L'Utile*. Il l'a parfaitement reconnue. Elle aussi. Elle lui a souri.

La vieille femme est arrivée juste après. Elle était percluse de partout, mais elle avait toute sa tête. C'était la grand-mère du petit.

Puis les autres, une à une, sont sorties de la pirogue et se sont fait hisser à bord. La dernière à débarquer était une femme sans âge. Comme ses compagnes, elle avait la peau ravinée, craquelée, le dos cassé ; mais en plus, elle était incapable d'articuler un seul mot. Joseph, cependant, l'a désignée sous le nom de la Tisserande ; et ce devait être elle, car dès qu'elle a entendu sa voix, comme la mère de l'enfant, elle lui a souri.

Joseph, forcément, ça lui a arraché une larme, et il lui a fallu un petit temps avant de pouvoir lui adresser, comme aux deux autres, les salutations d'usage. Mais il s'est calmé, il y est arrivé ; et quand il a prononcé la dernière de leurs formules, « Douce te soit la vie », la Tisserande lui a répondu dans un souffle : « Douce est la vie. »

À l'évidence, ça faisait des lustres que ses compagnes n'avaient pas entendu le son de sa voix, elles sont restées interloquées. Et la Tisserande elle-même, ça lui a fait un choc, de s'être entendue parler : presque aussitôt, elle a été prise d'une crise de tremblements.

Pour la calmer, il a fallu que la mère de l'enfant s'en mêle, lui caresse la tête, la fasse sortir du cercle des Blancs qui les entouraient et, sans vergogne, les scrutaient. Puis elle est revenue vers les autres et, sans quitter une seconde son bébé qui continuait de suçoter son sein flapi, elle a pointé à Joseph l'endroit où Castellan avait lancé la prame, et elle a laissé tomber : « Quinze ans qu'elle était muette. »

*

* *

C'est à ces mots qu'on a commencé à saisir ce qui avait donné à ces sept femmes la force de tenir dans l'enfer de l'île. Depuis le début, elles avaient compté.

Tout, et pas seulement, comme l'avait imaginé Castellan, les objets qu'elles avaient récupérés dans l'épave, le bois pour le feu, les clous, les rivets, marteaux, calebasses, plats, haches, bols ou cuillers qui leur avaient permis de maintenir un semblant de vie ordinaire. Elles avaient aussi mémorisé le nombre de fois qu'ils s'étaient percés et repercés, ces plats, bols et calebasses, avec combien de rivets elles les avaient rétamés, et combien de fois elles avaient dû recommencer à les réparer. Tout illettrées qu'elles étaient, elles n'avaient jamais arrêté non plus de décompter les jours, comme Robinson, les mois et les années. Elles avaient eu deux maisons : le fortin ; et le Temps. Même au cœur des ouragans, elles s'étaient acharnées à vouloir distinguer la nuit du jour ; et, le calme revenu, s'étaient aussitôt remises à guetter ce qui se passait dans le ciel, les phases de la lune, le lever, le coucher des étoiles, les éclipses, l'arrivée et la fuite des constellations. Enfin, avec la même précision comptable, elles avaient enregistré le nombre sans cesse plus maigre des vivants.

En gravant des bâtons sur une pierre, comme Robinson, en alignant des traits sur un bois flotté, une écaille de tortue ? Elles ne le dirent pas. Affûtée par leur têtue volonté de survivre, leur mémoire avait dû suffire. Un chiffre, toutefois, manquait à leur décompte : celui des disparus et des morts. Elles ne parlaient jamais d'eux, elles restaient toujours de ce côté-ci des choses. Comme si vivre, ç'avait été s'arrimer à l'ancre du Temps ; et mourir, la lâcher. Il fallait entendre Semiavou relater ces quinze années. Pas une plainte, pas non plus d'explication. À croire qu'il n'y avait rien à comprendre dans cette interminable réclusion à ciel ouvert. Et que tout ce qu'on pouvait opposer à pareille, et si cruelle absurdité, c'était égrener indéfiniment le même collier de chiffres : « Au début, on était soixante. Au bout de deux ans, dix-huit d'entre nous sont partis sur un radeau. On ne les a plus revus et on est restés à treize pendant douze ans. Puis le matelot blanc est venu, on s'est retrouvés à quatorze. Il a construit un bateau ; sept mois après son arrivée, mon enfant est né, on a été quinze. Cinq mois encore se sont passés, puis trois hommes et trois femmes sont partis avec le marin blanc. Ces six-là, on ne les a plus revus non plus. Ça s'est passé il y a quinze semaines. Et maintenant avec l'enfant, on n'est plus que huit. »

Comme ses compagnes, elle était économe de ses mots. La volonté, sans doute, de leur conserver leurs plus précieuses vertus, comme au peu dont elles s'étaient nourries ; et vraisemblablement aussi, une habitude de longue date.

Il n'y eut qu'un point sur lequel les sept femmes se montrèrent plus bavardes : le feu. Elles y revenaient toujours, en évoquant à chaque fois l'épave de *L'Utile*, dont elles parlaient désormais comme d'un dieu bienveillant : tempête après tempête, marée après marée, disaient-elles, sa vieille carcasse leur avait continûment livré assez de planches, poutres, solives et bouts de bois pour qu'elles puissent se chauffer et cuire leur maigre pitance, ces oiseaux, poissons et tortues dont elles avaient dû se contenter du jour où avaient été épuisés les vivres laissés par Castellan dont le nom, « le Blanc-aux-Yeux-Couleur-de-Pluie », revenait parfois dans leurs récits. Ou alors, elles expliquaient comment, quinze ans durant, elles avaient réussi à maintenir en vie la flamme que Castellan leur avait laissée. Leur foyer, déclarèrent-elles, se tenait au fond du petit fortin ovale, sous un trépied lui aussi récupéré dans l'épave. Ce feu, qu'elles avaient réussi à sauver pendant les pires cyclones, au prix de sacrifices qu'on imaginait effroyables, elles l'avaient laissé derrière elles. Elles répétaient souvent : « Il doit être éteint, maintenant. » Et elles ne se le pardonnaient pas.

*
* *

On a levé l'ancre, le bateau a pris le vent, l'île a commencé à s'évanouir derrière les nuages d'oiseaux. Les sept femmes n'ont pas voulu quitter le pont. Elles se sont blotties les unes contre les autres, comme si elles étaient encore au fond de leur petit fortin, à attendre la fin d'un ouragan. Puis, assommées par l'interminable décompte qu'avait été leur vie depuis le départ de Castellan autant que par la stupeur d'en être enfin sorties, elles n'ont plus rien dit et se sont endormies.

44

Dans l'équipage, tout le temps qu'elles sont restées assoupies, les questions sont allées bon train. On trouvait que l'enfant, au regard de sa mère, avait la peau très claire. On s'est demandé qui était son père. Chacun voulait croire que c'était le matelot blanc.

Ce sont donc les marins, cette fois, qui se sont perdus en calculs. Puisque le bébé avait huit mois, il était né en mars. Le matelot, lui, était arrivé au mois d'août précédent. Sept mois pour une grossesse, c'était vraiment court, à moins que la mère n'ait accouché avant terme. Ce qui était plausible : le bébé était très faible, très maigre.

À son réveil, Joseph a donc interrogé la mère. Qui s'est montrée très évasive. Tout juste a-t-elle lâché que le marin avait, comme Castellan, des yeux couleur de pluie.

Tout le temps de la traversée, elles sont restées obstinément assises sur le pont, serrées les unes contre les autres, refusant de descendre dans l'entrepont ; et guettant par-delà le bastingage on ne savait quelle catastrophe. Certaines avaient le mal de mer ; d'autres se laissaient entraîner dans une léthargie profonde, d'où il était très difficile de les arracher. Un soir, cependant, un jeune officier, qui avait fait de nouveaux calculs, n'y a plus tenu ; et il est retourné les questionner.

Il s'était aperçu qu'elles n'avaient jamais rien dit de ceux de leurs compagnons qui n'étaient pas partis avec le premier radeau et n'avaient pas survécu à la première année sur l'île. Vingt-neuf rescapés, disait-il, dont on ne savait rien. « Qu'est-ce qu'ils sont devenus ? » leur fit-il donc demander par l'entremise de Joseph. « Ils se sont suicidés ? Entretués ? »

Cette fois, c'est la vieille femme qui a répondu. Elle a sèchement jeté : « Le chagrin ! »

Ensuite, sur le pont, plus personne n'a osé parler. Ni les femmes, ni l'officier. Et sans Joseph, on n'aurait rien su de plus.

Mais en Noir des Blancs qu'il était, rompu à porter le fardeau de l'homme double, à aller de l'un à l'autre, de l'autre à l'un, il a encore réussi à extorquer aux sept femmes quelques bribes de récit. Décousues, ces confidences, elliptiques ; il avait souvent du mal à y voir clair. Elles ont fini par lui lâcher qu'à plusieurs reprises, des femmes avaient accouché sur l'île, et que leurs bébés, la plupart du temps, étaient morts au bout de quelques jours. Mais guère plus. Et lorsque Joseph leur a demandé quand avait été construit le petit fortin ; s'il avait été bâti aux lendemains du départ de la prame, du temps qu'il y avait encore beaucoup d'hommes sur l'île, ou pendant les douze années où il n'en était resté que trois, elles ont été incapables de lui répondre. Quand il les interrogeait, maintenant, elles ne semblaient plus comprendre ses questions. Avec la traversée et les jours qui filaient, l'île commençait-elle à s'effacer de leur esprit ? Ou au contraire, s'était-elle mise à vivre en elles à la manière des morts : incorporée au corps des vivants, et hors du temps ?

C'est bien possible : juste avant que le bateau ne touche l'île de France, Semiavou lui confia tout à trac que la nuit qui avait précédé leur embarquement sur *La Dauphine*, elle et ses compagnes l'avaient passée à nettoyer à fond le trépied, les cuillers, marmites et bols, tout le petit attirail qui avait été, quinze ans, ce qu'elles avaient possédé de plus précieux. Puis elles les avaient empilés bien en ordre et avaient balayé le sol de l'abri. Et c'est seulement quand elles s'étaient acquittées de ce petit ménage qu'elles avaient réussi à quitter le fortin. À croire qu'une voix secrète leur avait soufflé : « Tu ne peux pas partir d'ici. C'est ta maison. Tu vas revenir. »

*
* *

La confidence a bouleversé Joseph ; et du coup, au moment où se dessinait devant la proue la ligne de mornes et de pitons usés qui annonçait l'île de France, il s'est hasardé à poser à Semiavou les deux ultimes questions qui le tourmentaient : si le matelot blanc était bien le père de son enfant, pourquoi ne l'avait-elle pas suivi, quatre mois plus tôt, quand il était parti sur son bateau ? Et comment, sans voiles, avait-il pu prendre la mer ?

À la première question, elle s'est bornée à répondre d'un geste, en désignant sa vieille mère et ses jambes bouffies d'œdème – depuis deux ou trois jours, la malheureuse ne parvenait plus à marcher. Quant aux voiles, avec le même aplomb que du temps de ses quinze ans, elle lui a déclaré que c'était la Tisserande qui les avait fabriquées, à partir, comme pour leurs pagnes et leurs châles, de plumes d'oiseaux.

Et si Joseph ne l'avait pas eu sous les yeux, cet étrange tressage, si Semiavou n'avait pas remarqué qu'il en restait bouche bée, qu'un bateau fût parti sur la mer avec des voiles de plumes d'oiseaux, si elle ne l'avait pas pris par la main, à ce moment-là, puis forcé à caresser, autour de ses hanches, cette fine et solide couverture qui lui tenait lieu de seconde peau, il ne l'aurait sûrement pas crue.

IX

L'HUMANITÉ

45

La Dauphine a touché l'île de France le 14 décembre. L'arrivée des sept femmes et de l'enfant a fait sensation. Ils ont aussitôt été déclarés libres. On a fait semblant de penser que les femmes n'avaient jamais été esclaves et qu'on n'avait pas la moindre idée de la façon dont elles s'étaient retrouvées sur l'île. Leur sauvetage, en somme, relevait du pur hasard. Magnifique tour de passe-passe. Ainsi étaient définitivement effacés – croyait-on – les trafics de Lafargue et de Desforges-Boucher.

Puis le gouverneur a demandé aux rescapées si elles voulaient rentrer à Madagascar. Elles lui ont opposé une face si dure qu'il a été découragé de leur poser une question de plus. Il s'est senti un peu déplacé, a changé de sujet, a préféré estimer que l'urgence, c'était de baptiser tout ce petit monde. La cérémonie a donc eu lieu dès le lendemain.

La grand-mère de l'enfant a été appelée Dauphine, du nom du navire qui l'avait sortie de l'île. En écho au souvenir paradisiaque que Tromelin avait gardé de son escale là-bas, sa fille a été nommée Ève. Dans le même élan biblique, on a baptisé l'enfant Moïse, pour rappeler à jamais qu'il avait été sauvé des eaux. Pour les autres, on ne sait pas.

Dans un premier temps, les rescapées ont été logées à l'hôpital du port, avec les indigents, les fous, les esclaves engrossées par leurs maîtres, les marins scorbutiques ou en proie aux fièvres de Madagascar.

Mais comme leur extraordinaire épopée suscitait une curiosité démesurée – et parfois aussi une intense compassion –, le représentant du roi sur l'île, l'intendant Maillard, a décidé d'héberger sous son toit le trio dont l'histoire passionnait les colons, la grand-mère, la mère et l'enfant. Pour le restant de leurs jours, et à ses frais.

Les deux femmes, cette fois, ont fort bien accueilli sa proposition. Mais dès que les portes du domaine se sont refermées sur Semiavou, sa mère et le petit Moïse, on a perdu leur trace. Et on n'en sait pas davantage du destin des cinq autres rescapées. On les a sans doute très vite oubliées.

Par un mystère qui, lui non plus, n'a jamais été éclairci, un de leurs châles de plumes a échoué dans le bureau du gouverneur. Après le sauvetage, celui-ci a cru bon de le faire embarquer sur un navire à destination de la France, afin qu'il soit remis à Antoine de Sartine, ministre de la Marine, en guise d'illustration au brillant rapport que simultanément il lui adressait, ainsi qu'à titre d'aimable fantaisie exotique – il le trouvait tout à fait digne de figurer dans un cabinet de curiosités.

Mais le ministre a dû le juger trop encombrant. Ou exagérément insolite. Impossible de savoir ce qu'il en a fait.

*
* *

En décembre 1776, au moment où Tromelin a sauvé les sept femmes, Castellan était toujours en vie. Il s'était fixé à Lorient, dont il administrait l'hôpital. Au premier navire revenu de l'océan Indien, il a été nécessairement averti de l'expédition de Tromelin et de son heureuse issue. Il n'a laissé aucun commentaire à ce propos. Il est mort six ans plus tard, en 1782, dans ce même hôpital, sans en dire plus.

On ignore également tout des sentiments qu'éprouva Desforges-Boucher lors de l'arrivée des sept femmes. Il vivait alors à Bourbon, non loin de Saint-Louis, dans le château qu'avait construit son père et qu'il avait encore embelli après s'y être retiré lors de la dissolution de la Compagnie des Indes, en 1769. C'était maintenant le plus gros propriétaire de l'île, il possédait un bon demi-millier d'esclaves et vivait en petit potentat local. Son demi-frère Desforges-Boucher Le Noir était mort, il se sentait enfin libre et n'avait plus d'autre passion que l'accumulation et l'étalage des signes de son éclatante réussite, une collection de meubles rares, un jardin botanique d'une centaine d'hectares, les bassins, les gloriettes, les jets d'eau qui les agrémentaient, sa ménagerie – comme à Versailles –, la route privée qu'il avait fait construire jusqu'à la ville, enfin la vingtaine de chambres somptueuses que comptait cette énorme bâtisse où, en dehors de ses domestiques, il vivait seul. Il est donc vraisemblable qu'il traita l'affaire du sauvetage avec le plus achevé des mépris.

Sept ans après le retour des rescapées, toutefois, pour des raisons restées obscures – la solitude, la maladie ou, comme le chuchotèrent certains, de dérangeantes visites nocturnes du spectre de son double noir –, l'ancien gouverneur ne se sentit plus du tout à l'aise dans son mirifique château et voulut retrouver sa Bretagne natale. Mais comme Lafargue, il mourut pendant la traversée ; et ainsi que celui du capitaine devenu fou, son corps fut jeté à la mer. Il n'avait pas d'enfants ; sa fortune alla à des parents éloignés et sa propriété fut partagée, puis démantelée. Quelques dizaines d'années plus tard, il n'en restait pas un mur, pas une pierre. Et même aucun souvenir.

Tromelin ne fit guère parler de lui après le sauvetage des sept femmes. Il poursuivit tranquillement sa carrière d'officier sans le sou venu chercher fortune aux îles, se maria à Bourbon avec une fille richement dotée, acquit château et plantation. Puis il obtint la croix de Saint-Louis et le grade de lieutenant de vaisseau, moitié pour avoir délivré les femmes prisonnières de l'île, moitié pour avoir affronté un corsaire anglais lors d'un combat plus qu'inégal.

Comme celle de tant d'autres, la Révolution interrompit sa carrière. Il se fit confisquer toutes les terres qu'il possédait en Bretagne. Inconsolé des vasières, des écueils et des landes qu'il avait perdus, il émigra la mort dans l'âme et mit des mois à se faire à l'idée qu'il ne reverrait jamais les vieilles et rugueuses bâtisses d'où il tenait son nom – au-dessus de la rivière de Morlaix, le manoir de Lannuguy et, tout au fond de son petit vallon verdoyant, le granitique manoir de Tromelin. Passé en Angleterre, il ne se vit d'autre issue que d'aller se refaire aux îles. À la fin 1798, il finit par se procurer une place sur un navire danois, se trafiqua un passeport et embarqua en se faisant passer pour peintre. Mais il fut bientôt terrassé par une crise d'apoplexie. Son corps, lui aussi, finit à la mer ; et on l'aurait, à coup sûr, définitivement oublié si, une quinzaine d'années plus tard, un vieux mulâtre, Geoffroy-Lislet, ne s'était à son tour passionné pour ce qui s'était passé dans l'île.

Celui-ci avait ses raisons : il était né des amours d'un ingénieur de la Compagnie des Indes avec une esclave achetée à neuf ans sur un marché du Sénégal. Sa naissance, les fonctions de son père, le destin de sa mère, son extrême sensibilité, sa condition métisse, tout le portait à être très profondément marqué, dès l'enfance, par le naufrage de *L'Utile*. Son adolescence, ensuite, entre l'île de France et Bourbon, fut ponctuée par les incessantes rumeurs, calomnies, fausses annonces, les fantasmes et bruits divers qui entouraient l'abandon des esclaves. Mais il ne se contenta pas, comme Joseph, d'être un Noir des Blancs. Il avait très tôt appris – sous la férule, d'ailleurs, du frère aîné de Tromelin – les mathématiques, l'hydrographie, le calcul des latitudes et longitudes ; puis il avait beaucoup navigué sur les navires français. Aquarelliste de talent, géographe accompli, franc-maçon très influent, il était devenu, à moins de quarante ans, le premier correspondant de l'Académie des sciences dans l'océan Indien ; et quand les Anglais avaient fait main basse sur l'île de France, ils avaient vu tout le profit qu'ils pouvaient tirer de ses talents. Pour une fois indifférents à sa couleur de peau, ils lui avaient offert les moyens de s'adonner librement à son grand œuvre, dont Geoffroy-Lislet rêvait qu'il fût l'aboutissement de sa passion géographique : une carte de Madagascar et des archipels environnants qui puisse enfin permettre aux capitaines qui s'y aventuraient de naviguer en toute sécurité. Mieux encore, les Anglais lui accordèrent, en raison de son talent, un privilège unique : il pourrait baptiser à sa guise tous les hauts-fonds, récifs, cailloux et îles jusque-là inconnus, et dont il avait pu déterminer la position.

Ainsi, par une pirouette inespérée du destin, l'histoire du naufrage de *L'Utile* put trouver une chute à la mesure du drame qui s'était déroulé sur l'île et à la soif de justice qui commençait à s'exprimer dans nombre de colonies. C'est un métis qui, d'un trait de plume, a permis qu'une épopée humaine commencée dans la plus effroyable des oppressions se termine sur une marque de réconciliation. Et encore lui, le mulâtre, qui fit que cette histoire commencée dans les cartes puisse finir dans les cartes. En donnant à l'île le nom sous lequel on la connaît désormais : « Tromelin ». Tromelin, l'homme qui savait qu'en mer, celui qui n'obéit pas à la barre obéira à la roche et qui, fort de cette science humaine autant que maritime, avait réussi à sortir de l'enfer les sept femmes et l'enfant.

Tromelin, trois syllabes médiévales qui déroutent beaucoup, quand on les découvre au large de Madagascar, sonorités rudes et altières, droit issues du monde d'Arthur et de Guenièvre, des châteaux, des fontaines, des forêts de Tristan et Iseult, si déplacées sous les alizés… Mais justement : elles forcent les interrogations du voyageur ou du curieux. Et d'ailleurs, la question est toujours la même, dès qu'on découvre sur une mappemonde ce caillou perdu au cœur de l'océan : « Pourquoi ce nom, d'où vient-il ? Et qu'est-ce qui a bien pu se passer, là-bas ? »

*
* *

Mais bien avant ce trait de plume inespéré, d'autres hommes s'étaient déjà employés à y répondre. Dès 1781, dans une longue note explicative de ses *Réflexions sur l'esclavage des Nègres*, Condorcet avait porté l'affaire de *L'Utile* sur la place publique. Comment le philosophe avait-il eu vent du naufrage et de l'abandon des esclaves ? Par la brochure d'Herga ? Par les deux astronomes Le Gentil ou Pingré, dont la curiosité avait tellement effrayé Desforges-Boucher ? Ou par Bernardin de Saint-Pierre, lui aussi venu chercher fortune dans les Mascareignes quelques années après l'affaire ? Cette dernière hypothèse est la plus plausible : l'auteur de *Paul et Virginie* connaissait bien Condorcet ; et dans le brouillon de son *Voyage à l'île de France*, il avait consacré une page entière à l'histoire de *L'Utile*, pour dire toute sa révolte devant le refus obstiné des autorités d'aller rechercher les Noirs et proclamer sa conviction que nombre d'entre eux étaient encore vivants : « Il y eut plus d'un exemple de gens qui ont en pareil cas longtemps combattu la soif et la faim. » Son éditeur n'osa pas publier ce passage – c'est assez dire la peur qu'inspiraient les négriers. Mais il ne fut pas aussi frileux pour sa *Lettre sur les Noirs*. Ses accents antiesclavagistes firent polémique et attirèrent l'attention des philosophes des Lumières. Bernardin les approcha. Et le connaissant, il y a tout à parier qu'il ne se priva pas de murmurer à ses nouveaux amis ce que la prudence lui avait interdit de faire paraître…

C'est donc ainsi, de façon subreptice, de récit chuchoté en rumeur colportée, de cercle clandestin en réseau de circulation d'idées neuves, que le scandale de *L'Utile*, depuis la petite brochure anonyme éditée par Knapen en 1763, était revenu aux oreilles de Condorcet. Le philosophe était parfois distrait ; et ses informateurs, souvent flous. Il relata le naufrage de façon très fantaisiste, le situa en 1691, parla de trois cents Noirs abandonnés, prétendit que l'île était recouverte d'eau à chaque marée et attribua à Lafargue la construction de la prame, comme la promesse de revenir chercher les Noirs. Mais sa fougue et sa sincérité allèrent à l'essentiel, ce que Castellan et ses compagnons avaient appris de l'île : Noirs et Blancs sont frères. Et l'esclavage est un crime.

Ce fut donc cette page qui, des années durant, perpétua la révolte de Castellan, Herga et les autres ; puis, de café en club et de salon en loge maçonnique, contribua à ouvrir les yeux des hommes des Lumières sur les atrocités qui continuaient à se perpétrer dans les « Isles à sucre », aussi bien aux Antilles que dans l'océan Indien. En 1788, quand, aux côtés de l'abbé Grégoire, Brissot, La Fayette et Olympe de Gouges, Condorcet fit son entrée dans la « Société des amis des Noirs », il s'empressa de rééditer son libelle, dûment assorti de sa longue digression sur le honteux abandon des esclaves de *L'Utile*. Et quand il mourut, fin mars 1794, dans des circonstances mal élucidées, une partie de son combat avait déjà porté ses fruits. Le 4 février précédent, par décret de la Convention, l'esclavage avait été aboli. « *Tous les hommes sans distinction de couleur, domiciliés dans les colonies, sont citoyens français, et jouiront de tous les droits assurés par la Constitution.* »

ÉPILOGUE

L'île, elle, fait comme toujours : elle s'en fout. Comme les sept femmes pendant les quinze ans qu'elles avaient passés là-bas, elle s'occupe de tenir. De résister.

Rien n'a changé. Toujours les grandes houles, toujours les courants sans fin. Nuit et jour, le vent, la mer qui bat, les lames qui frappent et qui refrappent, brisent et rebrisent, cassent, recassent, fracassent, broient et rebroient. Et le ressac effroyable, comme d'habitude, les caprices de la pointe nord, le petit désert de pierres et son marais putride qui s'assèche après les cyclones, les charognes décomposées au grand soleil, les tourbillons d'écume, les veloutiers grillés par les rafales de sel, les nuages de sternes, les tortues qui reviennent pondre, aveuglément, comme leurs mères et les mères de leurs mères, dans leurs sables sans date, sur leurs plages sans nom. Jusqu'à ce que la fonte du pôle, peut-être, en vienne à bout. Ou qu'explose le bouchon du vieux volcan.

Postface de Max Guérout

La mission archéologique de Tromelin

L'aventure a commencé au Chili, au fond d'une épicerie du cerro *Baron, un quartier perché de Valparaiso. Entre deux cageots de légumes, une porte donnait accès à quatre ou cinq ordinateurs reliés à Internet ; après nos journées passées à prospecter les épaves de la baie, nous allions le soir y lire nos courriers électroniques. C'est là que nous parvint la bouteille à la mer lancée par Joël Mouret, un météorologue effectuant des séjours réguliers sur l'île de Tromelin. Fasciné par l'épave de* L'Utile, *il cherchait désespérément quelqu'un qui accepte de se pencher sur son histoire et sur le destin de ses naufragés. Son message fut lu avec d'autant plus d'attention qu'il apportait la réponse à une question qui venait de nous être posée. Depuis longtemps déjà nous avions travaillé avec l'UNESCO sur le thème de l'esclavage, et nous venions de recevoir une lettre de son directeur général, M. Koïchiro Matsuura, qui nous demandait de lui proposer des actions pouvant entrer dans le cadre des manifestations de l'année 2004, déclarée Année internationale de commémoration de la lutte contre l'esclavage et de son abolition. Les responsables du programme « La route de l'esclave » avaient ajouté à la demande de leur directeur le souhait que certains projets puissent avoir l'océan Indien pour cadre.*

De retour du Chili, nous avons très vite demandé à Marie-Josée Thiel et aux responsables de « La route de l'esclave » de parrainer le projet baptisé « Esclaves oubliés » et d'apporter au Groupe de recherche en archéologie navale (GRAN), qui le portait, leur aide financière pour entreprendre des recherches historiques complémentaires. C'est grâce à ce parrainage et à cette aide, qui fut généreusement accordée, que le projet commença à prendre corps. Il mit cependant plus de trois ans à devenir réalité et cinq ans à produire tous ses fruits. Des années de persévérance et de patience, mais aussi d'entraide et d'enthousiasme. Il faut ici rendre hommage à tous ceux qui à un moment ou un autre nous ont apporté leur contribution, leur aide ou leurs encouragements, et, dans une certaine mesure aussi, à ceux qui tentèrent de nous empêcher de mener à bien cette entreprise, car leur opposition fut le meilleur des stimulants.

Une longue quête s'amorça alors. Les premières pistes concernant L'Utile *furent indiquées par Philippe Haudrère, auteur d'une thèse de doctorat magistrale sur la Compagnie française des Indes. Nous eûmes ainsi accès, aux Archives nationales, au dossier personnel de Jean de Lafargue, capitaine de* L'Utile. *Ce dossier contenait en particulier le document imprimé retraçant l'histoire du naufrage, sans doute un récit colporté. Les archives de la Compagnie des Indes, quant à elles, nous furent généreusement ouvertes à Lorient par René Estienne, conservateur des archives de la Marine. Avec son aide, une foule de documents émergèrent alors : documents d'armement du navire à Bayonne, lettres échangées entre le directeur de la Compagnie des Indes à Lorient et les négociants Nogué et de Laborde chargés de l'armement, etc.* L'Utile *se mit alors à vivre avec son état-major et son équipage et autour d'eux la ville de Bayonne, ses marchands, ses fonctionnaires, pris dans le tourbillon de la guerre de Sept Ans. Retrouvé aussi sur les indications de Philippe Haudrère, le journal écrit par Dubuisson de Keraudic, l'écrivain du bord, apporta un récit du nau-*

frage et du séjour sur l'île de l'équipage de L'Utile *et des esclaves malgaches. Ce document, un témoignage personnel particulièrement fort, constitua une pièce essentielle à la compréhension de ce drame.*

Tandis que nous poursuivions l'idée d'essayer de retrouver des descendants des acteurs de cette histoire, un contact via Internet nous mit en relation avec Bernard Harnie-Cousseau, membre d'une association de généalogistes de Bayonne. Coïncidence, il venait justement de publier un article à propos du fameux document de colportage inséré dans le dossier Lafargue, dont il avait retrouvé un exemplaire dans les papiers d'une famille de négociants de la ville. Il éplucha les registres des notaires de Bayonne et finit par identifier plusieurs descendants des marins de l'équipage. En même temps, Norbert Benoît découvrit aux archives nationales de l'île Maurice le certificat de baptême du bébé rescapé et nous le fit parvenir, révélant le nom de Jacques Moïse et celui de sa mère. Les descendants de Jacques-Marie Lannuguy de Tromelin, le sauveteur, furent aussi retrouvés, en particulier à Landernau Loïc Tromelin, qui mit à notre disposition les documents concernant sa famille dont il disposait. Ces premières recherches donnèrent ainsi, jour après jour, plus de consistance à cette histoire.

Nombreux furent ceux qui apportèrent leur pierre à l'édifice. À Lorient, Lionèle Renda, contactée via un site Internet de généalogistes de l'île Maurice, nourrit avec brio la biographie des officiers de L'Utile. *Par l'intermédiaire de Gilles Bancarel, de Béziers, nous reçûmes des archives municipales du Havre la photocopie des pages non publiées du manuscrit du* Voyage à l'île de France *de Bernardin de Saint-Pierre, consacrées au naufrage de* L'Utile. *Depuis l'île Maurice, Yann von Arnim envoya nombre de documents trouvés aux archives nationales, dont le rôle d'équipage de* La Dauphine *et plus tard, avec l'aide de Jean-*

*François Rebeyrotte, le récit du naufrage sur Tromelin de l'*Athiet Rahamon *en novembre 1867. Auguste Lucas, adjudant radio de l'armée de l'air dont le Junker s'était posé sur l'île en avril 1955, apporta spontanément, plus de cinquante ans après, une photo aérienne et une penture de coffre qu'il avait ramassée sur la plage. Anne Joyard fouilla les bibliothèques parisiennes et londoniennes pour consulter les ouvrages et les cartes concernant l'océan Indien. Cathy Marzin-Drévillon (Madame Papier) dénicha à la Bibliothèque nationale les cartes manuscrites dessinées par les marins rescapés de* L'Utile. *À Nîmes, Sébastien Berthaut-Clarac, naviguant avec obstination sur Internet, débusqua cartes anciennes et documents, entre autres : le récit du débarquement de l'ornithologue anglais Layard sur l'île en 1856, une lettre publiée par le* Journal historique et politique de Genève *du 30 août 1777 relatant le sauvetage des Malgaches, et des documents trouvés aux Archives d'Aix-en-Provence concernant Castellan du Vernet, le second de* L'Utile. *Joël Mouret fouilla les archives de la météo à la Réunion pour éclairer les circonstances de l'installation de la station de Tromelin en 1954 ; d'autres météorologues, Jacques Quillet, Gilles Boue, Guy Petit de la Rhodière, apportèrent les informations qu'ils avaient glanées à l'occasion de leurs séjours à Tromelin. À la Réunion, Philippe Zinzius nous montra les objets trouvés sur l'île par son père, alors pilote d'avion. À Paris, Baovola Fidison aiguilla vers nous chercheurs et documents concernant Madagascar, et à Chartres Gérard Nicolle alla consulter les documents des archives départementales d'Eure-et-Loir. Peu à peu, les fils tirés finirent par se croiser et tisser une toile où s'inscrivaient la vie de l'océan Indien et le destin des esclaves malgaches.*

Plus tard, lorsque Irène Frain s'attaqua à la rédaction du récit de cette aventure, ses recherches personnelles, guidées par son flair de journaliste et sa sensibilité d'écrivain, permirent d'enrichir la personnalité des acteurs de l'histoire. Nos journées de travail en commun furent aussi l'occasion de décortiquer nombre de documents d'archives pour essayer d'y débusquer la vérité, parfois cachée derrière les mots, ou entre les lignes. Pour moi qui avais œuvré pendant des années à la reconstitution de ce drame, le passage de témoin (et de témoins) fut parfois teinté d'un brin de frustration, j'en garde cependant le souvenir d'une expérience rare, et la certitude d'avoir fait le bon choix en laissant la plume et le souffle à un tel écrivain.

Le projet enfin lancé reçut l'aide financière des collectivités locales de la Réunion : conseil général et conseil régional, et aussi de la Direction régionale des affaires culturelles. La Fondation d'entreprise Groupe Banque populaire, sollicitée, répondit très vite positivement. Furent associés à nos efforts le musée de la Compagnie des Indes à Port-Louis, l'association Les Anneaux de la mémoire de Nantes, la Confrérie des gens de la mer et l'Association réunionnaise Culture et communication.

Ainsi dotés et soutenus, il fallut nous atteler à la difficile tâche de résoudre les problèmes administratifs et pratiques. En effet l'île de Tromelin est maintenant administrée par le préfet des Terres australes et antarctiques françaises (TAAF) au même titre que l'île Kerguelen, ou la Terre Adélie, après l'avoir été au début du projet par le préfet de région de la Réunion. Elle est aussi réserve naturelle et occupée depuis 1954 par une station météo mise en œuvre par quatre personnes dont seuls les avions de l'armée de l'air assurent aujourd'hui la relève. Des conventions furent donc passées avec les TAAF, l'armée (Forces armées dans la zone sud de l'océan Indien) et la Météo. Loin de toute infrastructure médicale, il fallait aussi résoudre le difficile problème de la sécurité des plongeurs, car cette première campagne avait à la fois pour objectif de faire une fouille sous-marine de l'épave de L'Utile et d'entreprendre des recherches à terre sur les lieux occupés par les naufragés.

Pour une telle aventure, les volontaires bien entendu ne manquèrent pas, mais nous devions faire un choix difficile, car les capacités d'accueil de la station météo de Tromelin limitaient à dix le nombre de participants. Comme nous cherchions un archéologue terrestre qui puisse travailler avec nous, les cadres de l'Institut national de recherches archéologiques préventives (INRAP) et son directeur Jean-Paul Demoule acceptèrent avec enthousiasme de détacher Thomas Romon qui vint nous rejoindre depuis la Guadeloupe.

Sous la direction de Joë Guesnon, les plongeurs élus furent Jacques Morin, Sébastien Berthaut-Clarac, Jean-François Rebeyrotte, Arnaud Lafumas et un médecin « hyperbariste », Cyril d'Andrea. Sudel Fuma, professeur à l'université de la Réunion, assistait Thomas Romon. Jean de Sigoyer était photographe.

Avec l'aide de Philippe Mespoulhé, de Catherine Decelle à la Réunion et d'Hervé Régnier à Orléans, nous associâmes une quinzaine de classes d'écoles et de collèges à notre projet. Elles purent suivre les progrès du travail archéologique via notre journal quotidien, publié et mis en ligne sur notre site www.archeonavale.org par Sébastien Eon, notre fidèle « webmaster ». *Les échanges avec les enfants, leur curiosité et leur fraîcheur, furent un réel bonheur.*

*
* *

La mission eut lieu au mois d'octobre 2006. Malgré un accès difficile, le site du naufrage fut étudié et un plan établi, confirmant le terrible pouvoir de destruction des cyclones s'abattant sur un récif corallien : seuls subsistaient les équipements lourds, canons, ancres et lest.

À terre, la découverte rapide du four construit par les naufragés pour y cuire le biscuit nécessaire à leur traversée vers Madagascar nous donna l'espoir de pro-

gresser rapidement. Toutefois les autres sites indiqués sur les cartes manuscrites se révélèrent décevants.

Pour finir, nous entreprîmes de chercher l'endroit où les esclaves malgaches s'étaient installés après le départ des Français, une zone malheureusement perturbée par la construction des bâtiments de la station météo. Un peu de flair et un brin de chance permirent de mettre au jour les vestiges d'un mur construit à l'aide de blocs de corail et de plaques de grès de plage (poudre de corail agglomérée constituant une sorte de béton très dur), en partie détruit par un bâtiment moderne. Au pied de ce mur se trouvait un sol formé d'un mélange de sable et de cendre, protégé par une couche de sable blanc accumulée par le vent après le départ des rescapés. Cette couche de sable apportait, lorsqu'elle était présente, la preuve que malgré les désordres observés alentour, la couche archéologique n'avait pas été perturbée. Au pied du mur, deux récipients de cuivre furent trouvés, posés sur le sol, abandonnés au moment du sauvetage.

L'étude de ce sol se révéla particulièrement fructueuse. Après tamisage apparurent les restes de la faune consommée par les naufragés, essentiellement des ossements de tortues et d'oiseaux et quelques coquillages brisés. La présence de cendre jusqu'à la surface du sol d'abandon confirma les déclarations des rescapées qui affirmaient avoir conservé le feu jusqu'à la fin. La présence de clous de charpente dans ce sol indiquait aussi que des débris de l'épave avaient été utilisés pour entretenir le feu. Enfin ce sol-dépotoir, qui mesure environ trente centimètres d'épaisseur, présentait la particularité de contenir un niveau intermédiaire formé de sable blanc, indiquant le passage d'un cyclone violent pendant le séjour des naufragés.

L'analyse des restes d'oiseaux, effectuée par Véronique Laroulandie (université de Bordeaux), mit en lumière les pratiques culinaires – débitage et cuisson –, et la présence sur l'île de sternes, une espèce aujourd'hui absente, dont les colonies habituellement composées de *centaines de milliers d'oiseaux constituèrent une ressource alimentaire illimitée pour les naufragés.*

Derrière ces observations matérielles commençait aussi à se profiler la personnalité des Malgaches abandonnés. Le mur construit avec méthode, les récipients en cuivre réparés avec un réel savoir-faire étaient les indices d'une communauté organisée et non d'un groupe écrasé par son abandon et l'absence de contacts avec le monde extérieur.

Cette première mission laissait cependant en suspens de nombreuses questions et dès l'année suivante nous avons entrepris d'organiser une seconde campagne de recherche. Les aides financières furent reconduites à l'exception de celle du conseil général, mais vint s'y substituer celle de la Fondation du Patrimoine. Le Comité pour la mémoire de l'esclavage, présidé par Mme Françoise Vergès, nous accorda à son tour son parrainage. Fin 2008, une deuxième mission entièrement consacrée à une fouille terrestre fut donc organisée. L'équipe mise sur pied comportait, autour de Thomas Romon et de Nick Marriner, un jeune géomorphologue, Sudel Fuma, Joë Guesnon, Laurent Hoarau, Jean-François Rebeyrotte, Jean Boggio Pola, un cameraman, et Sylvain Savoia, un dessinateur. En fin de séjour Yann von Arnim vint nous rejoindre, marquant l'aboutissement de longues négociations pour la mise sur pied d'une coopération avec l'île Maurice.

Le déroulement de la mission de 2008 fut fulgurant. Ayant de nouveau dégagé le secteur étudié en 2006, nous avons ouvert un secteur contigu, puis un autre et en moins d'une semaine, mis au jour un bâtiment tout entier construit à l'aide de blocs de corail. Si son volume intérieur était modeste, les murs épais de près d'un mètre cinquante donnaient à l'ensemble une emprise au sol étonnante. L'intérieur ayant été entièrement dégagé, apparut un ensemble d'objets, rangé autour d'un foyer aménagé. Récipients en cuivre, bassines en plomb munies d'un couvercle, cuillères et aiguilles en cuivre, coquillages aménagés en louches ou en cuillères, lames de couteau, hameçons, crochets étaient encore en place tels qu'ils avaient été laissés le 29 novembre 1776, lorsque la corvette La Dauphine, *commandée par l'enseigne de vaisseau de Tromelin, vint mettre un terme au long calvaire des rescapées. À l'extérieur, un petit récipient en cuivre posé à l'envers sur le sol symbolisait cet instant et le geste d'une femme sans doute interrompu par l'arrivée des sauveteurs. Elle seule manquait, portant sur la hanche son bébé, courant éperdue, le cœur battant, vers la plage.*

Nous avons mis longtemps avant de nous décider à déranger l'ordonnance du lieu, conscients que nous allions effacer à jamais une image poignante, restée inchangée depuis deux cent trente-deux ans.

Au-dessus et autour des vestiges de ce bâtiment, gisaient les ossements d'une jeune femme d'environ vingt-cinq ans, dispersés dans une zone de deux à trois mètres de diamètre. Grande fut notre surprise, car si l'un de nos objectifs était bien de retrouver des sépultures, nous ne nous attendions guère à trouver des ossements humains sur le lieu même d'habitation. Une évidence apparut : il s'agissait d'un corps qui avait été déplacé sans ménagement, sans doute par les ouvriers creusant les fondations d'un bâtiment tout proche érigé vers 1957 ou 1958 pour l'équipement de la station météorologique.

D'un seul élan, toute l'équipe stimulée par ces premières découvertes poursuivit le dégagement des murs afin de délimiter l'emprise au sol de ce qui apparaissait de plus en plus comme un hameau solidement construit, capable de résister aux vents extrêmes des cyclones qui chaque été austral traversent la zone. À notre grand étonnement, un deuxième, puis un troi-

sième bâtiment furent ainsi dégagés. L'ampleur des constructions réalisées par les Malgaches était étonnante ; nous avions pensé trouver des abris précaires, un peu bricolés, nous trouvions de très robustes bâtiments érigés avec méthode.

En fouillant le troisième bâtiment, nous avons dégagé de nouveaux restes humains, qui furent étudiés par Thomas Romon : ils appartenaient à un même individu, un jeune homme d'environ dix-huit à vingt ans. Ils se trouvaient dans la même situation que les ossements précédemment découverts, et provenaient aussi d'une sépulture détruite par les travaux de terrassement voisins. Un officier de la Royal Navy, le Commander Parker, lorsqu'il avait débarqué sur l'île en 1851, avait décrit l'habitat des naufragés et, dans son voisinage, ce qu'il avait interprété comme des tombes. Mais si les tombes se trouvaient à quelque distance des bâtiments, pourquoi des restes humains si proches des habitations ? Nous étions perplexes. Y avait-il là, près du lieu de vie quotidienne, une sorte de chambre funéraire où les corps étaient finalement rassemblés après avoir séjourné dans des tombes plus éloignées ?

D'autres questions surgissent, car pour les Malgaches le bois symbolise la vie et la pierre la mort ; ainsi à l'époque leurs habitations étaient systématiquement construites avec des éléments d'origine végétale – bambou, ravenala, sisal, raphia – et seuls les tombeaux étaient érigés à l'aide de pierres. Voir les naufragés construire leurs habitations avec des blocs de corail et des plaques de grès de plage pose donc problème. On imagine le débat qui a dû s'instaurer entre eux lorsqu'il devint impératif de se protéger des intempéries. Et la faculté d'adaptation dont ils durent faire preuve pour dépasser leur coutume et sa lourde signification symbolique.

Toutes les observations rapportées par les ethnologues et les observateurs du monde malgache souli-

gnent le souci constant de ses habitants d'ordonner leur cadre de vie – l'intérieur de leur maison et son environnement immédiat – autour des points cardinaux. Or, à Tromelin, les trois bâtiments découverts forment une couronne et n'ont pas de références communes. Au lieu de se plier aux traditions, la règle systématique semble avoir été ici l'adaptation au milieu environnant : installer les ouvertures à l'opposé du vent dominant, se protéger du sable qu'il apporte, construire en dur pour résister à la fureur des cyclones.

L'omniprésence des métaux : fer, cuivre, plomb fut aussi un sujet d'étonnement. Ceux-ci proviennent bien entendu de l'épave de L'Utile. Le fer est très abondant sur un navire en bois, les clous de charpente de toutes dimensions sont innombrables, on conçoit bien que les plus gros puissent servir de tisonnier, de pic, de marteau – car leur tête carrée est massive –, ou d'emporte-pièce pour percer le cuivre… Mais des lames de fer de toutes dimensions, des cerclages de barrique, des chevilles de fer utilisées pour l'assemblage des charpentes ont également été retrouvés en grand nombre. Plus quatre haches, une masse, et un trépied. Trois de ces haches sont des pentures de porte aménagées ! Nos Malgaches, forts de leur savoir-faire connu en matière de métallurgie du fer, ont-ils utilisé la forge laissée par l'équipage de L'Utile pour travailler ce métal ? Cela semble très probable.

Le cuivre, lui, a servi principalement à rafistoler les récipients récupérés sur l'épave de L'Utile et sans doute à en confectionner d'autres, à fabriquer des aiguilles et d'ingénieuses cuillères de toutes les tailles. Ces fabrications et ces réparations ont demandé beaucoup d'habileté. Par exemple, les étapes de la réparation – découpage d'une plaque de cuivre, perçage de trous à la fois dans le récipient à réparer et dans la plaque de manière à les faire coïncider, fabrication de rivets en découpant puis roulant de petites feuilles de *cuivre, matage des rivets – témoignent d'une ingénieuse industrie et supposent organisation et méthode.*

La découverte de deux petits bracelets ouverts, en cuivre, apporte un éclairage nouveau, car il s'agit là des seuls objets non utilitaires mis au jour au cours de la fouille. L'endroit de leur découverte, hors de la couche archéologique, ne permet pas d'être assuré qu'ils ont un lien avec les naufragés, mais cela est très probable. Si cela était confirmé, on comprend bien qu'ils témoigneraient de l'existence d'une vie sociale dégagée des contraintes impératives de la survie.

Le plomb, facile à fondre, a servi à confectionner de grandes bassines et leurs couvercles. Sans doute utilisées pour stocker l'eau, elles posent le problème d'une possible intoxication au plomb des naufragés. L'analyse des os retrouvés devrait rapidement fournir une réponse à ce sujet, et peut-être expliquer le décès des enfants à leur naissance, souligné par les femmes rescapées.

*
* *

Ces découvertes présentent à plus d'un titre un grand intérêt, car la mise au jour de traces matérielles de l'existence quotidienne d'esclaves, retrouvées dans leur contexte historique et archéologique, est d'une grande rareté. À ce titre le site de Tromelin constitue même un lieu de mémoire qu'il importe de préserver. Par ailleurs, peu d'exemples de petits groupes humains devant organiser leur survie dans un milieu relativement hostile, ce que nous avons appelé une archéologie de la détresse, ont été étudiés.

Mais au-delà de ces considérations archéologiques, ce qui nous importe au premier chef, c'est d'avoir mieux compris comment ces Malgaches s'étaient comportés dans l'adversité.

Achetés comme une marchandise, réduits en esclavage, arrachés à leur cadre de vie habituel, abandonnés sans remords malgré les promesses qui leur avaient été faites, les voici coupés du monde, dans le dénuement le plus complet, qui s'organisent pour survivre, utilisent les faibles ressources de l'île pour rebâtir une petite société et vivre debout, opposant un vivant démenti à ceux qui leur avaient dénié toute humanité.

Max GUÉROUT

Remerciements de l'auteur

À Michel Lafon, pour avoir d'emblée partagé l'esprit dans lequel j'ai voulu écrire ce texte.

À Elsa Lafon, pour l'avoir elle aussi immédiatement compris, et suivi avec une telle vigilance toutes les étapes de mon enquête. Et pour avoir accompagné mon écriture de son œil si aigu.

À Huguette Maure, dont l'œil est lui aussi d'une acuité extrême, pour ses inlassables lectures et relectures. Ainsi que pour le plaisir de nos discussions aux aurores.

À Thierry Perillo, chef de cabinet du préfet des Terres australes et antarctiques françaises, pour l'intérêt qu'il a porté à mon rêve de séjourner sur l'île ; et pour les moments rares qu'il m'a offerts quand il m'a permis d'avoir accès aux objets de la vie quotidienne des esclaves que Max Guérout et ses archéologues avaient là-bas mis au jour. Enfin pour le soin qu'il a apporté à mon débarquement et à mon réembarquement à Tromelin. Un merci qui s'adresse également à tous ses collaborateurs des TAAF, ainsi qu'aux équipages de la Marine nationale et à l'Armée de l'air.

À Jean-François Rebeyrotte et Arnaud Lafuma, membres de l'équipe d'archéologues qui ont entouré

Max Guérout lors de ses fouilles, pour leurs éclairages sur la vie et la mentalité des esclaves malgaches, et les vraisemblables séquelles post-traumatiques du naufrage.

À René Major, pour son très précieux et très précis décryptage médical des témoignages d'Herga et de Keraudic.

À Isabelle Thomas, dont la qualité de lecture et la pertinence des conseils ne sont jamais prises en défaut, non plus que l'élégance du cœur qui la définit.

À Max Guérout, bien sûr – mais il le sait déjà.

À Lidia, qui a vaillamment enduré un séjour d'un an dans un inextricable îlot de paperasses.

Enfin à François, dont les photos et les films n'ont cessé, après notre voyage, de nourrir ma réflexion et mon imaginaire. Et, comme d'habitude, pour ses salutaires – mais parfois très féroces ! – ouragans de critiques...

Remerciements de l'éditeur

À Jean-Pierre Saire pour nous avoir mis sur la piste des naufragés de Tromelin.

À la formidable équipe de Matin et Soir Films, en particulier à Thierry Ragobert, Pierre Fraudeau et Bertrand Margot, pour nous avoir suivis dans cette belle aventure éditoriale.

À Max Guérout pour nous avoir aidés à organiser le voyage d'Irène Frain sur l'île de Tromelin, réputée inaccessible !

Table des matières

Découvrez l'île Tromelin
en images sur :

www.lesnaufragesdeliletromelin.fr

*

Vous pouvez joindre

Irène Frain

sur le site
www.irenefrain.com
Rubrique « contact »

9221

Composition
PCA

Achevé d'imprimer en Espagne
par ROSÉS
le 5 mars 2010.

Dépôt légal mars 2010.
EAN 9782290020616

ÉDITIONS J'AI LU
87, quai Panhard-et-Levassor, 75013 Paris

Diffusion France et étranger : Flammarion